CALMANN-LÉVY, ÉDITEUR

DU MÊME AUTEUR

MADAME ET MONSIEUR CARDINAL

Un volume grand in-18
Avec douze vignettes par Morin
Quinzième édition, 3 fr. 5o

L'INVASION

SOUVENIRS ET RÉCITS

Un volume grand in-18
Deuxième édition, 3 fr. 5o

IMPRIMERIE D. BARDIN, A SAINT-GERMAIN

LES

ROSES SANGLANTES

LIBRAIRIE DE E. DENTU, ÉDITEUR

DU MÊME AUTEUR :

IMPRIMERIE D. BARDIN, A SAINT-GERMAIN.

LES ROSES
SANGLANTES

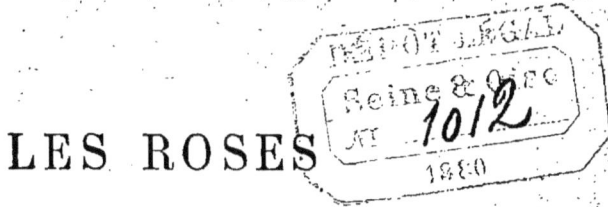

PAR

OLYMPE AUDOUARD

PARIS

E. DENTU, ÉDITEUR

LIBRAIRE DE LA SOCIÉTÉ DES GENS DE LETTRES

PALAIS-ROYAL, 15-17-19, GALERIE D'ORLÉANS

—

1880

LES

ROSES SANGLANTES

CHAPITRE PREMIER

Il faisait, cet hiver-là, ce qu'on nomme en Russie
un bel hiver, trente degrés de froid ; la terre était
recouverte d'un tapis de neige d'un mètre cinquante d'épaisseur.

La respiration se changeait en glaçons sur les
lèvres, et les larmes se transformaient en perles au
bout des cils.

La parole elle-même gelait en sortant de la
bouche.

Le ciel était d'un blanc jaunâtre ; le sol était
blanc ; les arbres semblaient avoir été taillés dans
le cristal, pas un seul point noir ne venait reposer
les yeux de cette blancheur irritante et sans limites.

Il était à peine quatre heures du matin. Malgré
cette heure si matinale, surtout par un temps pareil, trois traîneaux étaient rapidement emportés au

1

triple galop sur la route qui conduit à Bavátwichi, ville du gouvernement de Novgorod.

Les voyageurs s'interpellaient gaiement d'un traîneau à l'autre, et ils vidaient de temps en temps à leur santé réciproque des flacons de vieux cognac.

Le premier de ces traîneaux était occupé par Serge Marinoff, fils aîné du général de ce nom, et par Alexius de Kouschoff, fils aussi d'un général.

Dans le second se trouvaient le prince Kolokoff et Ivan de Perski.

Le troisième était occupé par deux domestiques du comte Marinoff.

Ces jeunes gens appartenaient à la haute société russe et faisaient partie de la bande des gais viveurs; ils allaient chasser l'ours dans une forêt appartenant au comte Serge Marinoff.

Les traîneaux de poste sont faits en forme de barque, un matelas est jeté dans le fond; ils contiennent oreillers et couvertures de peaux d'ours; les voyageurs s'y couchent, et ils éprouvent la sensation agréable de sentir leur confortable lit glisser rapidement sur la glace.

Soudain une troïka de poste dépassa ces traîneaux; elle était emportée à toute vitesse par trois vigoureux chevaux.

— Dieu me damne! s'écria Serge de Marinoff, si cet amoncellement de blanches fourrures ne cache pas une femme.

— Une femme! Où irait-elle de si grand matin et par un froid pareil? lui répondit de Kouschoff.

— Où elle irait! Mais où le diable la pousse; lorsque les femmes sont possédées du démon, et

elles le sont toujours, elles bravent tous les éléments,
elles passeraient à travers la mitraille.

— Avez-vous vu la personne qui vient de passer
dans cette troïka? cria du traîneau voisin le prince
de Kolokoff.

— Nous avons aperçu une montagne de blanches
fourrures, voilà tout, répondit Marinoff.

— Eh bien! moi, reprit le prince, j'ai entrevu
une tresse de cheveux noirs.

Un éclat de rire lui répondit. — Allons donc!
s'écria Marinoff, tu rêves cheveux noirs depuis que
la brune Bertha a rompu avec toi.

— Mais qu'il rêve ou non, riposta Ivan de Perski,
il est évident qu'une jolie femme est dans cette
troïka. Un homme n'a pas de fourrures blanches, et
une femme vieille et laide ne court pas les grands
chemins.

— C'est vrai, dit le prince de Kolokoff, Ivan rai-
sonne comme la sagesse des nations; il y a une
femme et cette femme est belle, essayons de rejoindre la troïka.

Marinoff donna l'ordre de pousser vivement les
chevaux, et les cochers, au lieu d'avoir brutalement
recours au fouet, se mirent à les exciter de la voix
en leur prodiguant des mots de tendresse; les nobles
bêtes comprirent ce doux langage et elles prirent
un galop fantastique.

Bientôt ces jeunes gens arrivèrent à un petit hameau où se trouvait le relais de poste, et, à leur
grande joie, ils aperçurent la troïka arrêtée devant
la porte. Ils mirent pied à terre et jetèrent un regard curieux vers le fameux équipage. Les fourrures s'agitèrent, une forme humaine se dessina, se

souleva à demi et une voix de femme au timbre chaud et musical dit : — Le comte Serge Marinoff est-il là ?

Le comte se précipita vers la troïka, tandis que ses amis murmuraient avec dépit : — A-t-il de la chance ! la bonne fortune est pour lui.

Le jeune homme s'était approché respectueusement en disant :

— Me voici à vos ordres, madame.

— Voulez-vous me donner la main et m'aider à sortir de ma prison d'hermine ? lui fut-il répondu.

Il souleva les fourrures, dégagea la dame, et, la prenant dans ses bras, il la posa sur le sol, puis il la regarda. Il crut à une apparition, car il vit une jeune femme mince, grande, habillée des pieds à la tête de blanches hermines et de cygne ; son platok (grand châle de laine dont les femmes s'enveloppent la tête et le cou et qu'elles ramènent sur le visage) laissait apercevoir une figure jeune et jolie ; une longue tresse de cheveux noirs qui retombait sur les épaules, ayant glissé de dessous le châle, faisait seule contraste avec cette blancheur.

Une fois debout sur le sol, elle dit à Marinoff :

— Me pardonnez-vous, comte, cette infraction aux lois établies qui veulent qu'on ne se présente pas soi-même, et surtout sur une grand'route ?

Il s'inclina fort bas devant elle et répondit :

— Sans nul doute vous êtes, madame, la souveraine des neiges, et les fées ne sont point soumises aux ridicules usages du monde.

— Hélas ! comte, fée point ne suis, sans quoi, pour satisfaire un caprice, je ne serais point obligée de venir vous adresser une prière.

— Oh! madame, dites un ordre, parlez, vous serez obéie ; à genoux j'écoute vos ordres.

Il ploya le genou devant elle.

— Je savais en effet, dit-elle d'une voix douce et harmonieuse, que vous étiez l'homme le plus chevaleresque et le plus courtois de tout Pétersbourg.

— Voilà qui est flatteur pour nous, murmura Ivan de Perski.

— Madame, je suis confus, croyez que je m'efforcerai de mériter un peu la bonne opinion que vous avez de moi.

— Eh bien! entrons dans la salle d'auberge, devant un bon thé fumant je vous dirai ce que je souhaite. Ces messieurs sont avec vous?

— Oui, me permettez-vous de vous les présenter ?

— Comment donc, certainement.

— Le prince Kolokoff, Alexius de Kouschoff, Ivan de Perski.

Les jeunes gens s'inclinèrent respectueusement devant elle.

— A mon tour, messieurs, je me présente à vous ; je suis la baronne Nadine de Rosemthald.

Une exclamation de surprise accueillit ce nom, les quatre jeunes gens restèrent une seconde comme pétrifiés de surprise ; une étoile tombant soudain à leurs pieds ne les aurait pas étonnés plus que ce nom jeté à leur tête : baronne de Rosemthald.

Et je vais vous en expliquer la raison.

Six mois auparavant, la baronne de Rosemthald était venue se fixer à Pétersbourg, accompagnée d'une vieille femme, sa nourrice, disait-elle. Elle avait loué un riche appartement meublé, pris un nombreux domestique, de beaux chevaux, une loge

aux deux principaux théâtres, où elle s'était montrée
en de riches et charmantes toilettes ; sa beauté merveilleuse avait attiré tous les regards et séduit tous
les hommes ; aussi avaient-ils cherché à s'introduire
près d'elle, mais tous avaient trouvé sa porte rigou-
reusement défendue, et les lettres qu'ils avaient
écrites, étaient restées sans réponse ; ils devaient
donc se contenter de l'admirer de loin et de faire la
haie sur son passage lorsqu'elle sortait du théâtre.
Une légende s'était faite sur sa voix : on disait que
son timbre harmonieux et sonore avait le don de
rendre amoureux tous ceux qui l'entendaient, aussi
l'avait-on nommée *la Charmeuse*. La curiosité
éveillée avait mis tout en œuvre pour savoir qui elle
était et d'où elle venait, mais tout ce qu'on avait pu
apprendre c'est qu'elle était accréditée pour cent
mille francs par un banquier de Vienne chez un
banquier de Pétersbourg et que son passeport portait le nom de Nadine, baronne de Rosemthald.

On comprendra facilement l'émotion et la surprise de ces jeunes gens en voyant soudain ce gracieux sphinx venir à eux.

Maintenant entrons dans la salle du cabaret, où
la baronne de Rosemthald prend le thé avec ces
quatre jeunes gens, et voyons si elle mérite la réputation de beauté merveilleuse qu'on lui a faite, et le
surnom de charmeuse qu'on lui a décerné.

Elle a rejeté sa pelisse ; elle porte une robe en drap
blanc bordée d'hermine et serrée à la taille par une
ceinture d'argent du Caucase à laquelle pend un
poignard au manche d'argent ; elle est grande,
svelte ; elle a le teint blanc mat des créoles, les yeux
bleus frangés de cils noirs, les cheveux noirs ; ses

lèvres, un peu fortes, sont d'un rouge sanglant, tranchant brutalement avec le teint pâle du visage, elles laissent voir des dents blanches et fines à en être aiguës ; elle possède une beauté étrange qui a quelque chose d'effrayant.

Elle sert elle-même le thé, ce qui lui permet de montrer ses mains, des mains idéales de forme et de finesse de peau.

— Comte, dit-elle en s'adressant à Serge Marinoff, voici la prière que j'ai à vous adresser : Voulez-vous bien me laisser assister à la chasse que vous allez faire ?

— Eh quoi ! madame, vous daigneriez être des nôtres ?

— Je meurs d'envie de faire une chasse à l'ours ; le hasard m'a fait apprendre hier que vous veniez dans votre *bien* de Novgorod à cet effet. J'ai envoyé chez vous pour vous prier de m'inviter, vous veniez de partir ; ce contre-temps a doublé mon désir, je me suis lancée à votre poursuite, me voilà ; m'accordez-vous la faveur que je demande ?

— Refuse-t-on jamais le bonheur, madame ? je ne sais comment vous exprimer ma joie.

— En laissant de côté compliments et cérémonie et en me traitant en camarade et en bon chasseur, car je suis chasseur, et pour vous le prouver, en route ! à la chasse il faut être matinal.

Elle se leva.

Les quatre hommes se levèrent aussitôt, donnèrent quelques ordres et, cinq minutes après, tous étaient remontés dans leurs traîneaux ; la baronne de Rosemthald les suivait dans sa troïka.

Lorsqu'on fut arrivé à la lisière de la forêt où de-

-vait se faire la chasse, un tapis de peaux d'ours noirs fut étendu à côté de la troïka ; la baronne de Rosemthald s'y pelotonna gracieusement, quatre paysans prirent ce tapis chacun par un bout et.elle fut ainsi portée jusqu'au numéro destiné à elle et à Marinoff.

On appelle numéros les deux ou trois places où s'embusquent les chasseurs ; ces numéros sont éloignés les uns des autres de deux cents mètres environ ; ils ferment le cercle dans lequel les rabatteurs enserrent l'ours. Les chasseurs se mettent deux à chaque numéro, ils sont dissimulés par des broussailles et ils ont devant eux quatre ou cinq carabines armées et chargée s

La baronne Nadine de Rosemthald, debout sur ce tapis de peaux d'ours, le dos appuyé contre un arbre, tout de blanc habillée, poignard et revolver à la ceinture, carabine à la main, avait une attitude fière et belliqueuse ; un artiste aurait fait d'elle le type de la Diane du Nord.

Marinoff la contemplait ; il la trouvait admirablement belle, son cœur battait avec force ; il se demandait s'il n'était pas le jouet d'un rêve, et si bien réellement la charmeuse était là à côté de lui ; il oubliait l'ours et la chasse. Mais soudain les cris stridents des rabatteurs déchirèrent l'air, ils se rapprochèrent et formèrent bientôt un chœur infernal, fait de cris rauques, aigus, et de coups de fusil.

L'ours avait quitté son gîte ; il était chassé, et il allait s'avancer vers le seul côté du cercle qui lui parût sans ennemis.

Marinoff se réveilla de sa rêverie ; il était chas-

seur, et, du reste, il fallait protéger la vie de sa
belle compagne.

— Ne bougez pas, ne parlez pas, lui dit-il tout
bas.

— Ah ! soyez tranquille, murmura-t-elle à son
oreille, je n'ai jamais peur, et le danger ne fait
qu'augmenter mon sang-froid.

A leur poste respectif, c'est-à-dire au second et au
troisième numéro, les autres chasseurs attendaient,
eux aussi muets et l'œil au guet.

Tout à coup la petite main de la baronne Nadine
se posa sur l'épaule du comte Marinoff et, se penchant vers lui, elle lui dit à l'oreille :

— En face, un peu à droite, tirez le premier !

Un ours s'avançait avec prudence, c'était un vieil
ours fin et retors ; il tendait l'oreille, prêt à fuir au
moindre bruit, mais les chasseurs retenaient leur
respiration, rien ne troublait le calme de la forêt,
rien ne lui indiquait le danger et il se rapprocha.
Marinoff épaula lentement, visa la tête au-dessous
de l'oreille, le coup partit, mais une branche avait
fait dévier la balle, qui ne fit qu'effleurer l'animal ;
vivement il tira un second coup, qui, cette fois,
atteignit l'ours au côté ; il roula sur le sol avec un
formidable mugissement, son sang ensanglanta la
blanche neige. Le comte Marinoff, croyant l'ours
blessé mortellement, reposa sa carabine contre les
autres carabines ; mais tout à coup, prompt comme
l'éclair, l'animal se leva, fit un bond gigantesque et
vint tomber à cinq pas sur la droite de la baronne
de Rosemthald. Avant que Marinoff eût le temps de
prévenir son dessein, elle se précipita sur l'ours son
poignard à la main, plongea l'arme dans le flanc

1.

de la bête qui rugit une dernière fois, puis roula
inerte sur le sol.

La courageuse chasseresse avait retiré le poignard
de la plaie, elle le tenait à la main tout dégouttant,
le sang du pauvre animal avait rejailli sur sa blanche toilette. Mais elle n'y prenait pas garde ; d'un
œil farouche elle considérait la plaie béante qu'elle
venait de faire, puis son regard se porta sur le
poignard ensanglanté, et une expression de joie
diabolique et cruelle illumina son visage.

Dans ce moment-là, elle aurait pu personnifier
la hideuse statue de la haine s'assouvissant de la
vue du sang de son ennemi.

Ce n'était plus la même femme. Un instant avant,
son beau visage avait une expression de douceur
charmante ; à présent, il respirait la cruauté froide
et implacable ; elle regarda Marinoff, et sous son
regard le jeune homme tressaillit ; il lui sembla
qu'une lame acérée lui déchirait le cœur, et que la
baronne le fixait avec des yeux altérés de haine féroce.

Mais tout cela ne dura guère qu'une minute, les
autres chasseurs arrivèrent en hâte, la complimen-
tèrent de son acte de courage et la proclamèrent
le roi des chasseurs.

Son visage avait repris son expression douce et
gracieuse, seulement Marinoff ayant voulu lui ôter
des mains l'arme ensanglantée, elle refusa de
s'en dessaisir et elle la remit telle quelle dans sa
gaîne. Comme on lui faisait remarquer qu'elle ta-
chait ses vêtements et qu'elle laissait l'arme souillée :

— Oh! dit-elle en souriant, le sang d'un ennemi

fait plaisir à voir, et un poignard est fait pour être ensanglanté. Celui-ci vient de recevoir son baptême.

Puis elle redevint gaie ; le déjeuner était préparé chez le garde du comte; elle accompagna les jeunes gens sans se faire prier, mangea de bon appétit, fut charmante pour tous, mais avec une nuance en plus en faveur de Marinoff.

Celui-ci oublia bientôt la fâcheuse impression de la forêt; il trouva la comtesse séduisante et belle à miracle ; il sentit qu'elle le fascinait, mais loin de s'en défendre, il en fut heureux et il s'abandonnait au charme corps et âme.

Les trois autres jeunes gens, non moins captivés que leur ami, faisaient assaut d'esprit et d'amabilité; mais la baronne de Rosemthald, tout en étant gracieuse avec eux, montrait de plus en plus que le comte de Marinoff lui semblait plus digne de son attention.

L'heure du départ sonna, les traîneaux étaient prêts, il aida la jeune femme à monter dans sa troïka, puis il lui dit :

— Baronne, je crains d'être indiscret, mais il n'est pas prudent que vous restiez seule, le cocher pourrait vous verser et...

— Bon, je vois ce que c'est, dit-elle en riant, mes chevaux sont meilleurs que les vôtres, vous voulez que je vous offre une place dans ma troïka afin d'arriver plus vite.

— Croyez... balbutia-t-il.

— Eh bien, montez... Du reste, vous avez raison, je pourrais faire une mauvaise rencontre.

Il fit un petit salut à ses amis et leur dit: A revoir, et il monta prestement dans la troïka.

Elle salua, elle aussi, gracieusement les jeunes gens en leur disant : A revoir, messieurs.

Ses trois superbes chevaux partirent au grand galop. Les trois jeunes gens restaient debout consternés, et très vexés de voir Marinoff enlever ainsi la charmeuse.

Ivan de Perski avait vingt-cinq ans ; il avait un caractère heureux et une gaieté à toute épreuve. Il partit soudain d'un franc éclat de rire.

— Eh bien ! messieurs, nous voici changés en statue du Commandeur !

— Mais aussi, dit de Kouschoff d'un air de mauvaise humeur, ce Marinoff est un accapareur, et...

— Eh ! mon cher, interrompit le prince de Kolokoff, il faut nous rendre à l'évidence, la belle est venue pour lui seul.

— Voilà donc le fin mot de ce mystère vivant qu'on nomme baronne de Rosemthald, dit Ivan de Perski.

— Mais tu oublies de le dire, ce fin mot. Quel est-il ?

— Comment, cher prince, vous avez besoin que je vous le dise ? Nous nous demandions d'où elle venait ; eh bien ! pour nous elle vient du diable, puisqu'elle fait notre désespoir ; pour notre ami, elle vient du ciel, car je crois bien qu'elle va combler ses vœux ; nous nous demandions ce qu'elle faisait en Russie, parbleu ! elle cherchait un mari ; elle a fait son choix, il n'est pas mauvais, il faut en convenir ; Marinoff a de l'esprit, un grand nom et une immense fortune. Son choix fait, elle est venue sur la grande route, et sous le prétexte que vous savez, elle a jeté le grappin sur son futur... Dan deux mois nous aurons la douleur d'assister à leur mariage.

— Allons donc !. s'écria Kouschoff, on n'épouse pas une aventurière.

— Vous dites une aventurière ! Tenez, mon cher, s'écria de Perski, donnez-moi votre parole d'honneur que, si demain la charmeuse vous invite à aller chez elle, vous n'irez pas ; alors je croirai que ce n'est point le dépit qui vous porte à l'insulter.

— Si elle m'invite, j'irai, je lui ferai la cour, mais comme on la fait à ces sortes de femmes.

— Ah ! décidément, vous l'aimez déjà beaucoup, puisque vous parlez ainsi d'elle ; avouez que si vous étiez dans ce moment avec elle dans sa troïka, vous trouveriez que c'est un ange, une vraie femme du monde ! Mais elle a choisi Marinoff, et c'est une femme de rien... Les hommes, convenons-en, sont de vilains animaux: et sur ce, je vous laisse, je m'en retourne seul, pour pouvoir rêver à mon aise à la belle baronne.

Ivan salua ses amis et monta en traîneau ; le prince Kolokoff et de Kouschoff se couchèrent dans le même traîneau, mais ils n'échangèrent pas une seule parole pendant tout le trajet.

Ivan de Perski parlait, lui, aux étoiles ; il leur contait mille folies, puis les apostrophait, leur jurant que les yeux de la charmeuse étaient bien plus brillants qu'elles.

Quelle rumeur dans Pétersbourg le lendemain Comme une traînée de poudre, la nouvelle se répandit que la charmeuse avait été se jeter sur la grande route à la tête du comte Marinoff comme une aventurière qu'elle devait être.

Quelques hommes essáyaient de la défendre, insinuant qu'après tout ce n'était peut-être qu'une femme romanesque, recherchant les émotions fortes, et n'ayant commis d'autre crime que celui de braver les usages reçus.

Mais les femmes, qui lui en voulaient d'être si belle et d'attirer l'attention des hommes, sans pitié la déchiraient à belles dents. Hier, elle n'excitait que curiosité et admiration ; aujourd'hui, la haine et le mépris se dressaient devant elle. Ainsi va le monde ; un rien soulève des tempêtes qui sont souvent plus dangereuses que celles des flots bouleversés par Neptune.

CHAPITRE II

Dans un charmant boudoir, tout tendu en soie rose pâle, ce rose Louis XV, nuance indécise entre le jaune et le rose thé, sur une causeuse, une jeune femme était à demi étendue ; elle lisait un livre.

Vêtue, ou plutôt admirablement dévêtue dans une robe de chambre cachemire de l'Inde, d'un bleu fané, ornée de valenciennes, ses bras sortaient nus d'un flot de dentelles ; son cou et la naissance de sa gorge montraient leur perfection idéale de formes et de transparence de peau.

Cette femme était belle et séduisante.

C'était la baronne de Rosemthald, celle qui avait mérité par sa beauté et par sa voix d'un timbre doux, vibrant et harmonieux, une voix qui exerçait une sorte d'ensorcellement, le surnom de Charmeuse.

Soudain, rejetant son livre, elle bâilla, s'étira paresseusement et dit : Sont-ils fatigants, ces auteurs, avec leurs dissertations sur l'amour ! Celui-ci fait un pathos ennuyeux, d'un sentimentalisme de pensionnaire et d'une philosophie de collégien — et il se figure avoir dit quelquechose de neuf sur l'amour.

— Serge de Marinoff, sans me débiter tant de phrases, sait bien mieux parler amour; c'est un excellent
professeur. Mais il va venir, il va être neuf heures.
A présent, son traîneau entre dans la Karavanaïa;
dans cinq minutes il sera à ma porte. Il est ponctuel
comme l'horloge du Seigneur; le soleil se lève à
l'heure et à la minute dites par l'almanach. — Lui
arrive à l'heure précise. — Mais suis-je belle, ce soir?

Elle prit une glace à main sur une petite table
placée à côté d'elle, se regarda lentement : Oui, oui,
murmura-t-elle, je suis belle. Ma vieille nourrice a
raison, j'ai une beauté fatale, seulement elle sera
fatale aux autres.

Elle reposa la glace, prit un gros bouquet de violettes qui était jeté sur le coin de la cheminée; elle
le respira, en mit quelques fleurs dans son corsage,
en froissa d'autres dans ses mains, en disant :

— Il aime tant cette douce senteur, ce bel amoureux!

Neuf heures sonnèrent à la pendule du boudoir;
et en même temps le timbre de la porte retentit.

— Que disais-je? sa montre, d'intuition, va
comme cette pendule.

Elle prit une pose nonchalante, posa ses petits
pieds chaussés de pantoufles en satin bleu sur un
coussin, de façon à les laisser voir; elle mit le bouquet de violettes sur ses genoux et s'amusa à les ef-
feuiller.

— Son Excellence le comte de Marinoff, annonça
un valet de chambre.

— Bonsoir, comte Serge, comme ça vous va ce
soir?

Lui, heureux, ému, le cœur bondissant, il se mit
à genoux devant elle ; puis, prenant une de ses
mains, il y posa ses lèvres.

— A présent, je suis heureux, si heureux que je
ne puis l'exprimer. Mais que cette journée m'a paru
longue !

— Qu'avez-vous fait ?

— J'ai pensé à vous, j'ai maudit le jour de ne
point céder assez vite la place à cette compatissante
nuit.

— C'est tout ce que vous avez fait ?

— J'ai fait encore autre chose ; je vous ai écrit
vingt pages.

— A moi ! pourquoi m'écrire, puisque vous deviez me voir ce soir, puisque vous me voyez tous les
soirs ?

— Lorsque je suis là, près de vous, je suis absorbé par le bonheur, votre voix m'enivre, ce doux
parfum que l'on respire ici me grise, votre regard
me fascine, je suis sous une espèce de charme qui me
rend muet, je suis en extase, je n'ai plus la force
de vous exprimer tout ce que je ressens, je ne sais
plus dire tout ce que j'ai à vous dire.

— Tout ce que vous avez à me dire ! Qu'avez-
vous donc à me dire ?

— Que je vous aime.

— Mais ceci vous me l'avez dit bien souvent
déjà.

— Non, je ne vous l'ai jamais dit, car vous dire
que je vous aime n'est pas dire ce que je ressens ;
dire que je suis éperdument amoureux de vous, ce
n'est rien dire ; les mots me manquent pour exprimer ce qui se passe en moi. Je vous aime à en mou-

rir : ceci seul rend un peu le genre d'amour que vous avez fait naître en mon cœur.

— Il est lugubre, mon ami.

— Lugubre! dites-vous, Nadine. Oh! non, car c'est un amour de feu, il me brûle, il me fait souffrir, mais il me fait vivre; à présent, je sens battre mon cœur, je connais ce que c'est que cet amour ardent qui transforme un homme, l'absorbe, lui donne les joies du ciel et les tourments de l'enfer.

Avant de vous connaître, j'avais cru aimer, mais ce que j'avais pris pour de l'amour n'en était que l'ombre; c'était une fièvre de mon cerveau.

Vous souvenez-vous, — il y a juste cinq semaines aujourd'hui, — vous eûtes le caprice charmant de venir chasser l'ours. En vous voyant, je fus ébloui, — je fus troublé, mais ce n'était point encore de l'amour; — il s'est emparé de moi, pendant la route; au retour, vous m'aviez donné une place dans votre troïka, la lune brillait, elle éclairait la neige de sa lumière argentée, elle donnait à votre visage quelque chose de féerique, vos chevaux nous emportaient à toute vitesse, il me semblait que j'étais dans le char d'une belle divinité; vous me récitâtes des vers de Lermontoff sur la sauvage beauté des nuits polaires; votre voix... savez-vous, Nadine, que nulle femme au monde ne possède l'organe que Dieu vous a donné? Vous entendre, c'est vous aimer; je vous entendis longtemps murmurer les vers harmonieux du poète et votre voix pénétra jusqu'à mon cœur, elle prit possession de mon être.

Il parlait, tenant la main de la jeune femme et fixant sur elle des yeux brillants de tendresse; elle plongeait ses yeux dans les siens, sa bouche s'entr'ouvrait comme pour boire ses paroles.

— Mais, dit-elle, je vous le demande encore, pourquoi noircir du papier pour me dire que vous m'aimez, alors que votre voix est plus éloquente que votre plume?

— Mais, Nadine, ce que je ne puis vous dire, c'est ceci : je vous aime trop, je ne puis plus vivre loin de vous; là, à vos pieds, je vis, je suis heureux. Mais si vous saviez ce que je souffre lorsque je dois vous quitter! Ah! si vous me voyiez errer tout le jour comme un corps sans âme, ne sachant que faire, que devenir, vous auriez pitié de moi, vous me laisseriez venir dans le jour, ne serait-ce qu'un quart d'heure.

— Venir deux fois par jour! y songez-vous? et que dirait le monde?

— Le monde! que pourrait-il dire? et que nous importe ce monde stupide et méchant? Du reste, ne m'avez-vous pas promis d'être ma femme?

— Vous ai-je promis cela?

— Je vous en conjure, Nadine, ne me faites pas souffrir, ne vous jouez pas d'un amour comme le mien, songez que vous pouvez me rendre le plus heureux des hommes ou me tuer. Hier, l'avez-vous déjà oublié, j'étais là assis près de vous, ma main pressait la vôtre. M'aimerez-vous un peu, Nadine, ai-je dit, et...

— Et j'ai répondu : Peut-être.

— J'ai ajouté : Dites-moi que vous consentirez à m'épouser?

— Et j'ai répondu : Peut-être.

— C'est vrai, mais ce peut-être dit d'une voix si

douce, avec des yeux au regard si noyé d'amour, n'était-ce pas un aveu?

— Un espoir, seulement.

— Eh bien! j'espère.

— Vous me comprenez mal; un espoir que je pourrai vous aimer.

— Oui, vous m'aimerez, Nadine; un amour ardent comme le mien donnerait la vie à une statue de marbre, et vous êtes une femme, et votre cœur est bon, il est tendre.

— Mon cœur est vaillant, il est fort, Serge de Marinoff, il fera son devoir sans faiblir.

— Votre devoir! grand Dieu... ne seriez-vous pas veuve et libre?

— Je suis veuve, mais je ne suis pas libre; mon cœur est tout entier à un sentiment profond et sacré.

Serge de Marinoff se leva pâle, chancelant.

— Je ne vous comprends pas, je souffre; ayez pitié, Nadine, expliquez-vous. — Mais non, non, ne dites rien. Oh! je vous en conjure, si vous ne m'aimez pas, si vous n'êtes pas libre, laissez-moi mon illusion, car cette illusion c'est ma vie.

La baronne de Rosemthald s'était levée, elle regardait le comte Serge; ses yeux, si doux une minute auparavant, avaient maintenant une expression dure et implacable, pareille à celle qu'ils avaient eue dans la forêt, alors qu'elle considérait l'ours râlant et sanglant à ses pieds; ce n'était plus la belle charmeuse, mais la personnification de la haine féroce et ardente.

Il eut encore comme froid au cœur; il ferma les yeux pour ne plus voir et balbutia:

— Nadine, Nadine, qu'avez-vous?

— Rien. Asseyez-vous là à côté de moi, et causons bon sens.

Sa voix était redevenue vibrante et mélodieuse. L'horrible spectre de la haine avait disparu. La charmeuse était encore près de lui, il se mit à côté d'elle et prit sa main dans les siennes.

— Que vous m'avez fait peur ! j'ai cru que vous me haïssiez. Comprenez bien, Nadine, que votre amour, c'est ma vie ; votre présence m'est si nécessaire pour vivre, que loin de vous. l'air me manque, je souffre, je prends tout en horreur, le soleil même me semble odieux, le chant des oiseaux m'irrite, le genre humain me fait horreur, j'en veux à ceux qui me parlent, car ils m'empêchent de penser à vous...

— Oh! fit-elle avec une moue charmante, tous les hommes disent ces jolies choses aux femmes qu'ils courtisent.

— Peut-être, mais moi je ne fais pas une phrase, je dis la vérité.

— Que feriez-vous donc si vous ne deviez plus me revoir !

— Je me tuerais.

Il dit cela simplement, sans emphase.

La figure de la charmeuse s'illumina de joie, sans doute d'être aimée ainsi, elle pencha sa tête vers lui; il la prit dans ses bras, posa ses lèvres sur son front; ils restèrent une minute comme écrasés sous le poids d'une volupté ineffable.

Enfin, elle se dégagea, secoua sa tête, se leva et s'accoudant sur le coin de la cheminée, elle le regarda longuement, puis elle dit lentement :

— Que disiez-vous donc que vous feriez si vous
étiez condamné à ne plus me revoir ?

— Que je me tuerais.

— Tous les hommes disent cela, mais heureusement aucun ne le fait.

— Vous vous trompez, Nadine, il y en a qui se
laissent mourir de douleur, d'autres qui abrègent
leur martyre, je serais de ceux-là, moi.

— J'espère que non.

En disant ces mots, elle était redevenue la femme
ironique et froidement cruelle.

— Mon Dieu ! vous me rendrez fou ; que voulez-
vous dire ?

— Simplement ceci : j'ai compris que vous m'aimiez, j'ai voulu essayer de vous aimer, mais je le
sens, c'est impossible, mieux vaut donc ne plus nous
revoir.

Serge la regardait, les yeux fixes, la bouche
béante, il était comme pétrifié de surprise et de désespoir ; enfin, un sanglot sortit de sa gorge, il
pleura comme un désespéré, il se roula à ses
pieds.

Elle, calme, le regard dur, elle le contemplait et
se taisait.

— Vous avez voulu m'éprouver, Nadine, n'est-ce
pas ? Mais, de grâce, répondez-moi, ne voyez-vous
pas combien je souffre ?

— J'ai dit la vérité, je ne vous aime pas.

— Vous ne m'aimez pas ! Vous mentez, Nadine...
Oh ! pardonne-moi, ma bien-aimée... la douleur me
rend fou. Tu ne m'aimes pas, dis-tu, mais tu te trompes... Là, tantôt encore, tu me regardais avec un
regard de feu.

— Peut-être la haine, tout comme l'amour, brûle...

— La haine, dis-tu, toi, me haïr, toi qui, depuis plus d'un mois, écoutes, avec une joie non dissimulée, les aveux de ma passion, tu... ...

— Serge de Marinoff, je te hais, je ne serai jamais ta femme et tu ne me reverras plus.

— Mais tu veux donc ma mort?

— Oh! je suis bien tranquille, tu ne m'aimes pas assez pour te tuer.

— Je t'aime à commettre plus qu'un suicide; je t'aime à commettre un crime; Nadine, écoute-moi : laisse-moi te voir, te prouver la sincérité de mes sentiments... tu me hais, dis-tu, peut-être un jour m'aimeras-tu ; et ta haine même me paraîtra préférable à la douleur de ne plus te voir.

— Il est minuit, Serge de Marinoff, adieu!
Et elle sonna.

— Nadine, que faites-vous? de grâce, une minute encore, écoutez-moi...

Deux valets de chambre entrèrent.

— Donnez sa pelisse à monsieur le comte, dit-elle d'un ton sec, et elle quitta son boudoir.

Le comte Serge de Marinoff restait cloué au sol; il était pâle, des larmes sillonnaient sa belle et mâle figure.

Le sourire railleur des domestiques lui rendit la conscience de sa dignité; il mit sa pelisse, son bonnet de fourrure, et sortit en courant de la maison de la charmeuse; pendant trois heures, il erra comme un fou dans les rues de Pétersbourg ; enfin, le hasard de sa course le conduisit au quai Anglais, devant son hôtel; il entra; arrivé dans sa chambre il s'affaissa sur un canapé et pleura comme un enfant...

Les larmes calment la crise aiguë de la douleur ;
vers le matin, il fut capable de réfléchir ; il se dit
qu'elle avait voulu sans doute le soumettre à une
épreuve ; ou que peut-être il l'avait froissée, et il
cherchait à se remémorer ses paroles ; enfin, il
poussa un cri de joie.—Je comprends, se dit-il, elle
m'aura pris pour un vulgaire séducteur, ne parlant
mariage que pour arriver plus facilement à mes fins ;
je n'ai point assez parlé mariage, et elle se sera méprise sur les sentiments que j'ai pour elle.

Il se mit à son bureau et il écrivit les lignes sui-
vantes :

« Madame la baronne de Rosemthald voudrait-elle
me faire savoir quel jour le général de Marinoff
pourra avoir l'honneur de se présenter chez elle
pour lui demander sa blanche et mignonne main
pour son adorateur et humble serviteur?

« SERGE DE MARINOFF. »

Il se sentit plus calme après avoir écrit cette lettre. Il se disait qu'en comprenant que son amour
était respectueux et sincère, elle allait lui répondre : Venez !

Il se jeta sur son lit, dormit quelques heures, fit
des rêves charmants ; en se réveillant, à onze heures, il confia sa missive à son valet de chambre de
confiance, lui ordonnant de la porter et d'attendre
la réponse.

Ceci fait, une inquiétude mortelle s'empara encore
de lui ; qu'allait-elle répondre ! si elle allait fixer
seulement le lendemain, quel supplice ! il devrait

attendre encore vingt-quatre heures avant de la revoir, et il se disait qu'il n'aurait jamais ce courage. Il se promenait fiévreusement dans sa chambre, regardant la pendule, comptant les minutes.

L'attente est le tourment le plus irritant de tous les nombreux tourments dont la vie est semée. L'imposer aux plus grands criminels pendant des siècles serait leur faire expier durement leurs fautes ; cela constituerait un enfer déjà terrible. Celui qui a attendu pendant une heure une personne aimée, se disant à chaque minute ; Si elle allait ne pas venir ! sera de mon avis.

Enfin, son valet de chambre revint; il avait une lettre en main ; il la lui arracha plutôt qu'il ne la prit. C'était celle qu'il avait écrite.

Elle lui faisait dire qu'il était inutile qu'il lui écrivît, car aucune de ses lettres ne serait reçue par elle.

Il resta foudroyé, anéanti de douleur, mais l'espérance est tenace dans le cœur de l'homme; le soir, à l'heure où il avait coutume d'aller chez elle, il se dirigea vers la Karavanaïa; il était devant la porte de son hôtel à neuf heures moins le quart. Comme il allait monter l'escalier, un froufrou de robe de soie se fit entendre; un parfum, le sien, vint jusqu'à lui. Il l'attendit, se dissimulant, de peur qu'elle rebroussât chemin et remontât chez elle. Lorsqu'elle passa près de lui, il tomba à ses pieds, se cramponnant à sa pelisse pour l'empêcher de fuir.

— Nadine, je ne vous demande qu'une grâce, dites-moi que vous permettrez au général de Marinoff d'aller déposer à vos pieds mon nom, ma fortune et mon cœur.

— Je refuse votre nom; jamais je ne serai votre femme, je le jure sur l'âme de ma mère, morte; je vous hais et j'en aime un autre, lui dit-elle d'une voix dure.

Il se redressa; brusquement, de suppliant il devint menaçant.

— Vous en aimez un autre?

— Oui.

— Son nom?

— J'aurais le droit de ne pas répondre, mais je veux bien vous le dire : celui que j'aime se nomme **Alexius de Kouschoff.**

Elle se dégagea, descendit en courant, monta dans un traîneau et disparut.

Il restait sur l'escalier, répétant : Kouschoff! Kouschoff! mon rival!

Puis, soudain, il prit son élan, sauta dix marches, traversa la cour en courant, sauta dans son traîneau en criant au cocher :

— Znamenskaïa, dôme Kouschoff.

Il était pâle comme un mort, ses dents se heurtaient, une colère affreuse l'oppressait; il voulait tuer son rival. . . . .

. . . .

Alexius de Kouschoff, attablé devant du thé bien fumant et bien odorant, écoutait Ivan de Perski, qui lui contait une histoire incroyable, absurde, mais vraie pourtant. Ida Markowish, une vieille fille de trente ans, aussi dénuée de charmes que de roubles, était devenue amoureuse folle du beau Benjamin Lartinoff, un riche et brillant chevalier

Gande; elle lui avait fait mille avances auxquelles l'ingrat n'avait répondu que par de sanglantes railleries... La pauvre Ida, désespérée, avait été confier sa douleur à la comtesse Mouroff, âme bonne et cœur incompris, qui lui avait dit : Ne pleurez plus, bon gré mal gré il vous aimera et vous épousera. Venez avec moi chez le sorcier Bakalwish, il vous vendra un charme. — Combien cela me coûtera-t-il? avait demandé la pauvre éplorée. — Cent roubles, avait répondu la comtesse, mais si vous ne les avez pas, je vous les avancerai, vous me rembourserez lorsque vous serez madame Benjamin Lartinoff.

Les deux femmes ont acheté le charme, disait Ivan; la comtesse a donné une soirée; elle a invité Lartinoff; Ida, Markowish se tenait dans un coin, Lartinoff arrive... Au bout d'un instant la comtesse lui dit : — Soyez charitable. Allez faire un peu la cour à cette pauvre Ida qui se meurt d'amour pour vous... — Quoi! s'est-il écrié, cette vieille folle est là... Si elle tient à me plaire, qu'elle meure vite pour que je n'aie plus le déplaisir de la voir.

La comtesse a souri, puis lui a offert une tasse de thé qu'il a savourée tout en faisant des plaisanteries cruelles sur la vieille fille... Mais son thé bu, il s'est levé, il était agité, ses yeux brillaient... Il a cherché du regard Ida, l'ayant aperçue, sa figure a pris une expression joyeuse... il est allé vers elle... et, mon cher, pendant toute la soirée, il est resté assis à côté d'elle, lui parlant tout bas... et elle l'écoutait avec un ravissement béat... il y a quinze jours de cela... demain ils se marient.

— Quelle plaisanterie... Benjamin épouserait cette vieille folle d'Ida Markowish? Allons donc !

— Je suis son garçon d'honneur.

— Ah! par exemple, voici qui me ferait croire à la vertu des philtres; dis donc, Ivan, ce sournois de Marinoff aura payé un domestique de la baronne de Rosemthald pour lui verser un philtre dans son thé... et c'est pourquoi, affolée, elle a couru après lui sur la grande route, et c'est pourquoi elle l'adore.

A ce moment, Marinoff entra comme un ouragan, devançant le valet de chambre qui venait l'annoncer.

— Tiens... on parle de lui et il arrive! s'écria Ivan.

De Kouschoff alla au-devant de lui la main tendue... Marinoff mit sa main dans sa poche. La colère l'oppressait à un tel point qu'il voulait parler, mais que nul son ne sortait de sa gorge.

— Qu'as-tu donc, Serge? Oh! mon Dieu, comme tu es pâle... Te serait-il arrivé un malheur? lui dit de Kouschoff.

— Misérable... hypocrite... tu as trahi mon amitié... tu t'es moqué de moi... tu es mon rival... dit-il enfin d'une voix que la colère faisait trembler.

— Moi... ton rival... deviens-tu fou? Voyons, Serge, calme-toi... pas d'injures, expliquons-nous en bons gentilshommes que nous sommes. Qu'y a-t-il?

— Tu fais la cour à la baronne de Rosemthald.

— Moi... je te jure sur l'honneur que je l'ai trouvée fort séduisante; elle m'a même inspiré un amour romanesque, mais voyant qu'elle indiquait clairement que c'était sur toi qu'elle avait jeté son

dévolu, j'ai sauvé à mon amour-propre une nouvelle humiliation; je ne me suis pas présenté une
seule fois chez elle, malgré la presque invitation
qu'elle m'en avait faite.

— Dis-tu vrai?

— Je te vois en un si triste état que je te pardonne
de douter de ma parole loyale... Veux-tu un serment? Je te jure sur mon salut éternel que je ne
lui ai pas adressé la parole depuis cette fameuse
chasse.

— Mais alors!... je deviens fou... je n'y comprends plus rien...

En disant cela, de Marinoff se laissa tomber dans
un fauteuil; il resta longtemps silencieux, ses deux
amis se taisaient, respectant sa douleur.

Soudain il se leva, marcha fiévreusement... Puis
il dit:

— Ivan Perski, voulez-vous m'excuser, j'emmène
Kouschoff chez moi... Fais-moi le plaisir de venir,
Alexius, j'aurais un service à te demander.

— Je suis à ta disposition; veux-tu attendre mon
retour, Ivan?

— Oui, dit tout bas celui-ci, car j'espère que
vous me raconterez pourquoi il est dans un tel
trouble.

Dix minutes après, Marinoff et Kouschoff étaient
assis dans le cabinet de travail de Serge... et celui-
ci faisait à son ami le récit de ce qui s'était passé la
veille dans le boudoir de la comtesse de Rosemthald.

— Mais c'est incroyable, tu es le plus beau parti
de Pétersbourg, et enfin elle s'est jetée elle-même à

2.

ta tête, lui dit de Kouschoff. Et elle te refuse
Comment t'avait-elle reçu jusque-là?

— En femme aimante et heureuse d'être aimée.

— Elle est folle, ou ce n'est qu'une abominable
coquette, une de ces femmes blasées et sans cœur
qui s'amusent à faire naître l'amour pour se donner le plaisir d'en rire.

— Oui, c'est cela, c'est une coquette... Mais quelle
cruauté elle a montrée hier... Non, ce n'est pas une
coquette... elle ne jouait pas la comédie, lorsqu'elle
rougissait et pâlissait sous mon regard brûlant.

— Mais alors pourquoi te chasser ainsi, et refuser
ta main?

— Oui, pourquoi! voilà ce que je me demande...
qui me donnera la clef de ce mystère?

— Je commence à croire qu'Ivan a raison, dit de
Kouschoff.

— En quoi?

— Il insinuait que ces philtres que vendent tous
les sorciers qui pullulent en Russie, pourraient bien
avoir un pouvoir magique.

— Tu m'y fais songer. Elle m'a ensorcelé, je le
sens; elle-même est sorcière, elle est de celles qu'on
nomme charmeuses... Elle me possède et lorsque
je dis que je ne comprends pas ce qu'elle veut,
je mens, car je ne le comprends que trop. Mais voilà
ce que je ne puis deviner, c'est pourquoi elle veut
cela.

— Que veut-elle donc?

— Que je me tue.

— Deviens-tu fou?

— Non, je ne suis pas fou, mais je suis possédé,
et elle a soif de mon sang.

— Ah! mon pauvre Serge, tu es décidément bien malade ; mais reviens à toi, ne te laisse pas frapper l'esprit, cette femme n'est qu'une atroce coquette que tu dois mépriser.

— Oui, je la méprise, Alexius, je la hais même ; pourtant elle m'a ensorcelé, je ne puis plus vivre sans elle, elle s'est emparée de mon âme... Je suis sa chose, je dois lui obéir.

— Mon pauvre ami, tu me fais de la peine ; il est impossible que tu l'aimes encore, à présent que tu vois qu'elle s'est jouée de toi.

— Si je l'aime!... Oh! viendrait-on me dire qu'elle a commis un crime, qu'elle n'est qu'une misérable intrigante, que je me roulerais à ses pieds pour la supplier d'accepter mon nom, ma fortune, ne devrait-elle me considérer que comme un esclave.

— Décidément, elle t'a jeté un charme.

— Oui, jusqu'ici, comme tous les fils de la terre polaire, j'avais un brin de superstition, mais je ne croyais pas pourtant qu'une charmeuse pût avoir un tel empire... J'avais tort, Nadine s'est emparée de ma volonté, de tout mon être, et je sais ce qui me reste à faire pour me guérir.

— Que veux-tu dire, Serge?

— Je te dirai cela plus tard... A présent, laisse-moi te demander un service : je vais écrire une lettre, demain tu la lui porteras et tu la forceras à la lire.

— Aller chez elle, jamais! Je la méprise trop, je ne pourrais m'empêcher de lui dire ce que je pense d'elle. Envoie ta lettre par la poste ou par un domestique.

— Elle ne la lirait pas. Je te demande cela comme un grand service, ne me refuse pas, je t'en prie.

— Si c'est réellement un service, j'irai, mais à condition que tu me laisses le champ libre; je vais lui dire tout ce que je pense d'elle.

— Je ne te demande qu'une chose, t'arranger de manière à la forcer de lire la lettre que je vais écrire.

— Je te jure qu'elle la lira.

Serge de Marinoff se mit à écrire une longue lettre.

Alexius de Kouschoff, tout en fumant sa cigarette, se disait que la baronne de Rosemthald était une femme dangereuse et qu'il était bien aise qu'elle eût pris un autre que lui pour victime de son pouvoir diabolique ou de sa coquetterie effrénée; il se promettait bien, la commission de son ami faite, de la fuir et il sentait se changer en mépris la sympathique admiration qu'elle lui avait inspirée d'abord.

Serge cacheta la lettre, puis la tendant à Kouschoff :

— Jure-moi que demain tu la lui porteras.

— Je te le jure. Où te trouverai-je pour te donner la réponse?

— Il n'y a pas de réponse.

— Mais enfin pour te dire comment notre entrevue se sera passée?

— Je pars ce soir même.

— Est-ce dans ta terre que tu vas? Peut-être ferais-tu mieux d'aller à Paris ou en Italie te distraire un peu. En tout cas, donne-moi ton adresse, je tiens à te faire savoir ce que cette abominable femme aura dit ; je veux lui demander pourquoi elle m'a mis en cause, car elle a menti en disant qu'elle m'aimait, et je me creuse la tête pour deviner le but de ce mensonge.

— Elle voulait sans doute me forcer à me battre avec toi.

— Oh! je devine. Un duel pour elle! ça l'aurait posée.

— Non, elle espérait que tu me tuerais.

— Eh bien!... à quoi lui aurait servi ta mort?

— Je ne sais, mais je sens qu'elle la souhaite.

— Mais dans quel but?

— Les démons n'ont pas de but pour faire le mal.

— Que le diable emporte cette sorcière de malheur; va voyager, amuse-toi et ne pense plus à elle, et dis-moi où je dois t'adresser mes lettres.

— Je vais t'écrire mon adresse, mon cher Kouschoff, mais avant serre-moi la main, dis-moi que tu me pardonnes les mots vifs, injurieux peut-être que je t'ai dits tantôt.

— Ne parlons plus de cela, mon cher ami; tu me croyais ton rival, et tu voulais m'étrangler, c'est tout naturel, à ta place j'aurais été comme toi, furieux.

Ils se serrèrent affectueusement la main, puis Serge alla dans sa chambre.

Deux minutes après, une détonation déchira l'air, fit trembler les vitres. De Kouschoff se précipita dans la chambre de son ami; un affreux spectacle

l'y attendait. Serge de Marinoff, étendu sur le tapis,
était affaissé dans une mare de sang; il s'était tiré
un coup de revolver dans la bouche; sa cervelle,
volant en éclats, avait tout éclaboussé autour de
lui·

CHAPITRE III

UNE APPARITION TERRIBLE

Dans une demi-obscurité, une lampe brûlant devant les saintes images éclairait seule une immense chambre; un vieillard pleurait agenouillé à côté d'un cercueil.

Ce vieillard était le général Wladimir Nicolas de Marinoff. Il pleurait son fils unique, la consolation de sa vieillesse, sa dernière affection.

Il avait voulu rester seul près du cadavre de son enfant. Le pope, les serviteurs et les amis étaient réunis dans une pièce contiguë; le prêtre récitait à haute voix les prières des trépassés, les assistants répondaient *Amen!* en chœur.

Les sanglots du vieillard faisaient un lugubre accompagnement à ce lugubre chœur.

Ce pauvre père tenait dans ses mains une des mains raidies du mort; soudain une main se posa sur son épaule, il tressaillit et se leva brusquement... La main du mort retomba avec un bruit sec.

Une femme, ou plutôt un spectre noir, était de-

vant le vieillard, toute drapée de noir, la figure bla-
farde; elle le regardait fixement.

Épouvanté, là gorge serrée, les yeux dilatés par
la peur, le général contemplait cette ombre noire ;
il se demandait si ce spectre n'était pas celui de la
mort venant le chercher pour le réunir à son fils.

Le fantôme étendit un bras vers le cadavre et
d'une voix basse et sifflante, il dit : — Regarde,
Wladimir Nicolas Marinoff, le sang de ton fils a
coulé, son crâne est broyé ; il est là, hideux et blême
comme il y a trois ans était sanglant et blême le fils
d'Élisabeth de Lansky... Te souvient il, lâche assassin, de la douleur de la pauvre mère! Celui-ci
venge l'autre. Et le spectre secoua brutalement le
vieillard en le prenant par le bras.

Le général éperdu, épouvanté, balbutia : — Mais
qui donc es-tu?

— Je suis la vengeance! le sang se paye par le
sang! Adieu! reste seul, isolé, et maudit sur cette
terre !

Le spectre noir disparut. Le vieillard s'affaissa
lourdement ; il tomba sur le cercueil, sa tête heurta
la tête sanglante du cadavre.

Au bruit sinistre de ces corps se heurtant, ceux
qui étaient dans la pièce à côté accoururent; un cri
d'horreur s'échappa de toutes les bouches. On releva le pauvre père, le coin du cercueil lui avait
fendu la tête, son sang coulait à flots, et il avait ensanglanté la pâle figure de Serge, le trépassé.

On mit le vieillard sur un lit... — Là... là... par
cette porte... le spectre... murmurait-il en désignant
de la main la porte par où s'était enfuie la sombre
apparition.

— Il a le délire... se dirent tout bas les assistants.

Bientôt, en effet, le délire le prit : deux heures après il rendait le dernier soupir.

On retarda l'enterrement de Serge, et le même jour le père et le fils furent conduits à leur dernière demeure.

Lorsque, à l'église, les prières terminées, le prêtre découvrit les deux cercueils et dit aux assistants : — Venez tous prendre congé des chers morts... ceux qui s'approchèrent des cadavres pour leur baiser la main, reculèrent épouvantés en apercevant ces deux têtes sanglantes et brisées... Seule, une femme voilée les considéra longuement, puis s'éloigna sans donner, selon l'usage russe, le baiser d'adieu aux morts.

Alexius de Kouschoff avait veillé les morts ; il ne les avait point quittés d'une minute ; il revint du cimetière brisé de douleur et de fatigue... — Qu'elle soit maudite mille fois, se disait-il, cette misérable charmeuse qui, par sa détestable coquetterie, a envoyé ces deux hommes au tombeau d'une façon si tragique !

Il se coucha, dormit douze heures ; le lendemain, en se réveillant, il se demandait s'il n'avait pas eu un cauchemar, et s'il n'avait point rêvé ces deux lugubres drames.

Mais en s'habillant, il mit la main dans sa poche et il trouva la lettre que ce pauvre Serge lui avait confiée pour remettre à la baronne de Rosemthald. Tout ce drame n'était que trop réel... Qu'allait-il faire de cette lettre ? Il avait manqué au serment fait de la remettre le lendemain. Mais le cher mort

3

devait l'excuser, car, tout à son désespoir, il avait perdu la tête et il avait oublié sa promesse.

Mais à présent, qu'allait-il faire? La porter à cette femme? Elle lui faisait horreur, et il ne se sentait pas la force de la revoir... et pourtant le pauvre Serge lui avait dit : — Jure-moi que tu la forceras à la lire... Ne devait-il pas vaincre sa répugnance et obéir?... La volonté d'un mort n'est-elle pas sacrée? Mais voir ce monstre, le bourreau de son ami, lui causait une sensation douloureuse, il ne s'en sentait pas le courage ; longtemps il resta indécis, hésitant. Ivan de Perski vint lui rendre visite, il lui conta les confidences que lui avait faites le pauvre Serge sur la façon dont la baronne de Rosemthald l'avait brutalement chassé et désespéré, après avoir encouragé son amour.

— Ce n'est pas une femme, s'écria le jeune Ivan, c'est une satanée sorcière. Moi, pour rien dans le monde, je ne mettrais les pieds chez elle... Songez donc, Alexius, qu'elle pourrait vous jeter un sort... vous ensorceler, vous aussi.

— Oh!... qu'elle soit sorcière, qu'elle soit qui elle voudra, je la défie de se faire aimer de moi; à présent que je sais que son âme est aussi laide que son corps est beau, je ne crains qu'une chose, n'être pas assez maître de moi et lui trop laisser voir le mépris que j'ai pour elle.

— S'il en est ainsi, allez, Alexius, remplir la mission que ce pauvre Marinoff vous a donnée... Ne craignez pas de la traiter comme elle le mérite, au moins notre ami sera vengé.

— Tu as raison, j'y vais, et je veux la faire rou

gir de honte de son odieuse conduite, je veux qu'elle
verse les larmes âcres du remords.

— Bast! pour avoir des remords il faut avoir du
cœur, et cette femme me paraît en manquer complètement... dit Ivan de Perski.

— A défaut de conscience, la peur inspire quel-
quefois d'amers remords, répliqua de Kouschoff.

Les deux jeunes gens sortirent, Ivan laissa de
Kouschoff à la porte de l'hôtel qu'occupait la baronne de Rosemthald, et il s'éloigna en faisant plusieurs signes de croix et en disant : — Mon Dieu!
sauvez-moi de la Charmeuse et faites que le diable
l'emporte bien loin de Pétersbourg !

CHAPITRE IV.

ELLE! UNE SORCIÈRE MAUDITE! NON, C'EST UN ANGE.

Elle était dans ce même boudoir, tout tendu de
soie rose pâle; elle était enveloppée dans un nuage
de mousseline blanche et de valenciennes jaunâtres;
ses cheveux dénoués lui faisaient un splendide manteau de reine; elle était blanche, mais blanche
comme la blanche mousseline qui l'entourait; ses
yeux brillaient d'un sombre éclat; était-ce de désespoir ou de triomphe? Il aurait fallu lire dans son
âme pour le savoir, et l'âme d'une femme est un livre indéchiffrable pour tout autre que pour Dieu.

Ses lèvres épaisses, d'un rouge sanglant, tran-
chaient brutalement sur la pâleur de son teint...
Elle avait une beauté étrange, presque effrayante
ce jour-là.

Une vieille femme entra doucement, et s'approchant d'elle, elle lui dit tout bas quelques mots.

— Il est là, dis-tu? et il veut me voir! Oh! c'est
trop de bonheur... Dieu est pour moi; fais-le entrer...

— Sois prudente, ma fille...

— Sois tranquille, nourrice... j'aurai encore la victoire... Introduis-le...

La vieille femme sortit; la baronne de Rosemthald prit une pose affaissée et morne... On annonça le comte Alexius de Kouschoff.

Il entra froid, l'air raide et glacial.

Elle, sans se lever, fixa sur lui des yeux égarés, puis, se levant d'un bond, elle alla menaçante vers lui :

— Vous! vous ici!... c'est infâme... c'est insulter ce cher mort... Oh! mon pauvre Serge !

— Madame, je viens remplir une mission...

— Non... non... ne restez pas une minute de plus... mais oubliez-vous donc que vous êtes mon complice?... Oui, vous êtes plus que mon complice encore... vous êtes la cause de sa mort... Ah! malheureux que nous sommes! malheureuse que je suis !

Et elle pleurait, elle tordait ses mains d'enfant... Elle était ainsi d'une beauté sans pareille.

De Kouschoff la regardait, il s'attendrissait en voyant couler ses larmes, et il était intrigué des paroles de la jeune femme et aussi de sa douleur.

— Votre complice, avez-vous dit, madame? mais en quoi ai-je été votre complice?

— Il demande en quoi? hélas! n'avons-nous pas tué ce cher Marinoff...

Et elle se laissa retomber sur sa chaise longue, et cachant son visage dans ses mains, elle se mit à sangloter.

Devant cette douleur si grande et si vraie, de

Kouschoff sentit fondre toute sa colère ; il s'assit
près d'elle et lui dit doucement :

— Calmez-vous, baronne. Il vous a aimé, son
amour l'a tué... Après tout, ce n'est pas votre faute
si vous n'avez pas pu l'aimer.

— Non, ce n'est pas la mienne, mais c'est la
vôtre... Amour fatal et maudit qui m'a rendue criminelle, s'écria-t-elle en se tordant les bras.

— Mais, de grâce, expliquez-moi ce que vous
voulez dire, je ne vous comprends pas.

— Si vous aviez compris... il ne serait pas mort...
Ah ! vous voulez que je vous explique... Eh bien !
oui ! je vous dirai tout, et vous aurez votre part
dans les remords qui me torturent.

Elle se redressa, ses yeux étaient devenus secs,
ils étaient brillants et lançaient des étincelles ; ses
lèvres frémissaient de colère... Elle était si splendide
dans sa nouvelle transformation que Kouschoff,
ébloui, fasciné, se mit à ses genoux sans avoir
conscience de ce qu'il faisait... Et prenant une de
ses mains, il lui dit :

— Parlez, parlez, je vous écoute.

— Il vous a tout conté, n'est-ce pas, avant de se
tuer ?

— Oui.

— Et vous avez pensé que je me suis jouée de
lui, que je ne suis qu'une vulgaire coquette, une
femme sans cœur ?

Alexius se taisait...

— Répondez, et surtout soyez franc.

— Eh bien ! oui, j'ai cru cela ; pardonnez-moi, je
le sens à présent, je me suis trompé ; je comprends
qu'il y a un mystère en tout ceci.

— Oui, il y a un mystère... et je vais vous le dire... Alexius, relevez-vous; écoutez-moi avec calme, sans m'interrompre, il faut que je vous dise tout, car n'avoir pas votre estime serait pour moi une chose par trop cruelle.

Elle prit un ton triste et navré; lui, s'assit en face d'elle; il la regardait, l'écoutait, buvait ses paroles; à entendre la musique de sa voix, il éprouvait une sensation de bien-être infini; c'était comme une douce musique qui lui caressait l'oreille et faisait vibrer son cœur.

— Un amour ardent, profond, une de ces passions qui vous dominent et vous font tout braver, même les convenances, disait-elle, s'était emparé de tout mon être; j'avais souvent haussé dédaigneusement les épaules en entendant parler de ces coups de foudre, de ces passions qu'un regard fait naître; eh bien, un seul regard a fait naître en mon cœur un amour fatal. — Un soir, au théâtre, je vis un homme, sa vue secoua tout mon être, et mon cœur, jusque-là si calme, se mit à battre; je l'avais croisé dans le foyer cet homme; le hasard voulut qu'il allât dans une loge qui se trouve en face de la mienne; par une sorte de magnétisme il attirait mon regard; plus je le regardais, plus je me sentais troublée. A partir de cette soirée néfaste, il s'est emparé de ma pensée; je n'allais au théâtre que pour l'apercevoir, je n'allais me promener aux Iles ou sur la perspective Newski que dans l'espoir de le rencontrer... Que vous dirai-je? malgré moi un amour fou est entré dans mon cœur; c'était une maladie, une obsession; pour le voir de près, pour entendre sa voix, j'aurais donné gaiement une année de ma vie; je savais son nom, je savais qui il était. — Un jour, le hasard m'apprit qu'il allait chasser chez Marinoff, dans le Novgorod... et une pensée folle me vint... Que voulez-vous, lorsque l'amour nous tient, nous perdons toute raison, toute retenue.

— Mais cet homme, qui avait le bonheur d'être ainsi aimé de vous, ce n'était donc pas Marinoff?

En disant cela, de Kouschoff était ému, bouleversé, car il devinait bien que c'était de lui qu'elle parlait, mais il voulait une certitude.

— Non, ce n'était pas Marinoff, reprit-elle; mais voulant dissimuler le motif qui me poussait, je feignis de faire attention à lui plus qu'aux autres... plus qu'à celui que j'aimais... et enfin, je serai franche, puisque je fais ici ma confession... je voulais qu'il m'aimât, je voulais piquer son amour-propre en affectant de témoigner plus de sympathie à Marinoff qu'à lui. Pourtant, mon regard plus d'une fois lui aurait laissé lire l'état de mon âme... mais il ne vit rien, ne comprit rien. — Ah! que j'ai souffert!....

Elle voila son visage de ses deux blanches mains et à travers ses doigts effilés quelques larmes filtrèrent.

Alexius de Kouschoff se jeta à ses pieds.

— Madame, ayez pitié de moi, le nom de cet homme...

— Ne l'avez-vous pas deviné?

Elle lui dit ces mots en le regardant avec son doux regard noyé de larmes...

— Moi... moi... est-ce possible?

Et fou de joie, il couvrait de baisers ses mains.

— Oui, c'était vous... En remontant dans ma

troïka : A revoir, à Petersbourg, vous ai-je dit à
tous les trois, mais en ne regardant que vous seul...
et je vous ai attendu... et j'ai pleuré de rage en
voyant que vous ne veniez pas. Je recevais aima-
blement Marinoff, espérant qu'il vous amènerait un
jour... Hélas ! songiez-vous seulement à moi? J'ai
appris que vous offriez vos hommages et votre
amour à une actrice... et moi, si fière jusque-là,
j'en suis arrivée à être jalouse de cette fille. — J'ai
pleuré, j'ai souffert, puis, lasse de souffrir, j'ai
voulu me guérir. Marinoff était amoureux de moi,
j'ai voulu l'aimer; de bonne foi, je l'ai essayé...
Souvent il était là où vous êtes, il me disait des
mots brûlants d'amour, moi je fermais les yeux,
je me donnais une douce illusion... celle que c'était
vous qui me parliez ainsi; mais la veille de notre
rupture, alors que je rêvais de vous, il m'a soudain
prise dans ses bras, ses lèvres se sont posées sur
mon front et...

— Le misérable ! s'écria de Kouschoff.

— Et, réveillée de mon doux rêve, j'ai vu que
c'était lui et non vous ; il m'a fait horreur; j'ai compris que mon cœur était trop à vous pour que je
puisse même me laisser aimer par lui... Je l'ai
chassé durement, brutalement, parce que j'étais ir-
ritée, désespérée de n'être pas aimée par vous... Le
cher mort ne pouvant lire dans mon âme, a dû me
juger bien mal... Pauvre garçon... Vous le voyez,
je suis plus malheureuse que coupable, et je maudis
cet amour fatal qui...

— Oh! ne le maudissez pas, de grâce; moi, je le
bénis ! s'écria Kouschoff.

— Nous devons le maudire, il a causé la mort

3.

d'un galant homme, et à présent, adieu, reprit-elle ; mais avant de nous séparer pour toujours, dites-moi que j'ai votre estime.

. — Nous dire adieu ! nous séparer ! mais ne savez-vous pas que moi aussi je vous aimais ? Votre beauté m'avait ébloui, votre voix si douce que j'avais entendue une minute, un soir au théâtre, m'avait remué le cœur... Que n'aurais-je pas donné pour avoir le droit de vous parler de mon amour... mais j'ai cru que vous aimiez Marinoff... Le dépit s'est emparé de moi, je n'ai pas voulu venir contempler le bonheur de mon rival... et c'est ce dépit qui m'a jeté aux pieds d'une femme que je n'aime pas.

— Est-ce possible ! nous aurions pu être si heureux. Oh ! quel destin cruel est le mien... et je ne connais cette joie immense, ineffable, être aimée un peu par celui que j'adorais, qu'au moment où je dois renoncer à son amour.

— Y renoncer ! pourquoi ?

— Une tombe nous sépare.

— Non, elle ne nous séparera pas... Eh quoi ! le ciel m'envoie ce bonheur inespéré, être aimé de vous, et je devrais y renoncer? Non, mille fois non, vous m'aimez, moi aussi, et rien ne saurait nous séparer désormais.

— Ne devons-nous pas ce cruel sacrifice à celui qui a été la triste victime de notre malentendu ?

— Non, certes, je ne lui dois rien ; il m'a volé cinq semaines d'ivresse, il a eu le bonheur de vous voir, de vous entendre, de vous parler d'amour... Il a eu cette illusion si douce que vous l'aimiez ; il a payé cela de sa vie, de quoi peut-il se plaindre ? il est votre obligé et non votre victime... Donnez-moi un mois de la même ivresse, et je vous bénirai, devrais-je, moi aussi, la payer de ma vie.

Elle se leva, pâle, palpitante; elle le regarda longuement, puis elle lui dit :

— Alexius, je vous fais une prière, partez, laissez-moi, je suis si heureuse, si troublée d'apprendre que votre cœur, que je croyais plein de mépris et d'indifférence pour moi, contient au contraire un peu d'amour; le bonheur que j'entrevois est si grand... que ma pauvre tête s'égare... j'ai peur de devenir folle. Partez.

— Je partirai, je vous obéirai, mais dites-moi ce mot qui, seul, peut m'en donner le courage : à demain.

— Oui, à demain, murmura-t-elle à son oreille.

— Oh! merci; à demain et à toujours, mon adorée!

Il baisa sa petite main mille et mille fois, et il s'éloigna la joie dans l'âme et en se disant: « Moi qui disais c'est un démon! c'est un ange et je l'adore. »

Le soir, en se déshabillant, il retrouva dans sa poche la lettre du pauvre mort... Il la froissa avec colère, puis la jeta au feu en disant :

— Certes non, je ne la lui donnerai pas... Pourquoi faire couler encore des larmes amères de ces beaux yeux? Du reste, de quoi peut-il lui en vouloir? s'il avait été moins fat, il se serait aperçu que ce n'était pas lui qu'elle aimait, mais moi.

CHAPITRE V

UN SCANDALE DANS LE GRAND MONDE

Dans la haute société pétersbourgeoise de ce temps-là, un salon entre tous était fréquenté par tout ce que la ville comptait de grands seigneurs et de grandes dames, d'hommes de valeur, poètes, littérateurs, peintres et savants.

C'était le salon de la vieille princesse Oldouroff, femme d'un chambellan de l'empereur, et qui, à côté de la haute position qu'elle occupait, s'était fait un cercle d'amis dévoués, à cause de son esprit bienveillant, de son caractère enjoué et de la grande aménité de ses manières.

Ce soir-là, il y avait réception chez la princesse, et quoiqu'il fût à peine onze heures, les nombreux salons étaient déjà encombrés de femmes idéalement bien habillées; la Russe possède au suprême degré l'art de la toilette et l'art d'augmenter l'éclat de sa beauté ou de diminuer sa laideur.

Les brillants uniformes des chevaliers-gardes, des gardes à cheval et des officiers du régiment d'Obro-

jenski faisaient un merveilleux effet avec leurs do-
rures et leur clinquant au milieu de cet essaim de
femmes parées.

Une orgie de lumière éclairait tout ce monde; des
fleurs à profusion ajoutaient par leur éclat à l'éclat
de la réunion.

Comme dans tous les salons russes, la société
avait formé des groupes; chaque coterie avait le
sien dans lequel on causait, on riait sans se préoccuper des autres invités.

Les domestiques seuls s'occupaient de tout le
monde; ils offraient à tous et tous les quarts
d'heure une tasse de thé, des raisins, des mandari-
nes et autres fruits.

Dans un salon, des jeunes filles et des jeunes gens
dansaient.

Dans un autre, des hommes et des femmes s'a-
donnaient aux plaisirs du jeu du whist.

Dans une grande pièce, il y avait deux tables d'é-
checs; des hommes et des femmes, graves, sérieux,
jouaient; un cercle de gens graves aussi les
entouraient, marchant sur la pointe des pieds et se
parlant bas; au moindre bruit de chaise heurtée,
au plus léger froufrou de robe, un formidable
chut! apprenait aux oublieux qu'on n'était pas là
pour s'amuser.

Dans un autre salon, le baccarat attirait tous les
gros joueurs; là on causait, on s'animait, on discu-
tait même.

Enfin, dans un petit salon meublé à la turque,
avec de larges divans bas et de gros coussins jetés
au milieu de la pièce, plusieurs jeunes et jolies
femmes s'étaient réunies; elles formaient comme

un groupe de fleurs animées, les papillons étaient nombreux autour d'elles. Dans ce salon-là on devisait amour, caprice, sentiment, voire même passion ; il se disait derrière l'éventail des propos un peu lestes, auxquels répondaient des éclats de rire étouffés par un mouchoir de dentelle.

Un nouveau venu entra ; il portait le costume des officiers de l'armée du Caucase... On le regarda, on l'examina, on semblait se demander quel pouvait bien être cet intrus ? Les officiers du Caucase ne sont pas bien vus des grandes dames russes ; parce que généralement ils sortent de la bourgeoisie ou de la petite noblesse, et s'ils portent un grand nom, l'envoi au Caucase indique défaveur ou exil ; aussi les jolies femmes présentes rendirent son salut au nouveau venu avec un petit air hautain et impertinent. — Mais soudain Ivan de Perski, qui était lui aussi dans ce salon, s'écrie :

— Mais c'est Nicolas de Kouschoff.

Et il court vers lui et l'embrasse...

Ce nom, comme un talisman, valut au Caucasien poignées de main et aimables sourires des femmes.

— Sans ce bon Ivan, nulle de vous, mesdames n'aurait daigné me reconnaître... Ah ! les femmes ! je vous ai adorées, aimées, vous aviez la bonté de m'accorder un peu de sympathie... je m'éloigne, et me voilà oublié par toutes, est-ce assez triste ? dit en souriant celui qu'on venait de nommer Nicolas de Kouschoff.

— Mais aussi, mon cher, on ne va pas au Caucase ; quelle est celle de nous qui se compromettrait à donner un souvenir à un vulgaire Caucasien ?... Regardez-vous dans la glace, fi, le vilain costume !...

C'est la belle Wnieff qui lui dit cela en riant.

— Si c'est le costume que vous aimez, daignez, comtesse, m'indiquer celui que vous préférez, demain j'entrerai dans le régiment que vous m'aurez désigné et après-demain mon uniforme ira demander à votre beauté la preuve de votre sympathie.

— Tiens, tiens, il n'est pas devenu trop Caucasien; il est encore impertinent et fat comme lorsqu'il était à l'école des pages, dit en riant notre ancienne connaissance, le prince de Kolokoff.

— Au Caucase, cher prince, on ne dépense aucune de ses richesses, si bien que j'ai fait des économies; je rapporte même un peu d'esprit, riposta Nicolas.

— Rapportez-vous beaucoup de cœur?

C'est une ravissante jeune femme qui faisait son entrée dans le salon qui posait cette question indiscrète.

Il la regarda, rougit beaucoup, lui baisa la main tendrement et répondit :

— Ephémia Warowish, mon cœur est le même depuis huit ans.

— Comme vous avez vingt-six ans, c'est donc un jeune cœur de dix-huit ans que vous possédez?

— Oui, comtesse Wnieff, et Ephémia Warowish pourrait vous dire ce que valait ce cœur.

— Oh!... oh!... s'écrièrent en chœur les femmes et les hommes... il paraît qu'on apprend l'indiscrétion au Caucase.

— Au Caucase, mesdames, car, messieurs, je ne m'excuse qu'auprès d'elles, on cache ce qui doit être caché, mais on publie ce qui peut être publié; eh bien! je publie hautement qu'à un bal à l'école

des pages, ayant eu le bonheur de voir et de causer
avec un adorable petit lutin qui s'appelait Ephémia
Warowish, j'en devins amoureux, amoureux à ne
plus savoir combien font deux et deux... Ah! que
de consignes la charmante fillette fit pleuvoir sur
ma pauvre folle tête... Mais, quoique page, je n'o-
sais lui avouer ma flamme... Je sors de l'école, on
m'envoie en garnison à cent lieues; je supporte cet
exil au fond d'une sauvage province en rêvant à
mon blond lutin... Enfin, je reviens à Pétersbourg
moins timide, mais tout aussi amoureux... et j'apprends que mon adorée a épousé le baron de Rosen... Le désespoir s'empare de moi, et... je m'exile,
je vais au Caucase.

— Comment, un exilé d'amour... et nous qui le
plaisantions sur son uniforme, s'écrie une jeune
femme; parole d'honneur, à présent nous allons le
trouver plus beau que celui du régiment Abro-
woski.

— Merci du doux espoir, madame.

Nicolas, en disant cela, baisait la main de la jeune
femme; puis, se tournant vers Éphémia Warowish:

— Et vous, madame, me pardonnerez-vous ce
costume que j'ai pris par amour pour vous?

— Vous êtes un grand fou; mais vous venez de
parler de mon mariage et ceci me fait songer à mon
époux; je ne le vois pas, je vais à sa recherche... A
revoir, mesdames, à revoir, messieurs.

— Ephémia Warowish, je suis né sous une mauvaise étoile, je n'arrive à Pétersbourg que pour entendre parler de votre mari.

— Il fallait être moins timide et me faire connaître

vos sentiments avant que Rosen m'eût appris les siens.

Elle lui lança cette malice de la porte et disparut dans l'autre salon.

— Dis donc, Nicolas, sais-tu que tu es un malin avec ton histoire d'amour rétrospectif?... Tu sais que le ménage va mal, et tu te poses en prétendant, lui dit de Perski.

— Comment! elle est malheureuse! d'honneur, je l'ignorais, Ivan.

— Eh bien! je suis heureux de te l'apprendre.

— Si elle veut divorcer, me voilà..

— Ce sera parfait, s'écria avec un sourire ironique une fille de trente ans sonnés; l'aîné des Kouschoff épousera une veuve, le cadet une femme divorcée.

— Que voulez-vous dire, mademoiselle? Alexius serait-il donc à la veille de se marier?

— Il ne t'a pas parlé de son amour? lui dit Ivan.

— Non, j'arrive d'hier seulement.... Nous avons causé du Caucase, de mille choses me concernant, mais il ne m'a point dit qu'il fût à la veille de se marier.

— Oh! fit Kolokoff, se mariera-t-il? ceci reste à savoir; mais ce qui n'est, hélas! que trop sûr, c'est qu'il a subi le fatal charme... Sommes-nous heureux, mon pauvre Ivan, d'y avoir échappé tous deux.

— Quel est ce charme fatal? je ne comprends rien à tout ce que vous dites; de grâce, expliquez-vous, dit Nicolas.

— Il aime la Charmeuse, lui répondit d'un air solennel le prince de Kolokoff.

— La Charmeuse... qu'est-ce que la Charmeuse?

— Comment... vous ne savez pas ce que c'est
que la Charmeuse? se récrièrent hommes et
femmes.

— Mais songez que j'arrive du Caucase.

— De la lune, mon cher; il faut arriver de cette
planète à demi-morte pour ne pas connaître la
Charmeuse, s'écria Maurissoff, un brillant chevalier-
garde.

— Viens, lui dit Ivan de Perski, allons faire un
tour de salon et je t'apprendrai qui est celle dont on
parle, celle qu'on nomme ainsi.

Ivan l'entraînait loin de tout ce monde, craignant
que devant lui, qui serait peut-être un jour le beau-
frère de la baronne de Rosemthald, on ne la traitât
comme à l'ordinaire d'intrigante ou de sorcière...
Ivan était jeune et étourdi, mais il avait du cœur.

Avec toutes sortes de ménagements, il conta à
son ami Nicolas l'histoire de la chasse, le drame de
la mort de Marinoff, et l'amour profond qu'Alexius
de Kouschoff avait conçu pour cette femme.

Nicolas adorait son frère qui, quoique son aîné de
cinq ans, avait toujours été un excellent camarade
pour lui ; il fut très affecté, pressentant un danger
pour Alexius, et se sentant peu flatté de penser
qu'il aurait peut-être bientôt cette femme, venue
de je ne sais où, pour belle-sœur. — Son frère lui
avait promis de venir le rejoindre à une heure du
matin chez la princesse pour le mener souper chez
Dorotte; il se promit bien de l'interroger cette nuit

même et de savoir ce qu'il y avait de sérieux dans
ce qu'on venait de lui dire.

Pour se distraire, il s'approcha d'une table de jeu,
se plaça derrière un joueur ; on jouait au baccarat,
et on jouait un jeu d'enfer ; le joueur qui lui faisait
face devait perdre beaucoup, et la perte devait lui
être sensible, car il était sombre, ses lèvres avaient
un frémissement de colère, et les cartes tremblaient
dans ses mains ; il demanda tout bas son nom à un
voisin, qui lui répondit que c'était le baron de
Rosen, et qui ajouta :

— Il s'est ruiné, a fait des dettes, sa femme a eu
la bonté de les payer... Il vient d'hériter d'une de ses
tantes et il perd son héritage ; le démon du jeu le
possède.

Nicolas avait un cœur excellent, mais l'homme,
et le meilleur, devient parfois férocement égoïste ;
or, il avait raconté en souriant son amour pour
Ephémia Warowish, mais cet amour, le premier
qu'il eût ressenti, lui était resté dans le cœur... Il
l'avait connue, la baronne, jeune fille, elle était
gaie, rieuse, étincelante d'esprit, petite, mignonne,
blonde et rose, et il s'était dit : Voilà la femme de
mes rêves, la vie passée à côté d'elle sera pour moi
heureuse et souriante ; il avait eu un vrai chagrin
de son mariage avec un autre, et c'était bien par dépit qu'il s'était volontairement exilé au Caucase ; là-
bas sur ces montagnes à la flore riche et odo-
rante, sous ce ciel bleu, dans ces régions ensoleil-
lées, que de fois n'avait-il pas évoqué dans ses rêves
la gracieuse image d'Ephémia !... Il venait de la
revoir, il l'avait trouvée moins rieuse, mais plus
belle... Il apprenait qu'elle était malheureuse, et il

en était satisfait... Ceci ne lui donnait-il pas l'espoir
d'être son consolateur, son second mari ?

C'est affreux ! mais l'homme est égoïste ; l'égoïsme
fait partie de sa nature ; pour s'en débarrasser il
doit faire un effort surhumain.

Nicolas de Kouschoff était donc comme tous les
hommes, égoïste, pour avoir le bonheur de consoler
la baronne de Rosen ; il se sentit joyeux de son malheur, bientôt il s'aperçut que le baron était dans ce
moment-là ce qu'on nomme vulgairement un joueur
emballé. Un tic nerveux contractait sa figure et sa
voix était légèrement émue en disant à son partenaire : Voulez-vous jouer quitte ou double ?

Celui-ci, qui était le comte d'Erlindoff, s'inclina
et répondit : — A vos ordres, baron.

— Eh bien, voici quatre mille roubles.

D'Erlindoff plaça lui aussi quatre mille roubles à
la mise, brouilla les cartes, donna, puis abattit
neuf.

Le baron Rosen eut un mouvement nerveux très
accentué, il devint un peu plus pâle, et d'une main
fiévreuse il poussa devant son adversaire ses paquets
de roubles, puis il lui dit : — Si vous le voulez bien, ce
sera encore quitte ou double, seulement, si je perds,
vous voudrez bien accepter un bon sur mon banquier.

— Parfaitement, baron, et votre jeu est le mien.

Une haie de curieux entourait la table, on avait
compris vaguement qu'une partie colossale allait se
jouer, les autres petits joueurs avaient laissé leur
jeu afin de se procurer l'émotion d'assister à une
grosse partie. Un frou-frou de robe de soie fit lever
les yeux à Nicolas Kouschoff, et il vit la baronne de

Rosen; elle était agitée, nerveuse, elle se plaça derrière la chaise de son mari, et se penchant vers lui,
elle lui dit quelques mots tout bas ; lui, lui répondit
tout haut : — Laissez-moi donc tranquille.

Probablement elle l'avait prié de modérer son jeu.
Une fois encore il perdit.

Sa femme lui dit encore quelques mots à l'oreille.
Le baron de Rosen était un homme du monde, mais le
joueur, victime d'une mauvaise chance persistante,
devient irritable et parfois grossier; lui s'oublia au
point de répondre tout haut une impertinence à sa
femme : — Voulez-vous me laisser tranquille, lui dit-
il, c'est ma fortune et non la vôtre que je perds. Du
reste vous savez bien que vous me jetez un mauvais
sort; lorsque vous êtes près de moi je perds toujours,
et le seul service que vous puissiez me rendre, c'est
de vous éloigner de moi.

Un murmure d'indignation accueillit cette inconvenante sortie ; la jeune femme devint plus rouge
qu'une pivoine, des larmes de honte et de dépit
mouillèrent ses beaux yeux. Nicolas allait s'avancer
vers elle et lui offrir son bras pour s'éloigner de la
table, mais le comte d'Erlindoff, se levant vivement,
le devança, il alla vers elle et s'inclinant bien bas,
il lui dit : — Baronne, daignez venir vous asseoir à
côté de moi, vous ferez ainsi deux heureux, votre
mari d'abord, moi ensuite, qui serais si content de
vous avoir près de moi que la perte même de ma
fortune me toucherait peu.

Elle était confuse, elle ne savait plus ce qu'elle
faisait; machinalement elle prit le bras qu'on lui
offrait et vint s'asseoir à côté du comte d'Erlindoff.

Nicolas de Kouschoff comprit que ce galant joueur

devait être lui aussi amoureux de la baronne, et une rage jalouse s'empara de son cœur ; il maudissait le mari, volontiers il lui aurait crié : « Imbécile, triple sot... tu te fais haïr à plaisir, et tu vas faire aimer l'autre. »

Mais ce mari brutal, et endiablé joueur, avait suivi cette petite scène d'un air railleur... — Tenezvous dix mille roubles ? dit-il, lorsque son partenaire se fut assis.

— Oui, je les tiens, comte, répondit-il. Il donna lentement. Le baron demanda carte ; d'Erlindoff regarda son jeu sans le montrer à la galerie, mais la baronne et aussi Nicolas, qui étaient penchés sur sa chaise, virent qu'il avait un huit et un as, et le virent prestement jeter le huit ; cela fait, il donna une carte, en prit une, le baron avait sept, un quatre et un trois, lui avait huit, il avait repris un sept.

De Rosen perdait encore !

Pendant qu'il écrivait fiévreusement un troisième bon sur son banquier, d'Erlindoff dit tout bas à la baronne : — Je vous jure que je voudrais bien perdre, afin qu'il ne fût plus d'humeur si peu aimable avec vous.

Elle lui sourit d'un sourire triste et résigné, et lui répondit : — Je me suis bien aperçue que vous désiriez le faire gagner.

Nicolas entendit ce dialogue, il devint de plus en plus jaloux du comte d'Erlindoff, d'autant plus que la jeune femme affectait de ne pas s'apercevoir qu'il était lui aussi tout à côté d'elle.

Le baron de Rosen n'avait plus figure humaine, son teint était devenu verdâtre ; ses traits étaient

contractés. — Vous avez une chance diabolique, dit-
il, voilà cinq fois que vous passez.

— C'est vrai, et vous m'en voyez honteux ; si vous
m'en croyez, nous en resterons là, et je vous donnerai votre revanche un de ces jours.

— Non, je veux voir jusqu'où ira ma déveine, à
moins pourtant que ce ne soit votre désir de cesser
le jeu.

— Oh ! par exemple ! faire charlemagne n'est point
dans mes habitudes, et je suis à votre entière disposition.

— Eh bien ! je joue vingt mille roubles, et je vais
par avance préparer le bon, peut-être cela me por-
tera-t-il bonheur.

Il se mit à écrire ; pendant ce temps d'Erlindoff
causait à voix basse avec la baronne de Rosen, et
Nicolas de Kouschoff se disait avec rage : — Imbécile
de mari, va ! Il perd sa fortune, il brutalise sa femme,
et il la laisse consoler par un autre sous ses yeux
mêmes.

L'homme atteint de cette maladie aiguë qu'on
nomme la passion du jeu n'est plus ni père ni mari,
il n'est plus un être raisonnable, c'est une brute capable de commettre toutes les infamies ; de Rosen va
nous le prouver une fois de plus.

Son bon écrit, il le mit à côté d'Erlindoff, qui
donna les cartes, le baron regarda son jeu, et d'une
voix à peine intelligible, il dit : — Carte, si vous voulez bien.

Son adversaire, d'après les règles du jeu, aurait
dû refuser ; car il avait cinq ; mais il accepta ; il jeta
un trois, il lui restait un deux, et il reprit un sept ;
ce qui lui faisait neuf ; le baron n'avait que huit, il

poussa le bon préparé devant le gagnant et se leva
avec un brusque mouvement de colère, en disant :

— Je crois que vous avez fait un pacte avec le
diable, je ne suis pas de force à lutter avec ce haut
et puissant personnage, et du reste je n'ai plus rien.

Il s'éloignait de la table, mais le diable dont il
venait de parler le possédait sans doute, car il revint
sur ses pas. — Voulez-vous accepter un marché, d'Erlindoff, j'ai encore un petit bien dans l'Astrakan, il
vaut cent mille roubles, je vous le joue contre cette
somme... D'Erlindoff répondit qu'il était à son entière disposition.

Les personnes qui étaient près de la table entourèrent de Rosen, le suppliant de ne pas braver
jusqu'à ce point la mauvaise fortune, mais il prit
mal ces affectueux conseils, disant qu'il ne comprenait pas qu'on voulût l'empêcher de se refaire, et
que du reste son adversaire était libre de refuser ;
celui-ci répondit avec hauteur qu'il avait déjà prouvé
qu'il était toujours aux ordres des perdants, et
qu'il était décidé à le prouver encore.

La baronne de Rosen alla vers son mari et elle
lui dit à voix basse : — Mon ami, je vous en conjure,
ne jouez pas ce bien dans lequel vous êtes né et où
votre mère est née aussi, ce serait un sacrilège ;
jouez cent mille roubles contre cent mille roubles,
j'ai cette somme, je vous l'offre avec plaisir.

Il lui répondit à haute voix, lui, et d'un ton sec :

— Madame, je n'ai pas l'habitude de perdre ce
qui ne m'appartient pas, et je n'ai pas l'habitude de
permettre qu'on me donne des conseils.

L'injure était sanglante et publique. Ephémia
Warowish, baronne de Rosen, se redressa fière-

ment et s'écria : — Le jeu vous est fatal, monsieur, il vous rend grossier et brutal.

Elle vint se rasseoir à côté d'Erlindoff, les yeux brillants de colère.

— J'attends vos ordres, monsieur de Rosen, est-ce cent mille roubles que nous jouons ?

— Oui, puisque vous acceptez.

D'Erlindoff donna, puis abattit son jeu, il avait neuf.

Le perdant était plus blême qu'un mort. Il allait écrire un papier reconnaissant que son bien appartenait à d'Erlindoff, lorsque celui-ci prit lui-même une feuille de papier et une plume, et il écrivit ceci : « Moi, André Voldemar de Rosen, déclare me reconnaître coupable du crime d'adultère, je l'affirme devant Dieu et les hommes, et je donne le droit à ma femme de faire prononcer le divorce contre moi. »

Seuls la baronne et Nicolas Kouschoff avaient eu l'indiscrétion de lire par-dessus l'épaule d'Erlindoff, et connaissaient par conséquent la teneur du billet.

D'Erlindoff le passa au baron : — Lisez, dit-il, je vous offre quittance de tout ce que je vous gagne ce soir, c'est-à-dire deux cent dix mille roubles, contre votre signature au bas de cet écrit.

Rosen lut.

Nicolas s'attendait à le voir bondir sur le jeune homme pour le souffleter.

Sa femme fixait sur lui un regard ardent.

Tout le monde chuchotait, se demandant quel pouvait bien être cet écrit.

Rosen le lut, le relut, puis signa en souriant et le tendit à son adversaire.

Ephémia Warowish se leva splendide d'indigna-

4

tion : — Vous n'êtes point un gentilhomme, Voldemar André de Rosen, car vous avez l'âme d'un valet. C'est infâme ce que vous venez de faire.

D'Erlindoff avait mis dans sa poche ce papier qu'il venait de payer une fortune, il repoussa dédaigneusement les roubles et les bons qu'il avait gagnés devant le baron et il se leva.

— Votre bras, Serge d'Erlindoff, lui dit la baronne; il s'inclina devant elle très respectueusement, et ils sortirent tous deux sans dire un mot à personne, et sans prendre congé de la maîtresse de maison.

Le baron empocha les liasses de roubles et les bons qu'il avait souscrits, et il partit lui aussi sans rien dire.

Tous les assistants étaient muets d'étonnement et ne comprenaient rien à ce qui venait de se passer devant eux, entre ces trois personnes.

La princesse Oldouroff avait assisté, elle aussi, à la scène. — Vous étiez derrière d'Erlindoff, dit-elle à Nicolas de Kouschoff, avez-vous compris quelque chose à ce qui vient de se passer ?

— Il s'est passé une chose monstrueuse, une infamie, s'écria le jeune homme, le baron de Rosen a vendu sa femme à d'Erlindoff, qui l'a achetée deux cent dix mille roubles. Il conta la teneur du billet.

Des exclamations de surprise et d'indignation accueillirent cette nouvelle, puis on discuta; les hommes ricanèrent sur le prix excessif auquel cet amoureux avait coté la femme aimée, d'autres dirent que Rosen ne manquait pas d'esprit, de tirer une si forte somme d'une femme qui sans doute ne l'aimait plus.

Les femmes se divisèrent en deux camps; dans

l'un on insinuait que la baronne s'était conduite d'une façon plus que légère en partant avec d'Erlindoff.

Dans l'autre, on faisait remarquer avec quelque raison que, devant choisir entre un misérable qui venait de la vendre et un galant homme qui avait estimé à si haut prix le bonheur d'être son époux, elle avait bien fait de choisir ce dernier.

La vieille princesse était désolée qu'un scandale pareil, sans précédent, se fût passé dans ses salons.

Nicolas de Kouschoff était au désespoir de se voir enlever une fois encore tout espoir d'être aimé de la jeune femme.

Ivan de Perski se trouvant près de lui, il lui dit :

— Mon cher, j'aurais mieux fait de rester au Caucase, Pétersbourg me porte malheur, je suis d'une humeur massacrante, je voudrais la noyer au plus tôt dans un flot de champagne ; aidez-moi donc à retrouver Alexius, il doit être ici, il m'avait promis de venir m'y prendre.

— Mais, n'est-ce pas lui qui est là-bas dans ce coin, assis dans un fauteuil ?

Nicolas regarda vers l'endroit que lui signalait Ivan, il reconnut en effet son frère, qui paraissait plongé dans une profonde méditation.

Les deux jeunes gens allèrent vers lui. — Que dis-tu de ce scandale ? lui dit Nicolas.

— Quel scandale ? répondit Alexius, de l'air d'un homme qui sort d'un rêve.

— Tu arrives donc à l'instant ?

— Non, il y a une demi-heure que je suis là.

— Mais alors tu as assisté à cette colossale partie de baccarat ?

— En effet, je crois qu'on jouait.

Ivan de Perski partit d'un franc éclat de rire...

— Votre : « je crois qu'on jouait » est épique !

— Mais n'as-tu pas entendu ce qui vient de se passer ?

— Non, qu'y a-t-il donc ?

Nicolas regarda son frère attentivement. — Je te raconterai cela en soupant, mais je te demande à mon tour : Qu'as-tu donc, tu es pâle, et tu as l'air lugubre ?

— Moi ! Quelle idée. Allons chez Dorotte, j'ai vu de Kolokoff dans l'autre salon, je l'ai invité. Tu viens aussi, n'est-ce pas, Perski ?

— Oui, je vais avec vous, car j'ai la prétention de penser que je serai très utile pour animer d'un peu de gaieté le souper de bienvenue donné à ce cher Nicolas, qui a le cœur navré. Mon cher Kouschoff, vous avez la mine lugubre d'un amoureux transi ; Kolokoff est muet à table, votre repas sans moi serait donc par trop triste. Ah ! mes amis, suivez mon exemple.

— En quoi ? demanda Nicolas.

— En ceci : j'adore toutes les femmes que je n'aime pas, mais je déteste et je fuis comme la peste celles que je sens pouvoir aimer ; grâce à cette haute philosophie, je suis toujours gai.

— Et toujours fou, dit Alexius Kouschoff.

— Fou, peut-être, si vous appelez la sagesse folie. Sur ce, allons chez Dorotte... Alexius te paye à souper, Nicolas, mais je vais t'offrir les bohémiennes. La troupe qui va dans ce moment chez Dorotte possède deux perles, deux filles qui doivent être des houris, ayant fait une chute sur notre planète du paradis de Mahomet.

Cinq minutes après, deux traîneaux emmenaient rapidement les quatre soupeurs vers le féerique restaurant de Dorolte.

CHAPITRE VI

UN DRAME CHEZ DOROTTE

On peut avoir l'oreille assez musicale pour trouver la coupe rythmique du vers, on peut, en s'y évertuant, parvenir à trouver des rimes passables, sans pour cela avoir une âme de poète.

On peut avoir l'oreille réfractaire à la mesure et au rythme, avoir l'esprit rebelle à la rime et avoir cependant l'âme poétique.

On peut même être un vulgaire restaurateur et être un grand poète ; Dorotte, à Pétersbourg, nous en donne la preuve. Cet homme, né poète sans doute, mais forcé par les exigences de la vie, ou effrayé peut-être par la misère qui est le plus souvent la compagne de la poésie, au lieu d'écrire des vers, a fait une œuvre poétique en réunissant avec goût ce que Dieu a créé de plus beau, les fleurs, les arbres, les oiseaux et la lumière.

Cet homme devait aimer l'Orient ; ne pouvant y vivre, il a transporté au milieu des neiges et de la froidure de la Russie un peu de l'Orient ensoleillé.

Lorsque après avoir parcouru la triste route qui conduit à ce restaurant, après avoir contemplé ce ciel débordant de neige qui toujours, toujours en sème à gros flocons sur votre tête ; après n'avoir vu que blanche neige autour de soi, et après avoir frissonné sous les âcres baisers de ce froid de vingt-cinq degrés ; lorsque après cela vous arrivez chez Dorotte, vous croyez être en plein temps des charmantes fées, et vous vous figurez avoir été transporté dans le palais enchanteur d'un de ces êtres surhumains.

Au dehors, rien ne laisse pressentir les enchantements de l'intérieur. Mais la porte ouverte, un superbe escalier vous apparaît, couvert d'un riche tapis turc ; on monte au milieu d'une rangée d'arbustes rares, tous en fleurs. Une douce température vous souhaite la bienvenue, une orgie de lumière vous éblouit, dès la première marche. Un bruit joyeux frappe votre oreille, c'est un composé d'éclats de rire, de chants, de bouchons de champagne qui sautent.

Dans l'antichambre, des domestiques, aussi corrects et aussi bien stylés que le sont ceux de notre faubourg Saint-Germain, vous débarrassent de vos bottes, de vos pelisses et de vos châles.

Vous arrivez sur une immense terrasse. A votre gauche, vous apercevez des salons ruisselants d'or, de soieries orientales, ornés des fleurs les plus rares. Les fenêtres en sont ouvertes et vous apercevez de joyeux convives attablés devant des soupers à la Balthasar ; à votre droite, plusieurs escaliers descendent vers un labyrinthe de grottes, de salons, de kiosques, les uns faits en rocailles, les autres formés par des plantes grimpantes ; des bananiers, des orangers, des citronniers, des grenadiers, des palmiers, des magnolias poussent là, et font des voûtes vertes au-dessus de la tête des soupeurs.

Toute la flore exotique s'offre à vos yeux charmés, elle répand un parfum suave qui grise.

Allées, labyrinthes, grottes, tout est éclairé par une profusion de lumière ; le gaz serpente, forme mille dessins bizarres, fantasques.

Soudain la fauvette se met à chanter et le rossignol lui répond par ses roulades les mieux perlées ; des centaines de ces charmants chanteurs sont enfermés dans des cages, ces cages sont dissimulées dans les feuillages ; en voyant ces fleurs, cette verdure, cette lumière éclatante, et en sentant cette température chaude, ces oiseaux croient être dans le pays au printemps éternel, et ils ne se taisent jamais.

Ces rocailles, ces rivières, ces ponts suspendus, ces arbres apportés d'Égypte, d'Asie et de la Turquie sont emprisonnés sous un immensissime dôme de verre.

L'idée est poétique ; à la lumière, la prison ne s'aperçoit pas, ce verre fait d'ailleurs dôme au dôme de verdure que vous avez sur la tête, celui-ci est le seul que vous aperceviez, si bien que l'illusion est complète. Vous vous croyez subitement transporté, par un génie, du pôle nord à l'équateur.

Ce soir-là, il y avait brillante et nombreuse société chez Dorotte, riches marchands en famille, banquiers déchirant leur contrat de mariage en complicité d'une jolie actrice, grands seigneurs et grandes dames, venus en partie fine, tout était pêle-mêle.

Les bohémiennes circulaient bruyamment sur la terrasse, dans le jardin ; appelées par des soupeurs, elles faisaient entendre leur chant étrange, fait de dissonances, de cris gutturaux, mais ayant une âpreté sauvage, un quelque chose d'endiablé qui caressait voluptueusement les oreilles des blasés du sentiment. Figurez-vous des sorcières, les unes belles, les autres vieilles, ridées, mais ayant, jeunes et vieilles, des yeux ardents, des lèvres altérées, et se mettant soudain à soupirer, crier, hurler des phrases d'amour brûlant. Vous aurez une faible idée des gypsies qui viennent en Russie.

Malheureusement elles s'habillent comme tout le monde, le costume européen sied mal à leur beauté et sied plus mal encore à leur laideur ; combien ne gagneraient-elles pas à porter leur costume national, qui est rouge, chamarré d'or !

On les dit vertueuses et on assure qu'un titre de princesse peut seul les décider à épouser un Russe.

Vers une heure du matin, au moment où la foule arrivait chez Dorotte, Alexius Kouschoff y entrait, suivi de son frère, d'Ivan de Perski et du prince de Kolokoff ; une seule grotte était libre, ils s'y installèrent ; c'était, sinon la plus poétique, du moins la plus originale, les murs en étaient faits avec des bouteilles de champagne superposées les unes sur les autres, la table était faite par des bouteilles de champagne réunies les unes aux autres, dans le fond une rocaille faite également avec des bouteilles, des vignes vierges serpentaient et s'entrelaçaient avec ces milliers de bouteilles. C'était neuf, original et bien russe, la Russie étant la contrée qui entend sauter le plus grand nombre de bouchons de champagne.

Alexius de Kouschoff commanda des truffes au champagne, des huîtres, du pâté de foie gras, des perdreaux, du caviar, du chablis et du champagne.

Il était facile de voir qu'il était en proie à un chagrin noir et qu'il faisait de grands efforts pour le dissimuler; il parlait beaucoup, mais sa voix avait un tremblement nerveux, son éclat de rire faisait mal à entendre, tant il laissait deviner le sanglot étreignant la gorge.

Son frère le regarda longuement, puis il lui dit :

— Hier, Alexius, j'étais tout étourdi du bonheur de vous revoir, notre père et toi, après cette longue absence de deux ans, de plus j'étais brisé de fatigue, je n'ai pas remarqué combien tu es changé; es-tu souffrant, as-tu des chagrins?

— Non, mon cher Nicolas, je n'ai aucun chagrin et je ne suis pas malade.

— Il ment, s'écria Ivan, il a la pire des maladies, il est amoureux.

— Et, reprit le prince de Kolokoff, comme au lieu de nous confier son amour comme doit le faire un bon camarade, il le concentre — ce sentiment l'étouffe.

— Mes amis, voulez-vous me faire un plaisir, laissons de côté cette fatale histoire, pour que le souper de bienvenue donné à Nicolas soit gai.

— Mais, mon cher Alexius, si j'en parlais, c'est que je vous croyais le plus heureux des amoureux. Ce mot : *fatale histoire* me prouve qu'il n'en est rien, pardonnez-moi d'avoir abordé ce sujet. Moi j'avais annoncé à Nicolas que bientôt il aurait la Charmeuse pour belle-sœur. Tout Pétersbourg sait que, depuis deux mois, vous passez vos soirées chez elle, et on s'attend d'un jour à l'autre à la voir devenir comtesse de Kouschoff.

Alexius était devenu plus pâle encore, il répondit avec une voix altérée par une sourde colère :

— Vous pouvez annoncer à tout Pétersbourg, puisqu'il daigne s'occuper de moi, que la baronne de Rosemthald a refusé ma main et m'a jeté à la porte comme on jette un laquais.

— Oh ! la misérable, s'écria Nicolas... toi un cœur noble, un esprit élevé et le meilleur parti de la Russie !

— Rien ne m'étonne, moi, dit Ivan, ce n'est pas une femme, mais une satanée sorcière.

— Mais sorcière ou non sorcière, observa de Kolokoff, il est évident qu'elle cherche un mari. Après avoir causé la mort de ce pauvre Mirianoff, elle devait s'attendre à ne plus trouver d'homme assez courageux pour aller lui offrir nom, titre et fortune ; elle a eu la chance de se faire aimer de toi, il me semble impossible que sérieusement elle te refuse. Crois-moi, elle fait la coquette pour mieux t'enchaîner.

— Non, elle veut ma vie, elle veut mon sang, je le devine, je le sens.

— Mais ce n'est pas une femme alors, c'est un affreux vampire, s'écria le prince.

— Je le crois, Kolokoff, répondit tristement le pauvre amoureux.

— Brouou, ça me donne froid dans la moelle des os, dit Ivan, et je tremble en songeant qu'elle m'a offert une tasse de thé de sa main, idéale de

beauté si je m'en souviens bien ; mais à présent je
quitterai même le théâtre lorsque je la verrai arriver, je n'ai pas envie qu'elle me jette un sort.

— Vous êtes fous avec vos philtres et vos charmes ;
frère, l'aimes-tu réellement ? demanda Nicolas.

— Elle me possède complètement, répondit
Alexius.

— As-tu la force d'essayer de lutter, de te guérir ?
veux-tu venir avec moi ? Nous irons voyager à l'é-
tranger.

— Non, je ne veux pas guérir, cet amour est devenu ma vie.

— Eh bien alors, je te jure, frère, qu'elle sera ta
femme, dès demain j'irai la voir, je lui parlerai et...

— Nicolas, jure-moi que jamais, que je sois vivant
ou mort, tu ne mettras les pieds chez cette femme.

— Pourquoi ?

— Parce que si tu la voyais, tu l'aimerais, et si tu
l'aimais, tu serais perdu toi aussi.

— Oh frère ! tu me fais de la peine, moi je pourrais
aimer celle que tu aimes ! je pourrais aimer celle
qui te fait souffrir, tu me connais bien mal.

— Je sais que tu es le plus loyal des hommes, mais
cette femme exerce un pouvoir fatal.

Nicolas regarda son frère, il regarda ses amis, une
pensée douloureuse lui venait à l'esprit, il se demandait si au lieu d'être un amoureux malheureux,
son frère ne serait pas fou.

Alexius devina ce qui se passait dans l'esprit de
son frère.

— Tu te trompes, je ne suis pas fou, mais
simplement ensorcelé. Je vais te le prouver. Du
reste, mon affection doit te préserver du malheur

qui m'accable. Kolokoff, tu me reprochais tantôt
d'avoir manqué de confiance, eh bien, écoute, je vais
te conter mes amours ; je le sais, vous m'avez, Ivan
et toi, accusé d'avoir manqué de délicatesse en
remplaçant si vite le pauvre mort, le cher Marinoff.

— Mais non, voulut dire Ivan...

— Laissez-moi continuer... Vous deviez vous dire
cela, car vous ne saviez pas...

Il se mit à leur conter, d'une voix lente et saccadée, la confidence que lui avait faite Marinoff ; il leur
parla de cette lettre qu'il avait été chargé de re-
mettre. Dieu m'a puni... Je l'ai brûlée, elle ne l'a pas
lue, dit-il. Il leur raconta toute la scène du boudoir,
scène à laquelle nous avons assisté, l'aveu que lui
avait fait cette femme des sentiments tendres qu'elle
avait pour lui.

— Ah ! je comprends que tu sois sorti fou d'amour
de chez elle ! s'écria Ivan, si pareille bonne fortune
m'était arrivée, j'en aurais perdu la tête.

— Je suis sorti de chez elle enivré et possédé.

A cet instant, une voix qui avait un timbre tout
particulier vint frapper les oreilles des dîneurs ; elle
disait : « Viens, allons dans la grotte aux roses
blanches, j'adore ces fleurs. »

Un frou-frou de robe de soie se fit entendre ;
un couple passa devant la grotte des jeunes gens.

Au son de cette voix Alexius de Kouschoff tressaillit.
Il se leva d'un bond en murmurant :

— Elle ! elle ici, la misérable ! et il se dirigea vers
la porte. Nicolas se leva vivement, et arrêtant son
frère par le bras il lui dit :

— Où vas-tu ? que vas-tu faire ?

— Sois sans crainte, je ne veux pas la tuer, je

veux qu'elle vive avec ses remords ; je vais constater qu'elle est là, avec mon successeur, avec sa troisième victime.

— Si cela est, j'espère que tu seras guéri complètement de ce fatal amour.

— Oui, je te le jure, je vais me guérir radicalement.

Il fit quelques pas en dehors de la grotte, puis revenant vers son frère, il l'embrassa tendrement.

— Mon pauvre Nicolas, quelles tristes heures je te fais passer dès ton arrivée ! Pardonne-moi.

— Je n'ai rien à te pardonner, mais j'ai une prière à t'adresser. Promets-moi de quitter la Russie pour un temps.

— Je te le promets, à tantôt.

Nicolas se rassit et dit à ses camarades : Je ne serai content que lorsque je l'aurai entraîné bien loin de Pétersbourg. Cette femme me fait peur.

— Oh ! c'est une infernale créature, s'écria Kolokoff, et je voudrais la voir retourner au diable. Tu as raison d'emmener ton frère à l'étranger ; une fois en France, il oubliera cette sorcière et redeviendra ce qu'il était avant de l'avoir connue, un bon et joyeux garçon.

A ce moment, une détonation stridente déchira l'air. Nicolas se leva, posa la main sur son cœur et devint plus blême qu'un mort.

— Qu'as-tu ? lui dirent ses deux amis en se précipitant vers lui. Es-tu blessé ?

Il passa la main sur son front baigné de sueur.

— Moi, non. Mais c'est mon... mon frère... mon pauvre frère, s'écria-t-il, et il s'élança comme un fou hors de la grotte. Kolokoff et Ivan de Perski le suivirent.

Comme guidé par une main invisible, il arriva dans une grotte toute ornée de rosiers blancs en fleurs. Là, un horrible spectacle s'offrit à ses yeux. Alexius gisait sur le sol pâle et ensanglanté. Sa main, crispée, tenait encore le revolver avec lequel il s'était donné la mort. La grotte était vide, les soupeurs s'étaient enfuis.

Nicolas s'agenouilla vers son frère, prit une de ses mains dans les siennes et la couvrit de baisers.

— Frère... frère... parle-moi, de grâce réponds-moi!

Le blessé ouvrit les yeux ; il fixa un douloureux regard sur Nicolas.

— Pardonne-moi, frère, j'ai été lâche, mais je souffrais tant ! balbutia-t-il...

Une écume sanglante lui monta aux lèvres. Il fit un effort pour se soulever ; Nicolas le soutint de ses bras.

— Ecoute-moi, murmura-t-il, il faudra bien aimer notre père, il n'aura plus que toi à présent. Pauvre cher père ! quelle douleur je vais lui donner ! Dis-lui que je le supplie de me pardonner le désespoir que je vais lui causer. Et à toi aussi, pardon, mon cher Nicolas, aime bien notre père, entoure sa vieillesse de soins.

Le sang sortait à gros jets de la blessure qu'il s'était faite au cœur. Il posa la main sur la plaie pour arrêter le sang.

— Tu ne mourras pas, Alexius... Vite ! vite ! qu'on aille chercher un docteur, s'écria Nicolas.

— Dorotte vient d'envoyer sa voiture à Pétersbourg pour chercher le docteur Lewes, lui dit Kolokoff.

— C'est inutile, je vais mourir.

Comprimant toujours sa blessure :

— Ecoute, frère, dit-il si bas que sa voix n'était plus qu'un souffle, jure-moi, sur ton salut éternel que jamais, jamais, entends-tu bien, tu ne chercheras à voir la Charmeuse. Ne lui parle pas, ne l'écoute pas, fuis-la ; jure-le moi, si tu veux que mon âme s'en aille calme.

— Je te jure sur mon salut éternel que jamais je ne parlerai à la Charmeuse, que je la fuirai avec soin.

— Merci... merci... je suis plus tranquille à présent, car vois-tu, si tu la voyais, tu l'aimerais, et tu serais perdu et notre père n'aurait plus de fils... dis-lui qu'il me par...

Une horrible convulsion agita tout son corps ; ses membres se raidirent, ses yeux se fermèrent, puis se rouvrirent et restèrent béants et vitreux. Son âme venait de quitter la terre.

Dorotte avait renvoyé tous les soupeurs, il avait fait descendre un matelas. Nicolas, aidé de ses amis, posa le corps de son frère dessus, puis il s'agenouilla encore près de lui, mouillant une de ses mains de ses larmes, fixant des yeux égarés sur sa face blême.

Kolokoff et Ivan priaient agenouillés autour du cadavre ; au dehors de la grotte, mornes et silencieux, les serviteurs de l'hôtel s'étaient massés.

Le soleil commençait à dorer l'horizon. Ses rayons scintillaient sur le dôme de verre du jardin ; un brillant rayon vint illuminer la grotte et se jouer sur la chevelure du mort.

Quel affreux spectacle ! cette grotte, nid charmant fait avec un entrelacement de rosiers grim-

pants, tout ornée de blanches roses, servait de cadre
à ce cadavre sanglant !

Le sang avait rejailli sur les fleurs et plusieurs de
ces blanches roses étaient tout ensanglantées. On
n'entendait que les sanglots désespérés de ce pauvre
Nicolas et la voix grave et émue des assistants réci-
tant les prières des trépassés.

Soudain, une fauvette enfermée dans une cage
pendue au plafond de cette grotte, apercevant un
joyeux rayon de soleil qui venait jusque dans sa cage,
voulut saluer le réveil de l'astre roi, et elle fit entendre de joyeuses roulades.

Nicolas eut comme un accès de folie, ses nerfs
étaient surexcités, il lui sembla que par un
pouvoir magique, la Charmeuse s'était incarnée
dans le corps de cet oiseau et qu'elle chantait
ainsi pour narguer sa douleur ; fou de colère, il se
leva, décrocha la cage, saisit la pauvre fauvette et
l'écrasant dans sa main crispée :

— Meurs, meurs, horrible sorcière, cria-t-il.

Ses amis le calmèrent, lui firent boire un verre
d'eau et respirer un peu d'éther.

Le docteur que Dorotte avait envoyé chercher, arriva. Il découvrit la poitrine d'Alexius, examina la
plaie, toucha la main du blessé, posa la main sur
son cœur. Anxieux, Nicolas le regardait faire.

— Eh bien ! docteur ?

— Hélas ! il a cessé de vivre, lui répondit tristement le docteur Lewes.

Nicolas se remit à genoux et donna libre cours
aux sanglots qui lui serraient la gorge.

Après avoir respecté sa douleur pendant quelques
minutes, le prince de Kolokoff lui dit :

— Sois fort et courageux, mon ami, songe à ton
pauvre père !

Il se leva :

— Oh ! mon père, mon pauvre père ! Et moi qui
ne songeais plus à lui ! Vous avez raison, je dois
oublier ma propre douleur pour m'efforcer d'adoucir la sienne.

— Veux-tu, ajouta Kolokoff, que j'aille le préparer
à l'annonce de ce cet affreux malheur ?

— Non, je veux que nul autre que moi ne lui annonce cette horrible nouvelle. Veuillez, prince, vous
charger avec le docteur de rapporter le corps de mon
frère, moi je vous précède. Mon cœur me dictera
quelques paroles pour rendre ce coup moins terrible pour mon père.

Ivan de Perski voulut l'accompagner, ils montèrent tous les deux en traineau pour se rendre chez
le général de Kouschoff.

Précédons-les de quelques instants dans le palais
habité par le général et situé sur le quai Anglais.

Tous, le maître et les serviteurs dormaient encore.
Seul, le gardien chargé de veiller la nuit, sur la
porte des maisons russes, ne dormait pas. Enveloppé dans sa pelisse il était assis dans l'entrée du
palais dont la porte était ouverte, il regardait
joyeusement le jour venir, car l'heure du sommeil
allait sonner pour lui.

Tout à coup un spectre noir se dressa devant lui.
C'était une femme tout enveloppée de crêpe noir,
un voile de crêpe couvrait son visage qui au travers
du tissu semblait blafard.

Boris, le veilleur, se leva et fixa un regard effaré
sur cette sombre apparition.

— Que voulez-vous ? lui dit-il.

— Je veux voir le général de Kouschoff.

— A cette heure si matinale que lui voulez-vous ?

— Je suis la mort et je viens le chercher, répondit le spectre d'une voix basse et sourde.

Comme tous les paysans russes, Boris était superstitieux, il se signa, se jeta à genoux la face contre terre, suppliant Dieu d'éloigner la mort de lui.

Le spectre monta vivement l'escalier conduisant à l'appartement du général, et sonna trois fois violemment. Une servante encore toute ensommeillée, vint ouvrir. L'appartement était encore plongé dans une demi-obscurité.

A la vue de ce noir fantôme, la servante poussa un cri d'effroi, mais la saisissant brutalement par le bras :

— Tais-toi, lui dit le spectre, et promptement va dire au général que je l'attends dans le salon et qu'il vienne tout de suite.

La servante troublée, laissa entrer cette singulière visiteuse, et elle alla réveiller le général. Celui-ci étonné, se leva en toute hâte, passa une robe de chambre et vint au salon.

Le spectre se tenait debout, tournant le dos au jour et tenant à la main un bouquet de roses blanches toutes teintes de sang ; en le voyant entrer, elle lui dit d'une voix sombre et métallique :

— Général de Kouschoff, la mort se venge par la mort, le sang par le sang. Lâche assassin, tu as donné la mort aux trois fils d'Elisabeth de Lasky. Dans cinq minutes on t'apportera le corps sanglant de ton fils Alexius et avant que l'année soit finie tu pleureras ton fils Nicolas.

Le général avait écouté en fixant des yeux surpris sur la femme qui lui parlait ainsi et en murmurant : Elisabeth... la comtesse Elisabeth.., mais elle est morte... pourtant !

— Oui ! s'écria le spectre, je suis morte en effet, mais j'ai quitté ma tombe pour venir te rendre les fleurs que tu m'as offertes il y a sept ans. Les voilà souillées du sang de ton fils ; et elle.lui jeta au visage les roses blanches qu'elle tenait à la main.

Le général poussa un cri, ses jambes fléchirent, il allait tomber sur le sol, mais Nicolas et Ivan qui entraient à cet instant par la porte de la chambre qui se trouvait derrière lui, le soutinrent dans leurs bras.

Le spectre disparut vivement. Tout en portant son père sur son lit, Nicolas criait en vain d'arrêter cette femme ; quelques minutes se passèrent avant que les domestiques arrivassent. Il fut impossible de la retrouver. Ivan de Perski descendit interroger le veilleur de nuit. Cet homme était encore à genoux, la face contre terre ; en tremblant et en balbutiant il conta que la mort, noire, hideuse, venait d'entrer. Voilà tout ce qu'on put tirer de lui.

Lorsque le cortège apportant le corps d'Alexius arriva, le général était encore étendu sur son lit et sans connaissance. Le docteur Lewes lui prodigua des soins, pendant que Nicolas, aidé de Kolokoff et de Perski, plaçait le corps du mort sur un lit de parade.

Enfin le pauvre père rouvrit les yeux.

— Les roses, les roses, où sont-elles ? cria-t-il.

Un domestique venait d'apercevoir le bouquet sur le parquet du salon. Il alla le ramasser et le donna au général, qui le considéra une seconde avec des yeux égarés, puis passa la main sur son visage.

— Voyez! voyez! c'est le sang de mon fils! Elle l'a tué, docteur!

Celui-ci vit, en effet, que la figure et les mains du général étaient souillées de sang.

— Qui vous a donné ces roses? lui demanda-t-il.

Mais sans répondre, le général se souleva et désigna la porte d'un air d'épouvante indicible.

— Là là! tenez, la voyez-vous! C'est la comtesse Elisabeth. Elle sort de la tombe, elle a tué mon fils aîné, elle vient encore prendre l'autre. Les morts... les morts reviennent... Et se voilant la face il se mit à sangloter. Le docteur ne voyant personne, se dit que le malade était pris de délire. En effet une fièvre ardente se déclarait.

Nicolas vint près de son père, qui se cramponnant à lui s'écria :

— Ne me quitte pas, je te défendrai; elle veut ton sang aussi, elle vient de me le dire. Les morts sont implacables. Elle va venir encore pour me souffleter avec des roses trempées dans ton sang.

— Mais qui est cette femme? pourquoi ces roses? et de quoi se venge-t-elle? lui demanda Nicolas.

— Cette femme, c'est la mort! c'est Elisabeth! s'écria le général d'un air égaré. Il ajouta avec un accent d'épouvante :

— Les morts sortent de leur tombe...

Puis il se mit à chanter :

— Les morts reviennent... oui, ils reviennent... ah! ah! ah!... ils reviennent!...

Puis il fit entendre un cri perçant et aigu.

— Ah! mon Dieu! ayez pitié de moi, dit Nicolas en sanglotant. Mon père est fou!

5.

Le docteur Lewes n'eut pas le courage de mentir, il garda le silence.

La folie était évidente.

Soudain, s'arrachant à son désespoir, le jeune homme se leva, et s'adressant à Kolokoff et à Ivan de Perski il leur dit :

· — Ce spectre noir qui est venu menacer mon père et lui jeter ces fleurs ensanglantées au visage, ne peut-être que l'horrible Charmeuse, que la baronne de Rosenthald. Veillez, je vous en prie, mes amis, le cher mort. Gardez mon père, moi je vais venger Alexius.

— Que vas-tu faire ? quelle est ton intention ? lui demanda de Kolokoff.

— Je vais l'étrangler et, femme ou sorcière, l'enfer reprendra son âme abominable.

— Oublies-tu déjà le serment que tu as fait à ton frère ? Ne lui as-tu pas juré de la fuir, de ne jamais chercher à la voir ?

— Je ne vais pas la voir, je vais la tuer, reprit Nicolas d'un air farouche.

— Ne fais pas cela, je t'en conjure ; souviens-toi que le serment fait à un mort est doublement sacré. J'ai entendu Alexius te dire qu'il mourait plus tranquille emportant ta promesse de fuir cette femme. Veux-tu donc troubler son âme à peine dégagée, par de nouvelles angoisses ?

— C'est vrai, tu as raison. Je lui ai juré de ne pas chercher à la voir. Mais pourtant, puis-je ne pas venger mon frère ? puis-je ne pas venger mon père à qui elle vient de ravir la raison ?

Un valet de chambre entra comme il disait cela et

il lui annonça que le grand maître de police demandait à lui parler.

— Voilà la réponse à ta question, mon cher Nicolas ; la police se chargera de ta vengeance.

Sur un ordre de son jeune maître, le valet de chambre introduisit le grand maître de police, qui, après avoir présenté ses compliments de condoléance, demanda quelques explications sur la manière dont ce drame s'était accompli. Dorotte, en le faisant prévenir, lui avait fait entrevoir que les personnes qui dînaient dans la grotte aux roses, avaient peut-être tiré le coup de revolver.

Le docteur Lewes lui assura qu'il y avait suicide et non meurtre. Mais de Kolokoff et Nicolas lui apprirent que c'était la baronne de Rosenthald, qui occupait cette grotte. Ils lui contèrent le rôle affreux qu'elle avait joué vis-à-vis du pauvre mort, et ils lui parlèrent de ce spectre noir et des roses ensanglantées.

— Je cours donner des ordres pour qu'on arrête cette femme, dit alors le maître de police, et nous aurons ainsi la clef de ce lugubre mystère.

Une heure après il écrivit un mot pour dire que ses agents n'avaient plus trouvé la baronne. Elle était partie de chez elle la veille au soir emportant ses bijoux et ses effets, renvoyant ses domestiques en leur payant un mois en plus de leur dû, elle avait emmené avec elle la vieille femme qui se disait sa nourrice... Nul ne savait où elle était.

— Mais, ajoutait le chef de police, on ne tarderait pas à découvrir sa retraite, car j'ai lancé mes plus fins limiers à ses trousses. Il promettait de tenir Nicolas au courant de ses recherches.

Les popes vinrent veiller le mort.

Dans une des chambres du palais, un cadavre sanglant, couché dans un lit de parade ; dans une autre chambre, un pauvre fou, qui tantôt poussait des cris d'effroi, tantôt chantait et riait aux éclats ! C'était d'une tristesse poignante.

Nicolas, presque aussi blême que le trépassé, les yeux égarés, se demandant s'il n'allait pas devenir fou lui aussi, allait du cadavre de son frère à son malheureux père, et la vue de ce dernier lui était plus douloureuse encore que la vue du mort. La folie a en elle quelque chose de plus horrible que la mort. Celle-ci nous montre la fin de la chair, la fin de l'être physique, mais elle nous laisse entrevoir l'âme dégagée de ce corps inerte s'envolant vers les sphères bleues, radieuse d'avoir reconquis sa liberté ; tandis que la folie nous donne cette suprême angoisse de nous dire : Mais l'âme peut donc souffrir ! mais l'âme peut donc divaguer ? et avec anxiété on se demande si la mort guérit cette maladie de l'être immortel ! ou si l'être immortel devra rester inconscient et troublé toujours ! La folie est la plus épouvantable des épreuves que le créateur puisse imposer à l'homme.

Ivan de Perski et le prince de Kolokoff ne quittèrent pas une seule minute le pauvre Nicolas. Avec lui ils veillèrent le général, avec lui ils prièrent pour le mort.

Tout Pétersbourg connut bientôt la triste nouvelle du second suicide causé par la Charmeuse ; l'apparition du spectre aux roses ensanglantées, répétée par les domestiques, fut enjolivée, dénaturée : on en fit une légende merveilleuse que chacun contait à sa façon en y ajoutant des fables nouvelles. Mais l'irri-

tation contre cette horrible femme était si générale,
qu'on aidait la police dans ses recherches, et si on
était parvenu à la trouver le peuple l'aurait échar-
pée et aurait brûlé son cadavre ; mais toutes les
recherches furent vaines, il fut impossible de découvrir sa cachette. Aussi l'opinion s'accréditait-elle
de plus en plus, parmi le populaire, qu'en sa qualité
de sorcière elle avait pu se rendre invisible.

Le jour de l'enterrement d'Alexius de Kouschoff,
toute la ville était en émoi, la foule se pressait sur
le passage du cortège qui était suivi par tous les
hommes de la société de Pétersbourg.

Nicolas, brisé de douleur et de fatigue, avait pourtant voulu accompagner son frère à sa dernière
demeure. De Kolokoff et Ivan de Perski le soutenaient. La foule émue en le voyant si pâle et si défait se demandait s'il n'allait pas trépasser lui aussi ;
et l'émotion fut immense lorsqu'à l'église Saint-
Isaac, au moment où tous les assistants s'approchèrent du mort pour prendre congé de lui, on vit
Nicolas tomber sans connaissance dans les bras de
ses deux amis. On le porta dans une voiture et
on le ramena chez lui. Au bout d'une demi-heure il
revint à la vie, mais une fièvre ardente se déclara et
pendant huit jours il fut au plus mal. Tout Pétersbourg venait s'inscrire chez le concierge, les gens
du peuple guettaient les domestiques du palais pour
avoir de ses nouvelles. Ivan de Perski et le prince
de Kolokoff le veillaient à tour de rôle.

Le matin du neuvième jour, après quelques heures
de sommeil plus calme qu'à l'ordinaire, la fièvre céda,
il se réveilla mieux et les idées plus nettes ; le docteur Lewes était auprès de lui.

— Mon père... comment est mon père? furent ses premières paroles.

— Sa santé est assez bonne, répondit le docteur avec un air assez embarrassé.

Nicolas comprit.

— Toujours fou... est-ce possible que Dieu m'inflige encore cette douleur?

Il donna un libre cours à ses larmes, puis il demanda si la police avait enfin retrouvé la baronne de Rosenthald. Le docteur lui apprit que le grand maître de police avait vainement fait fouiller tout Pétersbourg et toute la Russie et qu'il n'avait même pas pu découvrir un indice lui faisant supposer ce qu'elle avait pu devenir. Alors il avait télégraphié à toutes les frontières, mais nulle part on n'avait aperçu cette satanée sorcière ; la police pensait qu'elle devait se cacher dans Pétersbourg et elle continuait ses recherches.

— Mais, dit le jeune homme, mon père dans son délire n'a-t-il rien dit qui puisse nous apprendre qui est cette femme et de quoi elle se venge ?

— Non, par moment il pousse un cri rauque ; il croit la voir devant lui. Il se débat, puis, comme un lugubre refrain, il répète sans cesse : « Les morts... quittent leur tombeau... Ils reviennent! » Chose singulière, la fièvre et la folie l'ont atteint avant l'arrivée du corps de votre frère, pourtant il sait qu'il est mort. Il dit souvent, faisant allusion à celle qu'il nomme Elisabeth : « La misérable, elle a tué Alexius et elle va venir tuer Nicolas. »

— Evidemment, elle se sera vantée à lui, d'avoir tué elle-même mon frère... Ah ! qui me donnera la clef de ce sombre mystère !...

— Ecoutez-moi, Nicolas, et je vous en prie suivez les conseils d'un vieil ami de votre père, d'un homme qui vous est tant dévoué ; oubliez cette fatale créature, laissez à Dieu le soin de la punir. Ne pensez qu'à votre malheureux père, entourez-le de soins incessants et d'une tendresse sans bornes, vouez-vous entièrement à lui. Selon moi, une seule chose pourrait le guérir, c'est un long voyage.

— Vraiment ! vous croyez, docteur, qu'un voyage lui serait salutaire ?

— Je suis à peu près certain qu'en l'emmenant à l'étranger, en essayant de le distraire et en lui évitant toute émotion, vous feriez renaître le calme dans son cerveau troublé.

— Oui, conduis ton père à l'étranger, c'est l'ordre de l'empereur, dit le prince de Kolokoff qui, entrant dans ce moment, venait d'entendre les dernières paroles du docteur. Sa Majesté, ajouta-t-il, m'a fait appeler pour avoir des détails, je lui ai donné tous ceux que j'avais, elle partage l'avis de la police qui croit que cette baronne de Rosenthald se cache en Russie. Aussi a-t-elle donné l'ordre de te délivrer un congé illimité, et elle m'a chargé de te dire de partir au plus vite, car cette femme, suivant la menace qu'elle en a fait, pourrait attenter à ta vie.

— Eh quoi ! s'écria Nicolas, moi, un soldat, je dois fuir devant le danger ?

— Tu dois songer que ton pauvre père a besoin de toi et tu dois obéir à l'empereur.

— Je partirai et je me consacrerai corps et âme à la guérison de mon père, répondit Nicolas.

Quinze jours après, en amis dévoués, Ivan de Perski et le prince de Kolokoff accompagnaient à la

gare le vieux général de Kouschoff et Nicolas.
Celui-ci n'avait pris avec lui qu'un seul serviteur,
le vieux Ivanoff, un soldat qui avait été pendant
vingt ans l'ordonnance du général, et qui lui était
dévoué comme un bon chien de Terre-Neuve l'est à
son maître.

— Que Dieu te protége et te préserve des philtres
de ces femmes maudites! disait Ivan. J'irai te rejoindre dès que tu seras fixé dans un pays calme, je
prends Pétersbourg en horreur.

— Et moi, dit le prince de Kolokoff, je vais chercher une jeune fille bête et laide et je l'épouserai,
je l'aimerai d'un amour tranquille. Les grandes passions sont fatales. N'aime jamais, Nicolas.

— Soyez tranquilles. Mon cœur est mort... J'avais
un amour poétique au cœur... c'était mon premier
et celui-là est toujours le meilleur. Je croyais
Ephémia bonne et honnête. Devant moi elle s'est
laissée vendre, elle a suivi son insolent acheteur.
Mon frère a trouvé, lui, une âme infernale dans un
corps que l'on dit d'une beauté parfaite. La femme
ne sera jamais plus pour moi qu'un être malfaisant
que je fuirai comme la peste. Mais vous m'écrirez,
vous me direz si l'on a retrouvé la Charmeuse.

Les deux hommes s'y engagèrent, ils montèrent
dans le salon que Nicolas avait retenu. Tous s'assi-
rent un instant. Puis, selon l'usage russe, ils bénirent
les voyageurs et leur donnèrent le baiser d'adieu.

CHAPITRE VII

UN VOYAGE EN ORIENT — UN SAVANT DOCTEUR

Le général de Kouschoff fut assez calme pendant
le voyage de Pétersbourg à Paris. Son fils lui
avait dit :

— Nous partons pour fuir le spectre d'Elisabeth ;
et la pensée qu'il laissait derrière lui son implacable
ennemie lui rendit un peu de tranquillité.

Mais le bruit de Paris irrita ses nerfs malades. Du
milieu de cette foule affolée, il croyait toujours voir
surgir le noir fantôme ; dès qu'il apercevait une
femme en grand deuil il tressaillait et, saisissant le
bras de son fils, il lui disait :

— Fuyons ! la voilà !...

Nicolas eut alors l'idée de l'emmener en Egypte,
pensant que ces contrées, aux déserts sans fin, au
calme immuable, conviendraient mieux au malade
que cette ville toujours fiévreuse et agitée.

Dix ans auparavant, le général avait visité l'O-
rient ; il était revenu de ce voyage enthousiasmé.
Très érudit, connaissant à fond les langues mortes

et parlant presque toutes les langues vivantes, il avait pu étudier l'histoire et les monuments et il avait écrit un livre remarquable intitulé : *Les premiers siècles de grandeur de l'antique Orient.*

Nicolas voulut essayer de guérir le cerveau troublé de son père en réveillant ses instincts de savant. Il se fit envoyer plusieurs exemplaires de cet ouvrage et, un soir, il se mit à lui lire à haute voix un chapitre.

D'abord il écouta distraitement, puis il prêta une oreille attentive :

— Mais c'est moi qui ai fait ce livre ! dit-il d'un air joyeux.

Il le prit en main, le feuilleta.

— J'étais savant alors ! Oh ! oui, j'étais savant et heureux ! Elisabeth n'avait point encore quitté sa tombe, mon cher Alexius était près de moi, jeune, beau, plein d'avenir. Mon pauvre enfant, elle l'a entraîné dans la tombe ! Et il se mit à sangloter.

Nicolas pleura avec lui. Mais sa douleur était mêlée de la douce espérance que cette crise serait salutaire et rétablirait l'équilibre dans le cerveau de son père. C'était la première fois qu'il pleurait son fils sans divaguer, mais son espoir fut de courte durée. Ayant voulu lui demander pourquoi cette Elisabeth lui avait voué une haine aussi implacable, son regard devint encore égaré ; il se leva brusquement, prêta l'oreille.

— Entends-tu ! on marche... c'est son pas... elle vient te chercher... fuyons ! Il se dirigea vers la porte.

Nicolas le prit par le bras et le força à se rasseoir

sur le canapé. Se mettant à ses côtés et prenant ses mains :

— Père, lui dit-il, mon frère est là-haut, près de Dieu, il est mort à la terre, mais un jour nous le retrouverons. D'ici là je ne te quitterai jamais, je m'efforcerai par mes soins et ma tendresse dévouée de te faire oublier que je suis seul à t'aimer.

— Mais ne sais-tu donc pas qu'il lui faut trois victimes ?

— Non, je ne sais rien, je ne sais pas même qui elle est !

— Hélas ! elle est la vengeance froide et implacable. Elle m'a dit que je pleurerai mes deux fils, elle tiendra parole. Que faire ? où fuir ? Ces roses sanglantes une fois encore me seront jetées au visage. J'ai peur... Nicolas, j'ai peur. Et le pauvre vieillard se tordait les mains de désespoir. Pendant deux heures il pleura et divagua.

Nicolas pleurait aussi, et des larmes bien amères. Dans un coin, le vieux soldat Ivanoff adressait au Seigneur d'ardentes prières pour la guérison de son maître.

Dès le lendemain, Nicolas s'installait avec son père dans une voiture du chemin de fer de Lyon-Marseille. Il avait télégraphié pour retenir des places sur le bateau en partance pour Alexandrie.

Quatre jours après, ils étaient tous trois à bord de l'*Asie*, superbe bateau de la Compagnie Frayssinet faisant les voyages entre Marseille et Alexandrie.

La mer a toujours une heureuse influence sur les âmes affligées et sur les esprits troublés. Dès qu'on est en pleine mer, on ne voit plus autour de soi qu'une immensité d'eau, et au-dessus de sa tête une

immensité fluidique. L'eau forme un sol perfide qui
récèle la mort en son sein ; cette mort insatiable et
avide de proies nouvelles fauchant une vie par seconde
sans jamais être rassasiée. A la merci de cette mort
qui vous guette, sur cette immensité d'eau qui semble à chaque minute prête à vous lancer dans cette
immensité où jette la mort, on oublie la terre avec
ses drames, ses agitations et ses douleurs, on lève
les yeux vers l'azur bleu qui sert de voile à notre
patrie future ; on oublie le passé pour rêver à ce
grand inconnu, à cet avenir que nous ouvre la
tombe, et rêver à cela c'est sentir se calmer en soi
les douleurs poignantes que nous ont causées la
mort d'êtres aimés, car on se dit : Demain, dans
une heure, dans une minute peut-être je serai
auprès d'eux !

Les événements de la terre perdent à nos yeux
leur gravité ; en mer plus que partout ailleurs on se
souvient que la vie n'est qu'un bien court accident
dans la vie de l'âme, et l'œil fixé sur les sphères
bleues on essaye de plonger au delà de cet azur pour
entrevoir le sort qui nous attend ; le corps se repose,
la pensée devient lucide et retrouve calme et sérénité.

Peu de marins sont athées.

Celui qui constamment brave la mort sur les flots
perfides, celui qui a toujours au-dessus de lui ces
merveilleuses créations de Dieu, soleil, lune, étoiles,
ces astres enfin dont l'éclat et la splendeur donnent
un pressentiment de la puissance du Créateur, celui-
là a l'âme croyante ; il est voyant.

Sur terre, nous croyons à l'éternité de confiance ; mais celui qui vit sur mer sonde presque
cette éternité.

Nicolas de Kouschoff sentit l'effet de cette heureuse influence. Son cœur torturé par une poignante angoisse, retrouva un peu de calme ; il se dit que si sa vie humaine s'annonçait comme devant être morne et sans douceur pour lui, là haut il serait plus heureux.

Le pauvre fou subissait lui aussi l'influence salutaire de ce spectacle grandiose. Son visage reprenait un peu de sérénité ; son regard n'était plus égaré. Assis sur le pont, à côté de son fils, il regardait la mer. Le soleil allait disparaître ; au couchant, la mer était pourpre, tandis qu'au levant elle était d'un beau rose ; le malade semblait comprendre la poésie sublime de ce tableau peint par le grand artiste, Dieu.

Mais bientôt le spectacle changea ; la mer, de calme devint houleuse, des petits moutons blancs couraient sur la cime des vagues, le vent devint violent et furieux. Les mâts, secoués brutalement par lui firent entendre comme de plaintifs gémissements ; de rouge pourpre qu'il était tantôt, le ciel devint grisâtre et parsemé de grandes taches noires. Les marins devenaient soucieux, les passagers en hâte regagnaient leurs cabines.

Soudain, l'éclair déchira la nue, le tonnerre mêla sa formidable voix aux mugissements formidables des flots courroucés.

Le général de Kouschoff redevint subitement le soldat intrépide et brave devant le danger. Il se frotta joyeusement les mains et il dit à son fils :

— Tu vas voir, Nicolas, quelque chose de vraiment grandiose et de terrible ; la bataille des éléments. Tu verras que celles que se livrent ces nains appelés hommes sont bien mesquines à côté de celles-là. Tiens, écoute ce roulement du tonnerre, et avoue que le bruit du canon n'a pas cette horreur sublime !

En effet, les éclairs illuminaient le ciel, reflétant dans l'eau leurs zizags de feu. Le tonnerre grondait, l'ouragan faisait rage ; la mer en furie se soulevait par bonds gigantesques, on aurait dit qu'elle essayait de s'élever jusqu'au maître de la foudre. Le bateau, point noir entre ces deux immensités, battu par le vent, battu par les flots, gémissait lugubrement ; il se penchait, disparaissait sous l'onde, puis réapparaissait soudain à la cîme d'une grande vague.

Le génie humain luttait victorieusement contre tous les éléments déchaînés, mais aucun des hommes qui se trouvaient à bord ne pouvait dire : La minute d'après est à moi !

L'immensité des flots pouvait à chaque instant les lancer dans l'immensité azur.

C'était horrible, mais le spectacle était horriblement beau !

Le vieil Ivanoff, qui jamais n'avait fait le moindre voyage en mer, était terrifié. Assis aux pieds de son maître, il priait ardemment son saint patron de venir à son aide.

— C'est beau ! c'est sublime ! répétait à chaque instant le général. Puis il se mit à conter à son fils une traversée qu'il avait faite dans la mer Noire douze ans auparavant ; sa pensée lucide se souvenait de tous les détails ; il les redisait avec clarté. Nicolas était heureux, il pensait que déjà le voyage opérait la cure. Mais soudain, une jeune fille apparut sur le pont ; elle était enveloppée dans un de ces grands imperméables si cher aux Anglaises. Elle était nu-tête et ses cheveux d'un blond d'or en fusion tombaient en mille boucles sur ses épaules ; le vent les faisait voltiger et ils formaient comme une auréole autour de la tête de la jeune fille. Elle avait de grands yeux bleus frangés de cils noirs, le teint rose et frais. Elle était adorablement jolie et Nicolas la considérait avec un sentiment d'étonnement et d'admiration ; elle regardait le ciel d'un air souriant. L'éclair faisait à peine fermer une seconde ses beaux yeux, elle semblait braver elle aussi la colère des éléments.

Tout à coup le vieux général l'aperçut. Il fixa un long regard sur elle, puis il tressaillit, se leva brusquement et se jetant dans les bras de son fils :

— La voilà encore, la voilà cette implacable Elisabeth !

Il dit cela d'un accent d'épouvante indicible et en frémissant des pieds à la tête.

Nicolas et Ivanoff le soutenaient dans leurs bras ; ils essayaient de le calmer.

La jeune miss, ne se doutant pas du terrible effet que sa vue venait de produire, s'avança vivement d'eux. Le fou poussa un cri de terreur et se cramponnant à son fils :

— Non, non, tu ne me le prendras pas, non, je le défendrai.

Nicolas dit en anglais à la jeune fille qu'il la suppliait de s'éloigner, ne voulant pas avouer à une étrangère l'état mental de son père :

— Vous lui rappelez, lui dit-il, une fille qu'il vient de perdre.

— *Oh! how much I am sorry*, répondit-elle, et vivement elle redescendit dans le bateau.

Nicolas et Ivanoff eurent beaucoup de peine à calmer le pauvre fou. En vain lui disaient-ils que cette jeune fille était une Anglaise, passagère comme eux, il jurait, lui, que c'était bien le spectre d'Elisabeth.

Nicolas avait entendu parler du genre de beauté de la Charmeuse. Il savait qu'elle possédait une splendide chevelure noire et qu'elle avait le teint blanc mat des créoles ; or cette miss avait les cheveux blonds, le teint rose, il comprenait bien que cette Anglaise ne pouvait être la baronne de Rosenthald. Mais la terreur que sa présence venait de causer à son père lui prouva que l'esprit du malade était toujours violemment frappé, ce qui lui causa une mortelle tristesse.

Au moment du débarquement à Alexandrie, la jeune miss, avec une délicatesse infinie, eut soin de se tenir constamment hors de la vue du général, et, en s'éloignant, elle fit un petit geste d'adieu à Nicolas.

Le printemps est chaud en Egypte, les rayons du soleil y sont déjà brûlants. Nicolas ne tarda pas à comprendre que le séjour de cette contrée serait plutôt nuisible que salutaire à son père. En plus il rencontra beaucoup de ses compatriotes. Ne voulant pas qu'ils s'aperçussent de l'état mental du malade, il quitta bien vite le sol des pharaons et il conduisit le général à Beyrout.

Cette ville est admirablement située. Elle est bâtie sur une longue presqu'île qui part des pieds du Liban et vient se projeter en pointe à quatre kilomètres dans la mer. La ville s'élève élégante, gracieuse au milieu de ce promontoire. Ses maisons bien blanchies, surmontées de terrasses à l'italienne, ornées d'arbustes et de fleurs ont, un aspect riant et coquet qui charme l'œil.

A ses pieds elle a la mer bleue ; au sud elle est bordée par le désert sablonneux qui a été, grâce à l'émir Fahkr-ed-din, transformé en un joli bois de pins ; au nord s'élèvent de grandes roches noires, déchiquetées, taillées par la main du géant temps, qui, en sculpteur fantaisiste, s'est complu à leur donner des formes étranges, bizarres. Ces roches plongent leurs pieds dans l'onde, tandis qu'elles élèvent leurs cimes dans l'azur.

Derrière Beyrout se dresse le Liban, aux vallées riantes et ombreuses et au sommet couvert éternellement d'un blanc manteau de neige. Les parfums de la flore libanesque viennent se mêler à la brise saturée de sels marins, et la charmante cité musulmane est toute embaumée de ces doux parfums.

Même en été elle jouit d'un climat tempéré, car la brise qui vient du Liban et celle qui arrive de la mer lui apportent encore une double fraîcheur.

Les villes de l'Orient peuvent se comparer aux vieilles coquettes ayant demandé leurs appas à l'art ; vues à vol d'oiseau, ces villes nous enchantent, mais vues de près le prestige disparaît. Beyrout, entourée de murailles flanquées de grandes tours carrées, n'a que de petites ruelles malpropres. Méry a prétendu que le mistral était le grand balai de la Provence ; l'Orient a, lui, une multitude de balayeurs : ce sont les chiens errants. Sans ces pauvres bêtes affamées, qui dévorent toutes les ordures jetées

6

dans les rues et les rendent ainsi un peu propres, sans ces chiens faisant la seule voirie connue par les Turcs, toutes les villes orientales seraient chaque été décimées par la peste.

Mais cette ville, quoique sale et boueuse, charme par sa situation admirable, par son climat tempéré et par l'activité qui y règne. Ses bazars sont richement pourvus; elle est l'entrepôt de tout le commerce de la Syrie.

En dehors de la ville proprement dite, et qui est enserrée dans une étroite enceinte de murailles, ne présentant qu'un dédale de ruelles, les unes en pente, les autres en échelle, se trouve une seconde ville ravissante et propre, celle-là ; elle s'étend sur un amphithéâtre de collines. Elle est formée par des villas coquettes, élégantes, bien bâties, entourées de beaux jardins dans lesquels on admire la végétation luxuriante de l'Asie. De cet amphithéâtre on aperçoit Beyrout qu'on domine, le Liban qui vous domine, au loin l'immensité bleue de la mer, et l'on a à ses pieds la forêt de pins plantés par l'émir Fahkr-ed-din qui, par cette intelligente plantation, a arrêté l'invasion des sables qui menaçait tout ce côté de la ville.

Ce fut dans une des plus jolies villas de cette dernière ville que Nicolas installa son père. La maison était confortable, de toutes les fenêtres on avait une vue splendide, le jardin était planté de beaux arbres, toute la flore de l'Orient, si riche en coloris et en capiteux parfums, y poussait en liberté.

Le pauvre malade de cœur et d'esprit parut heureux dans ce nid de fleurs et de verdure. Il ne tarda . pas à renaître au calme ; il aspirait l'air pur à pleins poumons. Il vivait par les yeux, et les souvenirs poignants s'effaçaient de sa mémoire, il ne parlait plus de cette mystérieuse et fatale Elisabeth.

Les médecins aliénistes européens, sous prétexte de guérir les malheureux qui ont eu l'esprit troublé par une trop forte commotion ou par les drames et les angoisses de la vie, les enferment dans une étroite et lugubre prison. Leur pensée non distraite par les aspects divers de la nature, par le mouvement humain, se fixe sans cesse sur le point douloureux. Loin d'oublier, ces pauvres âmes troublées sont forcées de se souvenir sans cesse. Elles sont enfermées comme par un cercle de fer dans le douloureux souvenir du malheur qui a frappé si vivement leur esprit, qui l'a détraqué, et sans cesse, tout autour d'eux, leur répète ce mot fatal : Vous êtes fou !

Le cruel et inintelligent régime des maisons de santé rendrait fou un homme sain d'esprit, et l'on veut qu'il guérisse ceux qui ont l'esprit malade !

Les musulmans sont de meilleurs médecins aliénistes ; ils laissent les fous errer à leur fantaisie. Nul ne les contrarie, chacun au contraire s'efforce de satisfaire à tous leurs caprices. Si un fou a faim l'on s'empresse de lui offrir à manger ; s'il manque de vêtements, on se dispute la bonne œuvre de lui en donner. Veut-il un abri ? il peut se présenter chez n'importe qui, toutes les maisons lui sont ouvertes et partout bon accueil lui est fait. Ceci a pour résultat de rendre les fous complètement inoffensifs. Il n'y a pas d'exemple qu'un fou en Orient ait fait le moindre mal à un être humain, ni à un animal. Aussi les enfants mêmes, au lieu de leur montrer un sentiment de répulsion ou d'épouvante, jouent avec eux, les servent, leur offrent des bonbons.

En Europe, le pauvre malade d'esprit se voit devenir un objet d'horreur ou de pitié ; on l'enferme entre quatre murs, on sourit de tout ce qu'il dit. Sa folie consiste-t-elle à se croire un moulin à vent dans la tête ou à se figurer qu'il a été César ? Au lieu d'abonder dans son sens on le contrarie, on le douche brutalement pour lui faire comprendre qu'il n'est pas César, et qu'aucun moulin ne fait tic tac dans sa tête. Le malade s'irrite encore plus et de fou tranquille ou maniaque il devient fou furieux.

Maintenant je dois convenir que c'est moins la science qu'une croyance qui a inspiré aux musulmans cette manière intelligente de traiter la folie. Les fils de Mahomet croient que le fou est un être béni et aimé de Dieu et que s'il a perdu la raison suivant les lois conventionnelles des hommes, c'est en devenant clairvoyant pour les choses de l'autre monde. Ils disent que le fou a une vue si perçante qu'elle traverse l'atmosphère et va voir ce qui se passe dans le ciel et qu'il s'entretient avec Dieu et avec les anges. De là vient la vénération qu'ils ont pour les esprits troublés.

Mais croyance ou science, le résultat est excellent pour ces pauvres malades.

Nos aliénistes devraient bien faire un voyage en Orient. Peut-être alors comprendraient-ils que la maison de santé est une bonne invention pour rendre fous les gens raisonnables mais qu'elle est incapable de guérir les malades.

L'amour filial fit comprendre tout cela à Nicolas

de Kouschoff, il se dit que le meilleur moyen de
rétablir le calme dans le cerveau de son père,
c'était de lui faire oublier le passé en frappant ses
yeux par des aspects riants et en occupant sans
cesse son esprit par des sujets propres à l'intéresser.
Il avait aimé l'étude des monuments syriaques, il
s'efforça de réveiller en lui le savant ; affectant une
grande curiosité pour l'histoire des monuments de
Beyrout, il le conduisait les visiter et doucement il
le priait de lui donner des détails sur eux.

D'abord le général devait faire de grands efforts
pour se souvenir. Il cherchait ses mots, ses idées
s'embrouillaient, puis tout à coup ses yeux brillaient,
une expression de joie éclairait son visage, il se
souvenait ! Et avec un sentiment de fierté et de
bonheur il se faisait le cicerone de son fils.

La ville proprement dite de Beyrout ne contient
en fait d'antiquité que les quelques colonnes formant les fondations du quai, trois autres colonnes
qui se trouvent en dedans de la porte sud-est, en
dehors de cette même porte, des fragments de
mosaïques et quelques sarcophages. L'époque des
croisades a laissé comme monument une église
bâtie par les croisés et qui est devenue une mosquée.
Sa porte, qui est fort belle, est percée d'une baie
ogivale, elle repose sur des colonnettes d'une grande
élégance. Malheureusement, les musulmans, avec
ce manque de respect qui les caractérise pour les
monuments artistiques, ont obstrué cette porte par
de laides et disgracieuses constructions privées.
L'intérieur de cette église est divisé en trois nefs par
deux séries d'arcades qui sont appuyées sur des
chapiteaux romains. La voûte centrale a la forme

6.

d'un berceau ; trois absides terminent les nefs, un clocher quadrangulaire et isolé s'élève au-devant de la porte est.

Comme Nicolas regrettait que cette église fût devenue une mosquée, le général lui dit en souriant :

—Il est de fait que si les âmes des croisés viennent voltiger par ici, elles doivent se lamenter en entendant le chant des muezzins, qui du haut de ce clocher appellent à la prière les sectaires de Mahomet.

Il le conduisit ensuite visiter une espèce de tour carrée que les croisés avaient construite pour servir de défense à la ville du côté de la mer, et il lui fit remarquer la trace que les boulets anglais y ont laissée.

Un jour il lui proposa lui-même une petite excursion en dehors de la ville, et il le conduisit visiter une mosquée en briques qui fut primitivement une église bâtie par les croisés et sur l'emplacement où la légende place le fameux combat de Saint-Georges et du dragon! De là, ils allèrent à cheval à Deïr-el-Kal'ah, ils se trouvèrent bientôt dans les gorges profondes de la rivière et les premières pentes de la montagne. Le général fit remarquer à son fils les pentes abruptes des croupes libanesques qui ont été changées en terrasses par les habitants de ces contrées. Ils y ont transporté de la terre végétale, et ces sauvages sites, qui semblaient voués à rester improductifs, sont livrés à la culture grâce à l'ingéniosité de l'homme.

Après avoir longé cette gorge et visité tout ce qui reste d'un grand aqueduc qui jadis conduisait l'eau de cette rivière à Beyrout, nos voyageurs arrivèrent

au couvent, but de leur excursion. Il est situé sur
une crête du Liban et domine les pointes à pic de la
gorge où coule le Nahr-Beyrout. Ce couvent est
à 700 mètres au-dessus du niveau de la mer ;
on y jouit d'un panorama splendide qui embrasse
d'un côté toute la masse sombre et sévère du Liban
et de l'autre la mer. A l'aide d'une longue-vue,
lorsque le temps est clair, on peut apercevoir l'île de
Chypre.

Ils visitèrent les ruines d'un ancien temple phé-
nicien qui s'étendent sur une largeur de trente
mètres. Avec une parfaite lucidité d'esprit, le général expliqua à son fils la disposition de ces ruines,
lui montra le portique encore debout et qui a une
profondeur de huit mètres, et lui démontra comme
quoi il devait jadis s'appuyer sur deux rangées de
quatre colonnes. Il fit voir ensuite une dizaine d'ins-
criptions grecques et latines, et il essaya de les
déchiffrer. Nicolas, en l'écoutant, se sentait envahir
par une immense joie ; la cure devenait évidente, la
lumière se refaisait dans le cerveau du malade.
Aussi voulut-il prolonger leur séjour dans ces contrées agrestes et sauvages dont les aspects avaient
une si heureuse influence sur l'esprit du malade, et
il exprima le désir de coucher à Deïr-el-Kal'ah pour
aller, le lendemain, visiter Deïr-el-Kamar. Son père
parut enchanté de cette idée et, pendant cinq jours,
ils voyagèrent à pied ou à cheval dans ces sites pit-
toresques. Deïr-el-Kamar signifie le *Couvent de la
lune*, cette petite ville est la capitale du pays des
Druses. La tradition explique ce nom singulier par
un couvent qui y fut bâti jadis et qui fut placé sous
la protection de la Vierge. La statue de Marie pla-

cée dans une niche en façade avait les pieds posés
sur un croissant. De là, le nom de couvent de la
lune.

Nicolas resta en extase devant la jolie petite ville
de Deïr-el-Kamar. Ses maisons bien blanchies, bien
coquettes sont bâties sur des pentes à pic, surplom-
bées par des rochers énormes que l'on croirait
prêts à chaque instant à se détacher pour broyer
cette gracieuse cité. Ce qui étonnait nos visiteurs
c'était surtout ces jolis jardins que les Druses, par
un prodige d'industrie et de patience, ont créés sur
ces roches sauvages ; le jeune homme prit son
album et ses crayons et il fit un croquis de cette
ville. Son père, assis à côté de lui, se mit à lui conter
l'histoire étonnante d'Esther Stanhope, fille de
Charles Stanhope, pair d'Angleterre, diplomate
habile, savant mathématicien, inventeur de la
presse dite Stanhope. Sa fille, romanesque et excentrique, étant venue voyager dans le Liban, fut grisée
par la poésie sauvage et capiteuse de ces contrées.
Elle s'y fixa et joua d'abord le rôle de prophétesse.
Elle était belle, riche, elle eut un grand succès et
un instant elle fut comme la souveraine du Liban,
mais en vieillissant elle perdit son prestige. Elle
avait follement dépensé sa fortune, elle se trouva
presque dans la gêne. En femme d'esprit, elle changea de rôle, abdiqua celui de prophétesse et de reine
et devint un vieux philosophe. Elle adopta le costume des hommes turcs et se retira sur la cime la
moins accessible de la montagne, et là dominant ce
monde d'humains plus ou moins fous, elle attendit
la mort avec sérénité.

—A Damas, ajouta le général, une autre grande

dame anglaise termine une vie semée de plus grandes originalités encore, c'est lady Pembrok, qui a épousé en quatrième noces le chamelier Mijoël.

— Je voudrais bien, dit Nicolas, que nous allions jusqu'à Palmyre. J'ai toujours eu un grand désir de visiter les ruines de cette antique cité.

— La course serait longue pour moi, mais tu pourras me laisser à Beyrout et faire ce voyage qui est très intéressant.

Et comme Nicolas se récriait qu'il ne consentirait pas à le laisser seul, il lui répondit qu'il se sentait assez bien et qu'il pouvait rester seul pendant un mois. Puis, fixant un long regard sur son fils :

— Mon pauvre Nicolas, lui dit-il, tu t'es sacrifié, tu t'es consacré entièrement à moi, et ta santé en a souffert. Je te trouve mauvaise mine.

En effet, toutes ces terribles épreuves avaient altéré la santé du jeune homme ; il était pâle, ses yeux étaient creux et fiévreux. Mais il jura qu'il se portait bien et qu'il n'avait qu'un désir, rester auprès de lui.

— Nous recauserons de ton voyage à Palmyre, lui répondit son père.

Ils rentrèrent à Beyrout et, quatre jours après, le général l'engagea vivement encore à entreprendre cette excursion qui le distrairait et serait salutaire pour sa santé.

— Non, non, répondait Nicolas, je ne veux pas vous laisser seul ici.

A ce moment, le vieux Ivanoff vint annoncer que le prince et la princesse de Kolokoff et Ivan de Perski demandaient à être introduits.

— Voilà de la société qui m'arrive ! dit le général
en donnant l'ordre d'introduire les visiteurs.

Nicolas avait eu une grande émotion en entendant
prononcer ces noms. Il avait redouté que la présence de ces amis du cher défunt, en ravivant les
souvenirs de son père, ne vînt lui redonner une
crise, mais sa crainte fut de courte durée. Le général
alla vers eux avec empressement, leur témoigna une
vive joie de les revoir.

Le prince de Kolokoff présenta sa femme.

— Nous faisons, dit-il en souriant, notre visite de
noces, et j'ai déjà introduit l'*autre* dans mon ménage.

— Oh ! se récria de Perski, si vous avez bien
voulu m'admettre en tiers, c'est que vous savez que
je vais à Jérusalem pour me faire moine.

— Moine, toi !

— Oui, Nicolas, je vais me faire moine, non par
ardeur religieuse, mais par peur de Satan.

— Quelle folie !

Les jeunes gens se mirent à causer tout bas, pendant que le général faisait ses compliments aux
nouveaux mariés. Il insista d'une façon si aimable qu'il les décida à quitter l'auberge et à venir
s'installer tous trois dans sa villa. Il alla lui-même les
aider à opérer leur déménagement ; il veilla à leur
installation chez lui, avec un grand empressement.
Il semblait heureux de revoir le prince et Ivan de
Perski. Mais il ne fit aucune allusion au drame de
Saint-Pétersbourg.

La princesse de Kolokoff était jeune, mais pas
jolie ; elle n'avait pas un esprit brillant, mais
elle était bonne, affectueuse et d'un caractère
enjoué. Connaissant le double malheur qui avait

frappé le général de Kouschoff, elle eut mille préve-
nances, mille petits soins pour lui et, en peu de
jours, elle gagna toute sa sympathie; il se prit
d'une réelle affection pour elle. Il faisait les honneurs de sa villa avec une courtoisie parfaite, et,
grâce aux nouveaux venus, elle prit un peu de gaieté
et d'animation.

Nicolas, dès qu'il se trouva en tête-à-tête avec
Ivan, lui demanda si la police russe avait enfin
retrouvé la Charmeuse. Il apprit de son ami que ses
plus fins limiers avaient vainement recherché cette
femme en Europe et en Russie; nul ne l'avait vue
ni aperçue; elle s'était évanouie comme un spectre.

Il apprit aussi qu'Ephémia Warrowisch avait
obtenu son divorce d'avec le baron de Rosen et
qu'elle allait se marier avec celui qui avait généreusement payé plus de deux cent mille roubles le
bonheur d'être son époux.

La première de ces nouvelles irrita et inquiéta le
jeune homme. Il allait être en butte lui aussi à la
haine de cette femme ; et enfin il ne saurait pas le
fin mot de ce mystère!

Il n'osait plus adresser aucune question à ce sujet
à son père, craignant, en évoquant ce souvenir, de
troubler encore l'esprit du vieillard.

La seconde nouvelle froissait et affligeait son
cœur ; il avait aimé Ephémia, de ce premier amour,
qui est profond et durable. L'homme n'oublie
jamais ces premières suaves sensations que donne
l'amour en prenant possession de notre être. Il
l'avait aimée d'un amour pur, chaste, il l'avait
souhaitée pour compagne. Il avait souffert en la perdant une première fois et il souffrait davantage en

la perdant encore, par la raison qu'à présent il était forcé de se dire que l'objet de son culte avait démérité de l'adoration qu'il avait eue pour elle.

Il se demandait si toutes les femmes, par hasard, seraient aussi perfides et aussi perverses que l'a prétendu le grand Euripide, et s'il devait se condamner, lui, jeune, se sentant un cœur *assoiffé* d'amour, à vivre sans donner une pâture à son cœur; ces pensées le rendirent mélancolique. Le général s'en aperçut et il insista plus encore pour qu'il fît le voyage à Palmyre.

Le prince de Kolokoff le décida à suivre le conseil de son père en lui promettant de rester auprès du général jusqu'à son retour.

Ivan de Perski partit, lui, pour Jérusalem, et Nicolas fit ses préparatifs de départ. Il se résolut à aller visiter les ruines de Palmyre, mais pour accomplir ce voyage il avait besoin d'un bon guide. Il avait fait connaissance avec le consul d'Angleterre. Il alla chez lui le prier de l'aider à trouver ce guide. Il fut agréablement surpris de s'y rencontrer avec cette jeune Anglaise, dont l'apparition sur le bateau en allant de Marseille à Alexandrie, avait épouvanté son père; elle le reconnut et elle s'empressa de lui demander si son père était un peu consolé de la mort de sa fille; il lui répondit que son père était bien portant à présent, et il se fit présenter à elle.

Elle se nommait Evangeline Makerson.

Un joli et doux nom Evangeline! qui rappelle une charmante poésie du grand poète Longfellow.

Voilà ce que pensait Nicolas, et il se disait que celle qui le portait était elle-même un poème de grâce, d'élégance et de beauté. Ses allures simples, franches et cordiales attiraient la sympathie.

On causa de l'histoire ancienne de l'Orient, des ruines des monuments hébraïques. Miss Evangeline se mêlait à la conversation, et sans pédanterie et sans prétention elle fit preuve d'une grande érudition.

Nicolas parla de son intention d'aller à Palmyre, et la jeune Anglaise lui dit qu'elle était enchantée que le hasard leur fît faire le même voyage.

— Je pars, dit-elle, après-demain, pour Damas, et de là j'irai admirer les ruines de l'antique Palmyre ; et, ajouta-t-elle naturellement et comme un homme l'aurait dit à un homme, j'espère avoir le plaisir de vous rencontrer !

Elle prit congé du consul, dit à revoir au jeune Russe qui s'empressa de demander, dès qu'elle fut sortie, qui elle était.

— Mais, lui répondit le consul, je ne sais qu'une chose, c'est qu'elle doit appartenir à une famille riche et honorable. Elle est arrivée chez moi avec une lettre d'introduction de lord Sommerset. Elle voyage par raison de santé.

— Avec qui est-elle ? demanda encore Nicolas. Le consul sourit.

— En vérité, dit-il, je crains de vous avouer qu'elle voyage seule, c'est-à-dire sans son père et sans sa mère et n'ayant avec elle qu'une dame de compagnie et un valet de chambre.

— Pourquoi craignez-vous de me dire cela ?

— A cause de ceci. Peut-être ne connaissez-vous pas les usages anglais et vous allez mal penser de ma compatriote.

— Non-seulement je connais vos usages, mais je

7

les approuve, car en laissant toute liberté à vos filles vous leur apprenez à se servir avec sagesse et prudence de cette liberté. Du reste, en Russie, nos femmes jouissent d'une aussi parfaite liberté.

— Alors tout est pour le mieux, comte, dit le consul. Et vous comprendrez que quoique voyageant seule, miss Evangeline est une honnête personne et une jeune fille ayant droit au respect et à l'estime.

— Certes, en causant avec elle, croyez-le, j'en avais déjà acquis la preuve, répondit Nicolas.

Les deux hommes ne parlèrent plus de miss Evangeline ; mais Nicolas y songeait toujours et sa gracieuse image miroitait sans cesse devant ses yeux.

Le consul lui indiqua un excellent guide. Il retourna chez lui achever gaiement ses préparatifs d'un voyage qui à présent lui souriait beaucoup.

CHAPITRE VIII

ÉVANGELINE — UN AMOUR VRAI

Malgré son vif désir de rencontrer la belle et savante Anglaise, Nicolas de Kouschoff n'osa pas, par discrétion, partir le même jour qu'elle. Ce fut le lendemain du jour où elle avait annoncé devoir partir, qu'il se mit en route, mais bien décidé par exemple à ne pas s'arrêter avant d'avoir eu la chance de la joindre.

Par une chaude matinée de juin, monté sur un bon cheval arabe et suivi de son guide Aly, il s'engagea dans un chemin qui serpente autour des jardins et des villas et qui conduit vers le Liban.

La brise arrivait de la montagne, imprégnée du parfum des fleurs sauvages mais embaumées, qui croissent dans les vallées et sur les chaînes libanesques ; les oiseaux se réveillaient, et vivement ils secouaient les perles que la rosée avait déposées sur leurs ailes et ils gazouillaient joyeusement. Pour la première fois depuis quatre mois, Nicolas de Kous-

choff sentait battre son cœur sous l'influence d'une
émotion douce et d'une espérance non définie, mais
charmante.

Aimait-il miss Evangeline ?

Non.

Qu'espérait-il donc?

Il n'en savait rien, mais enfin son cœur battait.
Une effluve de verte jeunesse lui montait au cerveau ; il aspirait l'air à pleins poumons; il écoutait
avec bonheur le chant des oiseaux, il trouvait aux
fleurs qu'il apercevait une beauté qui le frappait
comme s'il les voyait pour la première fois. Il trouvait la nature splendide, la poésie qui s'en déga-
geait le charmait; et il se sentait renaître à la vie.
Huit jours avant, tout lui semblait triste, morne ;
l'avenir lui apparaissait sans but. A présent tout
souriait autour de lui et devant lui, et ce miracle
avait été opéré par les beaux yeux et par la grâce
de miss Evangeline. Je le répète, il ne l'aimait point
encore. Mais il allait la voir, se trouver avec
elle dans ces excursions semées de fatigues et de
dangers ; cette pensée seule lui faisait voir tout en
rose.

Il avait vingt-cinq ans !

Il parcourut pendant deux heures un sentier ro-
cailleux, montant en zigzags et qui va atteindre le
contrefort de la vallée Chahrour, qui descend vers
la Méditerranée.

En vain son guide appelait-il son attention sur de
charmants petits hameaux suspendus comme des
nids d'aigle sur les parois abruptes des ravins. Il ne
jetait vers eux qu'un regard distrait, et après un
court temps d'arrêt il rendait la main à sa monture.

Rejoindre la belle voyageuse était sa seule préoccupation.

Après huit heures de marche, la fatigue le força pourtant à écouter le conseil de son guide Aly et à faire halte dans un petit hameau, au khan El-Madeirez (le camp de l'escalier); ce camp est situé dans une gorge sauvage, d'un aspect morne et imposant, qui excita l'admiration de notre voyageur, aussi fut-il curieux de visiter ses environs. Son guide lui ayant du reste annoncé qu'il ne se trouvait plus de campement confortable qu'à neuf heures de marche, il se décida à passer la nuit là.

Voulant se lever le lendemain dès le jour, il prit un frugal repas et s'endormit sur le mauvais lit de cette espèce d'auberge.

A quatre heures, le jour suivant, il était déjà réveillé, il prit en face du khan un sentier qui conduit sur une des cimes du Liban. Son guide lui affirmait qu'arrivé tout en haut de ce sentier on se trouvait sur un vaste plateau élevé de dix-huit cents mètres au-dessus du niveau de la mer et qu'on y jouissait d'une vue splendide. Il laissa Aly au khan afin de préparer tout pour le départ et il s'aventura seul dans ce sentier.

Après un quart d'heure de marche, il aperçut une femme grimpant alertement, appuyée sur une canne de montagne, grande, svelte, vêtue d'une amazone de piqué blanc, un voile de gaze bleue attaché à son chapeau flottait au vent.

Il reconnut bien vite miss Evangeline et il monta précipitamment afin de la rejoindre. Au bruit de ses pas elle se retourna.

— Comment, c'est vous? lui dit-elle en lui ten-

dant la main, je vous croyais en avant de moi, car
dès ma première étape les beautés du paysage m'ont
tellement empoignée que je me suis installée deux
jours au khan El-Madeirez, et j'ai déjà fait trois
croquis ; si cela continue, mon voyage durera six
mois.

— Quel bonheur ! s'écria Nicolas.

Et comme elle le regardait avec étonnement :

— Eh oui, c'est un bonheur pour moi, car si vous
restez six mois dans ces montagnes, auriez-vous
même la cruauté de me priver du plaisir de causer
avec vous, que vous ne pourriez m'empêcher de
vous admirer de loin !

— Mais, nulle n'est moins cruelle que moi, et
croyez bien, comte, que si c'est un plaisir pour vous
de faire ce voyage avec moi, je serai, moi, très con-
tente d'avoir pour protecteur dans ces contrées sauvages un gentleman comme vous.

Ceci dit, elle lui tendit un petit panier qu'elle
avait à la main.

— Commencez votre rôle de chevalier servant.
Portez ceci et, du reste, je crois que je devrai partager mon déjeuner avec vous, car je ne vous vois
pas la moindre provision.

— Je pensais déjeuner à mon retour au khan.

— Vous n'êtes pas pratique ; vous avez oublié
que rien n'est agréable comme de s'installer dans
un site poétique et de l'admirer tout en déjeu-
nant.

Ils grimpèrent gaiement ; elle accepta son bras et
elle riait comme un enfant des faux pas qu'il faisait. Ils causèrent des péripéties du voyage ; elle lui

conta que son courrier s'était déjà foulé le pied et qu'elle devait le laisser au khan.

— Vous le voyez, dit-elle, c'est la Providence qui vous a envoyé sur mon chemin. J'aurais été obligée de faire mon voyage seule avec mon guide.

Ils marchèrent une grande heure, causant de choses et d'autres. Evangeline avait ce caractère franc et cordial qui est le trait distinctif des Anglaises appartenant aux hautes classes. Elle était simple, naturelle, dénuée de toute coquetterie. Elle n'avait point l'air de se douter qu'elle était admirablement belle, et elle paraissait à l'aise en tête-à-tête avec de Kouschoff, absolument comme si elle avait été avec une femme de ses amies, et ceci retenait sur les lèvres du jeune homme tous les compliments qu'il avait envie de lui faire.

La jeune fille qui est effarée dès qu'elle se trouve en tête-à-tête avec un homme, commet, sans s'en douter, une impudeur et une imprudence.

Evangeline était avec Nicolas comme l'aurait été un camarade de voyage, si bien que celui-ci finit même par oublier qu'il se trouvait, par une bizarrerie du hasard, dans un lieu désert, en tête-à-tête avec la plus jolie fille qu'il eût vue, et il causa avec calme et esprit de toutes sortes de choses.

Ils arrivèrent ainsi au but de leur excursion, sur un plateau qui domine les contrées syriennes ; au loin on aperçoit la mer immense et bleue, tandis qu'on a à ses pieds le Vadi Ammara, vaste construction carrée qui s'élève sur un amphithéâtre planté de pins et de mûriers.

Le soleil se montrait à l'horizon. Il avait l'air de sortir du sein de l'onde qu'il teintait de pourpre, la

nature se réveillait, le bruit faisait place au silence
de la nuit, les insectes et les oiseaux célébraient, les
uns par leur bruissement, les autres par leur chant,
le retour de l'astre soleil ; la nature était en fête.

Nos deux voyageurs admirèrent le beau spectacle
que la nature leur offrait.

Evangeline se fit un gros bouquet de petites fleurs
sauvages. Elle en respira longuement le parfum,
puis elle chercha un endroit confortable. Elle s'assit sur un rocher, en désigna un en face d'elle à
Nicolas.

— A présent, dit-elle en étalant les provisions
contenues dans le panier, nous allons déjeuner.

A bord du bateau, le jeune homme l'avait à peine
entrevue. Chez le consul d'Angleterre, il n'avait
aperçu son visage qu'à travers le tissu d'une gaze
bleue. Mais à présent il pouvait la contempler à son
aise. Elle avait quitté son chapeau ; ses cheveux retombaient en mille boucles folles sur ses épaules ; la
brise les soulevait et les ébouriffait à plaisir. Elle
était admirablement belle, et sans avoir l'air de s'en
douter ; sa beauté avait quelque chose d'étrange et de
bizarre, car ses yeux étaient bleus, frangés de cils
noirs et ses cheveux étaient d'un blond d'or en
fusion ; son teint rosé avait un vif éclat.

— Pauvre père ! pensa-t-il. Il fallait que son
esprit fût violemment atteint pour qu'il ait pris un
instant cette blonde et charmante jeune fille pour
l'horrible charmeuse !

Et tout en songeant à cela il détaillait la beauté
d'Evangeline.

Son regard était parfois railleur et parfois d'une
tendresse infinie qui troublait. Ses traits étaient

réguliers ; son nez avait des narines roses et frémis-
santes qui à elles seules auraient rendu joli un laid
visage ; ses lèvres un peu fortes étaient d'un rouge
de fleur de grenade : le corsage de son amazone des-
sinait une taille d'une grande perfection de formes.

Le jeune homme, en analysant sa beauté, fixait
sur elle un regard brûlant. Ses vingt-cinq ans se
réveillaient, son cœur battait fortement ; le soleil
qui se levait radieux, les fleurs qui ouvraient, sous
ses rayons, leurs corolles parfumées, les oiseaux
qui gazouillaient amoureusement dans les buissons,
la brise tiède et énervante, tout dans la nature
parlait amour et Nicolas se sentait grisé par la
beauté de cette jeune miss et par la nature qui
l'entourait. Il oubliait la fatale charmeuse, il
oubliait le serment qu'il s'était fait de ne jamais
aimer.

Elle, elle découpait artistement des gélinottes, elle
beurrait des tranches de pain sans avoir l'air de se
douter le moins du monde du trouble qu'elle faisait
naître chez son compagnon. Lorsqu'elle eut fini ce
grave travail, levant un regard limpide et pur sur
Nicolas :

— Avez-vous faim, comte? lui dit-elle.

Cette demande le fit retomber brusquement du
troisième ciel sur la terre. Il balbutia une phrase et
pour se donner une contenance il se mit à manger.

Tout en dévorant de ses belles petites dents gélinottes et grandes tranches de jambon, elle se mit à
babiller gaiement sur mille choses, puis elle parla
des ruines de Palmyre en personne qui connaissait
à fond l'histoire de ces contrées, et enfin se levant,
elle s'écria :

7.

—Et à présent, vite, en route, nos guides doivent s'impatienter, nos chevaux doivent être sellés.

Ils redescendirent vivement le sentier abrupt ; elle souriante et insouciante, lui ému, heureux, mais faisant de grands efforts pour dissimuler son trouble, car, pensait-il, pour que j'aie la joie immense de pouvoir l'accompagner et rester toujours près d'elle, je dois me montrer indifférent. Si elle soupçonnait combien déjà je me sens amoureux d'elle, je perdrais sa confiance, et elle ne m'accepterait plus pour compagnon de route.

Les chevaux attendaient en effet tout harnachés devant la porte du khan. Evangeline entra dicter des ordres pour les soins à donner à son courrier. Elle s'assura que ses bagages étaient tous chargés. Puis, vive et légère, elle sauta en selle sans laisser à Nicolas le temps de lui offrir le genou.

Les deux guides poussèrent leurs chevaux en avant ; les jeunes gens les suivirent chevauchant à côté l'un de l'autre. L'Arabe, chargé des bagages, suivait monté sur un cheval et tenant en laisse celui qui portait les valises.

Ils firent ainsi six heures de marche, puis Evangeline voulut marcher. Nicolas la prit dans ses bras, l'enleva de selle et la posa à terre. Elle se mit à courir sur les bords du chemin, cueillant des fleurs, poussant des cris de joie. Lorsqu'elle en avait trouvé une jolie, on aurait dit une pensionnaire en vacances tant elle se montrait naïvement jeune fille, et chastement confiante dans son compagnon de route.

De Koûschoff se sentait renaître à la vie et au bonheur. Le passé s'éloignait de sa pensée, le pré-

sent lui semblait un rêve des *Mille et une nuits*, et
l'avenir lui apparaissait sous les couleurs les plus
roses.

Huit jours avant il faisait chorus avec Ivan qui
affirmait que la femme est l'animal le plus malfaisant de la création. Aujourd'hui il se disait que la
femme est un ange dont le doux sourire, dont le
pur regard contiennent des reflets des joies du
ciel. Si on lui eût parlé de la charmeuse il eût
répondu : « Celle-là n'était pas une femme, mais
un noir démon, tandis que celle-ci est un ange,
c'est-à-dire une vraie femme. »

La femme a en elle une puissance magnétique
étrange et terrible. D'un de ses regards, d'un de
ses gestes, elle donne à l'homme un monde de
douces et suaves sensations. Elle en fait un héros
ou un grand génie et, d'un regard, d'un mot, elle
lui broie le cœur, le pousse au suicide et même au
crime. Tout découle d'elle, bien, mal, hauts faits,
œuvres géniales, lâchetés et crimes. Le sage a raison de dire : La femme me fait peur.

Cette jeune fille, seule avec ce jeune homme dans
ces montagnes sauvages, avait la puissance de le
troubler, tout en lui donnant une joie immense ; et
sa candeur, sa naïve confiance étaient pour elle des
armes si puissantes, qu'il n'osait même pas la
laisser lire dans son cœur, craignant de la froisser
dans sa pudeur.

Et l'on appelle la femme un être faible !

Dans son frêle et gracieux corps Dieu a mis au
contraire force, puissance et volonté.

Vers le soir ils arrivèrent à un second khan. Miss
Evangeline dîna de bon appétit ; elle fit le thé, en

offrit à son compagnon ; puis, lui tendant sa mignonne main, elle lui dit :

— Et à présent, bonsoir, et surtout ne faites pas le paresseux demain matin. Nous devons partir dès le lever du soleil.

Nicolas n'osa pas même porter cette main à ses lèvres et il se contenta, malgré son désir, du shake-hand à l'anglaise.

Le lendemain, il descendit de sa chambre dès les cinq heures, et pourtant Evangeline était déjà levée, et prête, elle examinait les montures. Fraîche, le teint reposé, elle lui apparut plus belle encore que la veille.

Elle le gronda de sa paresse tout en lui offrant une tasse de café noir, et ils montèrent à cheval. Elle montait un pur sang arabe avec cette solidité et cette grâce que possèdent seules les Anglaises, et elle tenait en main sa monture avec une adresse et une sûreté que lui eût enviées un écuyer ; elle se faisait un jeu de passer à un demi-mètre seulement des précipices les plus dangereux ou d'arrêter brusquement sa monture, et alors la noble bête se cabrait. Evangeline se couchait sur le cou du cheval pour ne pas tomber en arrière.

Nicolas poussait des cris de terreur ; il la suppliait d'être prudente, mais elle riait et répondait que braver les dangers et la mort était le plus grand des bonheurs que la vie pût offrir.

Et lui, qui s'était figuré jusqu'alors que la femme, pour être séduisante et digne d'être aimée, devait frémir au plus léger bruissement, pâlir devant le danger le moins réel, il se prenait à admirer la noble vaillance de cette fille de la brumeuse Angle-

terre. Il trouvait même une âpre volupté aux
angoisses de crainte que lui donnaient ses folles
intrépidités.

Lorsqu'ils furent arrivés à Mekhsé-ed-Leïtari,
elle lui servit de guide et de cicerone et lui fit
savamment l'historique de ces ruines. Il s'était toujours laissé dire qu'une femme savante était un être
ridicule, incapable d'inspirer un tendre sentiment.
Et en écoutant miss Evangeline lui faire avec simplicité un cours de science archéologique, il sentait
augmenter l'amour qu'elle lui inspirait, il l'aimait
pour sa beauté, pour son intrépidité et il aimait
aussi son esprit cultivé.

Ils résolurent de faire halte à Medj-del-Andjar,
village pittoresque bâti sur un contrefort de l'anti-
Liban. Après avoir donné des ordres pour leur installation de la nuit et pour le repas du soir, miss
Evangeline et Nicolas se mirent à escalader une
colline située en face de celle où est bâti le hameau
de Medj-del-Andjar, et sur laquelle se trouvent les
ruines d'un temple. Le livre de Robertson à la main,
la jeune fille recherchait les monolithes qui indi-
quent l'endroit où se trouvait jadis la porte, puis ils
prirent leur album et firent un croquis de ces amon-
cellements de granit que les plantes grimpantes
entourent de mille festons. Comme Nicolas faisait remarquer à la jeune fille que son dessin
était mieux fait que le sien, elle le lui tendit en lui
disant :

— Eh bien, gardez-le en souvenir de ce voyage.
Lorsque nous serons, vous au pôle nord, moi, sous
l'équateur, peut-être ce petit croquis vous rappellera
Evangeline, votre compagne d'excursion.

. Il prit le dessin, le mit dans son album, plaça l'album sur son cœur, puis il voulut lui dire mille vérités, entre autres celle-ci : que loin d'elle il ne pourrait plus vivre. Mais cette fille étrange, tout à la fois pleine de candeur et d'audace, l'intimidait, et il ne sut que balbutier une phrase absurde et banale.

Le lendemain, de bon matin, ils s'engagèrent à la suite de leurs guides dans une vallée de l'anti-Liban puis ils atteignirent une gorge aride et désolée nommée Vadi-el-Koru. Les guides se mirent à leur conter les vols et les assassinats que les Druses avaient commis dans ces parages. Les guides étaient Maronites, comme tels ils détestaient les Druses et ils se complaisaient de conter les méfaits de leurs ennemis en les exagérant. Evangeline écoutait curieusement et sans manifester la moindre peur. C'était décidément une vaillante fille, car en écoutant le récit de ces attaques barbares et sanglantes son œil brillait, sa figure s'animait. On aurait dit qu'elle aspirait à assister à une de ces attaques imprévues et souvent meurtrières.

Le désert de Sakhra est long, la loquacité des guides s'épuisa. Evangeline resta songeuse et silencieuse ; Nicolas la regardait et se demandait à quoi elle pouvait bien rêver. Soudain elle rompit le silence et lui dit :

— Ne trouvez-vous pas, comte, que notre vie n'est qu'un reflet de la nature ? Celle-ci change d'aspect à chaque instant : elle est là-bas riante, poétique, ici elle est sombre, morne, désolée. Après le plateau offrant une vue grandiose et des horizons sans fin, vient la gorge étroite qui vous paraît être sans issue. Après la plaine fertile, le désert aride. Ainsi est

notre vie morale qui n'est que l'œuvre de notre
imagination, et parfois, cette vagabonde et folle
imagination nous montre un avenir riant et sans
limites à notre bonheur, une minute après elle nous
laisse entrevoir un présent terne, un avenir fertile
seulement en douleurs.

Le jeune homme tressaillit en l'entendant parler
ainsi, car sa voix avait un accent douloureux.

— Auriez-vous déjà souffert, miss Evangeline? lui
dit-il.

— Qui n'a pas souffert ! murmura-t-elle.

— La vie nous réserve bien des tristesses, c'est
vrai, reprit Nicolas. Mais pour nous, hommes, une
chose doit nous consoler, c'est que nous pouvons la
traverser ayant une compagne aimée à nos côtés.
Tout occupés à débarrasser la route devant elle des
cailloux et des ronces, nous ne sentons pas les déchi-
rures que ces ronces nous font à nous-mêmes. La
femme, heureuse de se sentir aimée et protégée,
oublie les tristesses et les misères de la vie, ou du
moins elle les supporte avec plus de résignation.

Elle l'écouta tout en plongeant son regard dans le
sien. On aurait dit qu'elle voulait lire au fond de
son âme comme pour y découvrir ses plus secrètes
pensées ; puis sans répondre et changeant brusquement de sujet de conversation :

— Il faut nous presser, fit-elle, pour que la nuit
ne nous surprenne pas dans ces parages. Et elle
donna un coup de cravache à son cheval, qui se
cabra sous cette insulte et partit ensuite d'un galop
endiablé.

Nicolas lança aussi son cheval, tout en se posant
ces deux questions :

— Quelle douleur a-t-elle éprouvée ? M'aimera-t-elle ?

Ils firent halte à Bessima, petit village huché sur un contrefort à pic qui domine un torrent impétueux. Dans la paroi du rocher il y a des grottes sépulcrales ; ils allèrent les visiter. Ce lieu est superbe d'horreur ; ces sépulcres sauvages plurent tellement à la jeune fille, qu'elle s'installa une heure dans l'un d'eux, et comme Nicolas lui faisait remarquer que cet endroit était humide et qu'elle y prendrait mal : « Tant mieux, fit-elle, vous aurez la bonté de faire déposer mon cercueil ici, j'y serai bien.

— A votre âge... pourquoi ces idées lugubres ? l'avenir s'ouvre rose et brillant devant vous. »

— Non, il est sombre comme mon passé.

Il prit sa main dans les siennes, et il voulut la questionner affectueusement ; mais elle retira sa main par un brusque mouvement, et se levant elle se mit à parler fiévreusement des beautés sauvages de ces sites.

Nicolas se taisait, car il pensait à autre chose, il se demandait quelles étaient les douleurs qui déjà avaient pu faire souffrir cette jeune fille. Une chose le préoccupait aussi beaucoup, connaître le fond du cœur d'Évangeline, et savoir de quelle nature étaient les sentiments qu'il lui avait inspirés ; elle se montrait heureuse de l'avoir pour compagnon de voyage, elle lui témoignait une grande sympathie, mais ceci pouvait fort bien n'être que ce sentiment banal qu'on éprouve pour un homme du monde, respectueux, empressé, d'un esprit agréable, et lorsqu'on a la bonne chance de rencontrer cet homme dans un pays étranger et sauvage, on apprécie plus vi-

vement cette bonne fortune, et l'on en témoigne sa
satisfaction plus chaleureusement. Et si les yeux de
la blonde miss avaient la limpidité de la loyauté, si
tout en elle était franchise et simplicité, son cœur
pourtant restait muré, il ne parvenait pas à y lire ;
ceci l'irritait, mais en même temps servait de sti-
mulant à son amour ; le trésor que l'on est sûr de
pouvoir posséder un jour, vous apparaît toujours
d'une valeur moindre à celui dont la possession vous
paraît incertaine.

En quittant Bessima et jusqu'à Damas, la route
est un enchantement, les sites étranges et féeriques
se succèdent devant vos yeux. Ils suivirent à pied,
appuyés l'un sur l'autre, une route qui longe une
muraille de rochers élevés de plus de six cents
mètres. Le spectacle devenait si beau, qu'ils se taisaient ; la vraie admiration est muette, tandis que
la banale se traduit par des phrases. Après une
heure de marche, ils se trouvèrent soudain au milieu de jardins en terrasse, toute la flore asiatique y
montrait son coloris éblouissant, les arbres y faisaient un frais ombrage. Et servant de cadre à ces
jardins fleuris et verdoyants, une plaine stérile et
pierreuse, et plus loin des collines crayeuses et
dénuées de toute espèce de végétation ; le contraste
était brutal, mais il faisait bien ressortir ces gra-
cieuses oasis fleuries.

Ils arrivèrent à Damas. Étonnés ils s'arrêtèrent
devant une sorte de construction bariolée de grandes
raies tricolores. Sur une des façades, un artiste sans
talent du reste a badigeonné un immense bateau à
vapeur. Leur guide leur apprit que c'était un khan,
mais ne sut pas leur expliquer le pourquoi de cette

peinture. Ils passèrent la nuit dans ce khan, désirant
arriver le matin sur les hauteurs dominant l'oasis
de Damas, afin de mieux jouir du spectacle.

Je connais peu de panoramas aussi splendides que
celui qui se déroule aux pieds du voyageur qui arrive à cette montagne crayeuse qui domine Damas ;
cette grande cité vous apparaît tout à coup avec ses
coupoles et ses minarets s'élevant fièrement vers les
nues. Comme un colosse, le vaisseau de la grande mosquée se dessine en masse noirâtre, écrasant par ses di-
mensions les constructions qui l'entourent. Toutes
les maisons sont en terrasse, on ne voit que jardins
aériens ; une immense ceinture de verdure faite de
beaux arbres et de gras pâturages entoure cette ville,
et puis, à perte de vue, en faisant cadre à ces monuments, à ces fleurs, à cette verdure, le désert
morne et sombre ! C'est grandiose, et cela ne ressemble en rien aux sites tant admirés de la Suisse
ou de l'Allemagne.

Après avoir contemplé longuement ce coup d'œil,
féerique, nos deux voyageurs, conduits par leurs guides, s'engagèrent dans un sentier escarpé et se trouvèrent dans le quartier de Salahiyèh ; chaque muraille
contient des coupoles mauresques et des tombeaux.
En Orient la vie heurte toujours la mort, le sépulcre
est toujours placé près de l'habitation du vivant,
et le présent se montre constamment à côté du
passé.

Une femme moins foncièrement honnête que
miss Évangeline aurait prié Nicolas de se loger dans
un autre hôtel, par crainte des suppositions malveil-
lantes du monde. Elle, sans songer même qu'elle
pouvait se compromettre en agissant ainsi, dit sim-

plement à Nicolas : « Descendons à la locande ou hôtel de Palmyre, et veuillez y faire préparer deux appartements confortables.» Et ceci augmenta encore l'estime du jeune homme pour elle.

Pendant qu'elle s'installait dans son appartement, il courut à la poste et il y trouva une longue lettre de son père, qui lui disait que les Kolokoff étaient toujours charmants pour lui ; il lui contait qu'ils faisaient à eux trois des pêches miraculeuses tous les matins ; il terminait sa lettre en priant son fils de ne pas s'inquiéter de lui, et de prolonger son séjour dans le Liban si ce voyage lui semblait agréable.

Nicolas lui répondit de suite; il lui parla des beautés agrestes des sites qu'il avait parcourus, mais il ne lui dit pas un seul mot sur la jolie compagne de voyage qu'il avait eu le bonheur de rencontrer.

Après une journée de repos, nos deux excursionnistes commencèrent à visiter la ville capitale de la Syrie et la ville la plus considérable de la Turquie d'Asie ; elle fait un important commerce avec les Arabes du désert, il y règne une grande activité. Le pacha de Damas est un des premiers de l'empire, car il possède le titre de conducteur des caravanes sacrées, c'est-à-dire de celles qui se rendent à la Mecque. Le séraskier ou commandant en chef des troupes du Liban a sa résidence à Damas. Tout concourt donc à donner une grande importance à cette ville, qui compte 150,000 habitants.

Appuyée sur le bras de Nicolas, Évangeline voulut tout visiter, les bazars où s'étalent tous les produits de la Perse et des Indes, les fabriques où se font ces abayèh tissées d'or pur et de soie ; ensuite ils visitèrent tous les monuments. Damas possède trois cents mosquées et beaucoup d'antiquités. En fille d'Ève, curieuse du fruit défendu, la jeune Anglaise voulut absolument visiter la grande mosquée, mais le gouverneur de Damas, quoique fort aimable, s'y opposa, faisant observer que le fanatisme est encore très grand dans cette ville, et qu'il y aurait danger pour elle, femme, de braver la défense faite aux étrangers et surtout aux femmes d'entrer dans ce sanctuaire ; mais il la fit monter dans une maison voisine, et de la fenêtre elle put voir ce superbe monument qui est enclavé dans les nombreux bazars, et entouré d'un mur de maçonnerie ; il occupe un espace rectangulaire de 160 mètres de long sur 105 de large ; il se compose d'une cour rectangulaire à portiques dont le côté sud est occupé par la mosquée proprement dite qui est formée par une ancienne église chrétienne ; elle est divisée en trois nefs parallèles au grand axe de l'édifice ; elle est recouverte par trois toits à frontons triangulaires et soutenus à l'intérieur par une double colonnade d'ordre corinthien ; ces colonnes, hautes de sept mètres, sont surmontées d'arcs en plein cintre qui supportent une double toiture.

La vue extérieure lui fit regretter encore plus de ne pouvoir visiter l'intérieur.

Pendant dix jours, toujours en tête-à-tête, ils visitèrent monuments et ruines, puis Nicolas conta à la jeune fille l'histoire de cette grande dame anglaise, lady Pembrok, qui après une vie galante et fort accidentée est venue se remarier en Syrie avec l'Arabe Mijoël, un simple chamelier, conducteur de caravanes. Évangeline se montra très désireuse de faire

la connaissance de son excentrique compatriote. Un
motif se présentait pour excuser et expliquer leur
visite ; ils résolurent de demander au mari de l'ex-
lady Pembrok de leur servir de guide de Damas à
Palmyre, et une après-midi ils se rendirent chez
elle ; ils la trouvèrent habillée en Bédouine, mais
elle les reçut en grande dame européenne, affable et
empressée ; elle leur fit visiter son palais, qui est le
plus beau de Damas après celui qu'habite Abd-el-
Kader.

Damas l'emporte sur toutes les autres villes orientales par la beauté de l'architecture arabe. Vus de
l'extérieur, palais, simples maisons et bouges ont le
même aspect ; mais derrière ces murs misérables se
cachent des habitations élégantes dans lesquelles
l'imagination arabe a déployé ses instincts poétiques.
Le palais de Mme Mijoël est un des plus luxueux
et des plus brillants caprices de l'art arabe ; un corridor étroit et voûté vous conduit dans une cour extérieure, au milieu de laquelle s'élève un bassin dont
les parois sont de marbre et de mosaïques alternés,
quatre siphons de formes bizarres y font couler une
eau tiède et parfumée, des fleurs rares entourent
ce bassin qui est ombragé par deux saules pleureurs
et par des orangers et des citronniers. Sur une des
faces de la cour se trouve une grande baie ogivale
formant portique et entourée d'un divan recouvert
de soie pourpre. Évangeline ne pouvait se lasser
d'admirer cette cour formant un si beau jardin, et
son admiration devint bien plus grande encore
lorsque la maîtresse de ce palais lui eut fait visiter
les salons, avec leur bassin octogone, leur parquet
de marbre et leur profusion de riches bibelots.

Comme sièges, des nattes, des tapis, des coussins
jetés de tous côtés avec un artistique désordre. Les
parois des murs attirèrent l'attention de Nicolas ;
ils sont revêtus de plaques de marbre découpées en
arabesques si élégantes, si fines, qu'on les prendrait
pour de la dentelle. Évangeline regardait curieusement ce plafond en bois peint, ayant au milieu une
grande rosace renfermant dans ses replis des petits
miroirs.

Lady Pembrok causa de l'Europe, de l'Angleterre, tout comme si elle ne vivait pas retirée dans
le Liban depuis vingt ans ; elle a de l'instruction et
une grâce parfaite; elle se montra femme du monde,
et non Bédouine. Après avoir offert une collation
aux jeunes gens, elle les conduisit dans un grand jardin attenant au palais ; toute la riche flore asiatique
s'y étale. La jeune Anglaise, profitant de la permission, se cueillait un bouquet et Mme Mijoël l'aidait,
mais soudain, laissant tomber les fleurs qu'elle
tenait dans ses mains, elle pousse un cri de joie et
va sans façon se jeter au cou d'un Bédouin qui
entrait dans le jardin:

Le prenant ensuite par la main, elle vient le présenter à ses visiteurs. « Le cheïk Mijoël, » leur dit-elle
avec un sentiment de fierté qui se reflétait sur son
visage.

Mijoël est non seulement un fort bel homme,
mais c'est encore un caractère noble et un cœur
délicat. Lorsque lady Pembrok voyageant seule en
Syrie le vit et devint amoureuse de lui, elle lui fit
franchement l'aveu de son amour. « Si tu veux m'é-
pouser, lui dit-elle, je ferai de toi un riche et grand
seigneur. — L'homme, lui répondit-il, est tout par

lui-même, rien par sa femme. Je suis ce que je suis,
comme fortune j'ai ce que je gagne, si tu m'aimes
je veux bien t'épouser, mais à condition que tu
viendras vivre avec mes autres femmes sous la
tente ! »

Lady Pembrok était ou bien éprise ou bien originale, elle accepta, et pendant trois ans elle a vécu
en sauvage Bédouine sous la tente, partageant avec
deux autres femmes l'amour de son époux. Enfin,
à force d'adresse et de tendresse, elle l'a décidé à
répudier ses rivales ; elle s'est fait bâtir ce palais à
Damas. Mijoël a consenti à l'habiter avec elle, mais
il a continué son métier de conducteur de caravanes, il ne dépense que l'argent qu'il gagne.

Voilà un fils du désert qui donne un grand
exemple de délicatesse aux coureurs de dots européens !

Évangeline connaissait ces faits, elle les avait loués,
et elle regardait avec une curiosité sympathique
cet homme. On causa un instant de choses et d'autres, ensuite Nicolas lui demanda s'il consentirait à
leur servir de guide pour aller aux ruines de
Palmyre.

— Pourquoi pas? répondit Mijoël, c'est mon métier d'être conducteur de caravanes.

On discuta le prix, l'ex-femme du gouverneur des
Indes assista au marché sans paraître gênée, on
voyait qu'elle avait pris son parti en femme d'esprit,
de l'état de son mari.

Quatre jours après, Mijoël arrivait de grand matin
à l'hôtel de Palmyre, il était suivi d'une nombreuse
escorte armée jusqu'aux dents, et comme Évangeline s'en étonnait, il lui apprit que la route qui

conduit de Damas à Palmyre est infestée de Bédouins pillards qui attaquent fréquemment les caravanes.

La jeune fille fut enchantée de cette nouvelle, et s'écria gaiement : « Quelle chance ! s'ils nous attaquent, j'assisterai à une petite bataille ! »

Nicolas vérifia ses pistolets d'arçon, et satisfait de cet examen, les remit à leur place.

Évangeline demanda à s'armer elle aussi d'un revolver, mais Mijoël lui déclara galamment qu'il se ferait tuer dix fois plutôt que de laisser un bandit s'approcher d'elle.

On se mit en marche.

D'abord Nicolas put, comme par le passé, chevaucher librement à côté de la jeune fille ; mais arrivé au défilé réputé dangereux, Mijoël le pria poliment de suivre la jeune fille et de le laisser, lui, prendre place à sa droite, et comme il protestait, le Bédouin ajouta d'un air ferme et décidé que c'était son droit et son devoir d'être à côté de la voyageuse dans tous les passages dangereux.

Nicolas se résigna à céder sa place ; il chevaucha tristement en arrière, fort désolé de ne plus pouvoir causer avec sa compagne ; l'âpre jalousie ne tarda pas à le mordre au cœur. Mijoël était galant, empressé avec Évangeline, et celle-ci se montrait charmante pour lui ; il lui parlait, que lui disait-il ? Nicolas ne pouvait l'entendre, mais ce qu'il pouvait voir, c'est qu'elle l'écoutait attentivement.

Jaloux d'un Bédouin ! d'un guide salarié ! pourquoi pas ? Lady Pembrok, belle, riche et de fort grande naissance, n'avait-elle pas aimé cet homme !

Ce qui est étrange, absurde même, n'a-t-il pas toujours le privilège de séduire les femmes

Et les Anglaises, plus femmes en ceci que toutes les autres Européennes, n'adorent-elles pas tout ce qui est fantasque et original ?

Aimer un fils du brûlant désert est une chose éminemment originale. Évangeline était Anglaise et elle était un peu fantasque. Du reste ce Mijoël était beau, il possédait une beauté séduisante. Ses yeux, comme un miroir fidèle, montraient la passion ardente qui brûlait son cœur.

A côté de cet homme, Nicolas, qui n'était que ce qu'on appelle en Europe un assez joli garçon, devait sembler fade et sans conséquence. Voilà toutes les réflexions qu'il se faisait, et il devenait maussade, et il faisait connaissance avec ce tourment digne de l'enfer qu'on nomme jalousie.

Enfin on arriva à Djenout, où l'on devait passer la nuit. La jeune fille remarqua la mine piteuse du jeune homme.

— Qu'avez-vous donc ? lui demanda-t-elle avec un affectueux intérêt.

— Ce que j'ai... promettez-moi de ne pas vous fâcher et je vous le dirai.

— Je promets, dites.

— Eh bien ! je suis jaloux de Mijoël.

Elle partit d'un franc éclat de rire, puis son hilarité calmée, elle tendit la main au jeune homme et lui dit : « Au fait, je me suis conduite en peu aimable camarade, je vous ai trop oublié, tout au charme des histoires de brigands que me contait Mijoël, pardonnez-moi. »

Il baisa mille fois sa petite main, et lui dit en fixant sur elle des yeux énamourés : « Si vous saviez combien je vous aime ! »

8

Elle retira sa main, rougit un peu, et répondit :
« Moi aussi j'ai une grande sympathie pour mon
compagnon de voyage, et il me semble que notre
amitié date déjà de dix ans. »

Il allait protester contre ce mot amitié, mais elle
changea de conversation, parla du temps qui devenait menaçant.

Mijoël vint annoncer qu'en effet l'orage appro-
chait, que bientôt il se déchaînerait sur la montagne, ce qui rendrait peut-être les routes imprati-
cables pour le lendemain. Il ne se trompait pas. On
soupa au bruit du tonnerre et à la lueur des éclairs.
Mijoël était un cheik, et non un guide ordinaire ;
il était instruit, parlait élégamment le français et
l'anglais, il était enfin le mari d'une des plus grandes
dames de l'Angleterre. Aussi Évangeline et Nicolas
le traitaient en homme du monde, et ils lui avaient
offert une place à leur table.

L'Arabe paraissait vivement impressionné de la
beauté d'Évangeline, ses yeux ardents se fixaient à
chaque instant sur elle, il se mettait en frais de galanterie et d'esprit pour lui plaire, ce qui impatien-
tait très fort Nicolas de Kouschoff, qui dissimulait
mal son dépit.

Le dîner fini, la jeune fille alla sur le seuil de la
porte ; elle revint bien vite se rasseoir autour de la
table, car l'orage était déchaîné, le tonnerre grondait, et son roulement, répercuté par tous les échos
de la montagne, faisait un fracas effrayant. « Quelle
triste soirée, dit-elle, si au moins, mon bon Mijoël,
vous aviez quelques belles histoires à me conter !

— Je sais peu d'histoires, miss, mais je connais
de vieilles légendes, lui répondit-il.

— Des légendes! je les adore. Je vous en prie, contez-m'en une, voulez-vous?

— Un fils du désert, miss, veut toujours ce que désirent les femmes qui sont aussi belles que vous.

Et d'une voix chaude et harmonieuse, il fit le récit suivant:

Dans la vallée de Vadi-esch-Chaïr, par une belle nuit d'été, un Arabe cheminait lentement en égrenant son chapelet d'ambre jaune.

La lune éclairait la terre d'une clarté pâle et incertaine, le silence de la nuit n'était troublé que par les cris du chacal et par le bruissement des feuilles caressées par la brise.

Fazil, tel était le nom de l'Arabe, s'arrêta soudain, car un singulier spectacle venait de s'offrir à sa vue. A sa gauche était un grand brasier et une forme noire s'agitait dans un cercle de feu.

— Par Allah! s'écria-t-il, qu'est-ce que cela peut bien être?

Il dirigea ses pas vers ce feu, et voici ce qu'il vit: Le feu brûlait en cercle, au milieu du cercle un serpent se tortillait droit sur sa queue, le cercle allait en se rétrécissant et se rapprochait ainsi de lui. Affolé de peur, il poussait des cris de détresse.

Fazil considéra ce singulier spectacle avec surprise. L'animal est pervers et dangereux, se dit-il, et le feu a bien raison de vouloir le consumer.

Mais le serpent, l'ayant aperçu, lui tint ce langage: « Qui que tu sois, ô noble étranger, laisse la pitié entrer dans ton âme, considère dans quelle horrible situation je me trouve ; il m'est impossible de sortir de ce cercle sans tomber dans le brasier, pourtant les flammes se rapprochent, déjà je sens

leurs âcres morsures, une mort affreuse m'attend,
sauve-moi et compte sur mon éternelle reconnaissance. »

Fazil, ému, hésitait ; mais se disant qu'après tout
cette bête avait mille fois mérité ce châtiment, il ne
fit rien pour lui venir en aide.

Le serpent s'écria alors : « Eh quoi ! la douce fleur
de la compassion n'aurait-elle pas germé dans ton
âme ? Pourrais-tu me laisser mourir sans me prêter
secours ? »

Les flammes se rapprochaient toujours ; elles
caressaient la victime de leurs baisers de feu.

— Sauve-moi ! oh ! sauve-moi ! ma gratitude pour
toi sera éternelle, et en souvenir de ce service, ma
race entière cessera d'être l'ennemie de la tienne.

Fazil, touché de ces prières et de ces promesses,
tendit son bâton par-dessus les flammes ; le reptile
s'y enroula prestement, et, prompt comme l'éclair,
il se déroula, bondit au cou de son sauveur, et il
l'enserra si fortement que celui-ci, à moitié étouffé,
lui dit : « Prends garde, dans l'élan de ta reconnaissance, tu vas m'ôter la vie ! »

Maître serpent fit entendre un sifflement railleur.
— Vraiment, tu as été assez naïf pour compter sur ma
gratitude, et il menaçait de sa morsure venimeuse
son libérateur.

— Eh quoi ! bête perfide et méchante, je viens de
te sauver la vie et déjà tu songes à payer ce service
éclatant en me donnant la mort !

N'as-tu pas honte d'une ingratitude aussi noire !
tu es la plus perverse des bêtes perverses.

— Je ressemble aux humains, mon cher.

— Tu mens, s'écria Fazil, tu calomnies les hommes.

— Allons donc! s'écria le reptile, les hommes sont les plus ingrats de tous les animaux de la création.

— Tu mens, dit l'Arabe avec indignation.

— Veux-tu que je te prouve que je dis la vérité? Voici le marché que je te propose : nous allons interroger les trois premières créatures que nous rencontrerons ; si des trois, une seule te donne raison, tu auras la vie sauve, tu le vois, je suis un généreux ennemi. Mais si toutes les trois sont de mon avis et si elles affirment que l'homme est l'être le plus ingrat de la création, alors, foi de serpent! je te plonge mes dents dans la gorge.

Fazil accepta avec joie ce marché, bien certain que les trois avis lui seraient favorables ; il se mit en route ayant toujours l'affreuse bête enroulée autour du cou.

En passant auprès d'un grand et bel arbre dont les branches retombaient jusqu'à terre, le serpent dit à Fazil :

— Demandons-lui son avis.

L'Arabe s'arrêta et dit :

— Bel arbre, quelle est ton opinion sur ces rois de la création qu'on nomme hommes ?

— Ces êtres pervers, s'écria l'arbre, sont les animaux les plus méchants qu'il soit sur terre, la belle fleur gratitude ne fleurit jamais dans leur cœur; il n'est pas de jour que les hommes ne me donnent des preuves cruelles de leur ingratitude ; ils arrivent vers moi las et brûlés par les rayons ardents du soleil, je leur offre généreusement la fraîcheur de

8.

mes ombrages, ils se reposent et au moment de partir, au lieu de me remercier, l'un enfonce la lame de
son couteau dans mes flancs, l'autre coupe une de
mes plus belles branches et la rejette froissée et
mutilée à quelques pas de moi ; et pourtant ces êtres
privilégiés savent que comme eux je dois l'être à
Allah ! que comme eux je suis né, je vis, je respire,
je souffre et je meurs !

Ils font le mal en pleine connaissance de cause,
frivoles et insouciants ils rendent le mal pour le
bien !

— Tu entends ! tu entends, s'écria joyeusement
le serpent en resserrant ses anneaux autour du cou
de sa victime.

— Pitié ! murmura Fazil, à moitié étouffé ; c'est
l'avis d'une seule créature, et il se remit en
marche.

Bientôt ils arrivèrent devant une fontaine à l'eau
claire et limpide.

— Arrête, dit le serpent et pose-lui la question.
Fazil obéit.

— La reconnaissance des humains ! s'écria la fontaine avec aigreur ; mais c'est une chimère ! l'ivraie
de l'ingratitude seule fleurit dans leur cœur ! jugez
plutôt. Tous les jours je vois arriver près de moi des
voyageurs, la gorge desséchée par la chaleur et la
poussière de la route, ils sont altérés d'eau comme
en avril la gazelle est altérée d'amour. Bien vite je
leur offre mon onde fraîche et limpide, ils s'y abreu-
vent avec volupté, ils retrouvent la gaieté et le bien-
être ; puis, au moment de s'éloigner, pour me remercier, l'un jette des ordures dans mon onde pure,

l'autre crache dedans. Voilà la gratitude des hommes.

Le serpent fit entendre un sifflement aigu et joyeux.

— Tu entends ! et il resserra encore ses anneaux et approcha sa vilaine bouche de celle de l'Arabe, comme pour montrer qu'il prétendait choisir cette bouche menteuse pour y déposer son venin mortel.

— Grâce, grâce ! soupira Fazil. Tiens ta parole, attends que le troisième avis ait prononcé mon arrêt de mort.

Il se remit en route avec découragement, la crainte était entrée dans son cœur.

Au détour d'un sentier, ils rencontrèrent un vieillard courbé par l'âge et par les misères de la vie.

— Tiens, s'écria le serpent, je vais moi-même consulter cet homme, et tu seras condamné par ton semblable.

— Dis donc, l'ami, dit le serpent au vieillard, tu dois avoir de l'expérience, ton corps annonce qu'il y a longtemps que tu vis sur cette terre, fais-moi le plaisir de répondre à cette question :

La fleur embaumée de la reconnaissance germe-t-elle dans le cœur des hommes ?

Le vieillard s'arrêta, il vit la triste situation de Fazil, et il observa sa figure anxieuse, et connaissant la perversité du serpent il comprit que cette bête jouait à cet homme un tour de sa façon et il usa de prudence.

— Avant de répondre à ta question, lui dit-il, permets-moi de te demander pourquoi tu me l'adresses ?

Le serpent lui expliqua toute l'affaire.

— Oh ! oh ! dit le vieil Arabe, tu me fais un conte, maître serpent, si tu t'étais trouvé enfermé au milieu d'un cercle de feu, cet homme n'aurait pas pu te sauver sans se brûler, et je ne lui vois aucune brûlure.

— Pourtant c'est la vérité, et il expliqua l'histoire du bâton.

— Nouveau mensonge, jamais tu n'aurais eu l'adresse de t'enrouler si prestement, tu es pervers mais non agile.

— Eh bien ! je vais te prouver mon agilité. Tends-moi ton bâton ; et le serpent se déroula prestement du cou de Fazil et bondit à terre, mais plus prestement encore, le vieillard lui asséna un grand coup de bâton, et lui écrasa ensuite la tête sous le talon de sa botte.

Et comme Fazil, heureux d'être débarrassé de son terrible ennemi, remerciait avec effusion son libérateur.

— Mon ami, lui dit le vieillard, crois-en l'expérience de ma barbe blanche : il faut toujours battre ses ennemis avec leurs propres armes. S'ils sont rusés et fourbes, il faut l'être plus qu'eux, s'ils sont lâches et perfides, il faut les surpasser en perfidies et s'ils sont plus forts que nous, il faut les vaincre par la ruse.

— Bravo ! s'écria Évangeline, le vieil Arabe était fort sage et ses conseils sont bons à suivre.

— Ils sont peu chrétiens, fit observer Nicolas.

— C'est possible, riposta la jeune fille, mais en fait de vengeance je suis, moi, de la religion de Mahomet : dent pour dent, œil pour œil.

En disant cette phrase les yeux de la jeune miss brillaient d'un feu étrange.

— Oh! dit Mijoël, vous pensez en Arabe, miss, et j'en suis fier. Nous, fils du désert, nous bravons la torture, nous bravons la mort avec joie pour sauver ceux que nous aimons ; mais pour écraser nos ennemis nous bravons même l'enfer. Celui qui ne sait pas se venger, ne sait pas aimer.

— Tu as raison, Mijoël, lâche est celui qui peut oublier sa vengeance !

L'orage avait cessé, Mijoël se leva pour aller donner des ordres à ses hommes, Nicolas vint se mettre à genoux devant la jeune fille :

— Miss Evangeline, lui dit-il en la regardant tendrement, si un homme vous a offensée, si vous avez un ennemi, dites-le-moi, avec bonheur j'irai jouer ma vie dans les hasards d'un duel pour vous venger.

Elle tressaillit, fixa sur les yeux du jeune homme ses grands yeux rêveurs, puis elle lui dit : — Vous paraissez loyal et bon, vous, Nicolas.

— Je suis ce que je parais, mettez-moi à l'épreuve.

Elle lui tendit la main, puis souriant répondit : — Oui, lorsque j'aurai un ennemi, mais pour le moment je ne m'en connais pas. La pluie a cessé de tomber, le tonnerre ne fait plus entendre son bruit terrible, venez, sortons un instant, et elle se leva et se dirigea vers la porte.

Il la suivit, ils sortirent, et il lui offrit le bras; ils marchèrent un moment silencieux; elle était rêveuse, mais lui était joyeux, un rayon d'amour échauffait son cœur, et illuminait tout autour de lui.

La lune éclairait la montagne d'une clarté douce et pleine de volupté, la terre exhalait cette bonne odeur qu'elle exhale après les pluies d'été ; les fleurs, elles aussi, embaumaient l'air, tout dormait, tout était calme et mystérieux dans ces régions sauvages mais si belles ; ils marchaient toujours sans rien se dire, elle s'arrêta devant un rosier sauvage, elle voulut cueillir une de ses fleurs, lui se pencha vivement pour la couper, leurs visages s'effleurèrent ; alors perdant la tête, il entoura de son bras la taille de la jeune fille, il l'attira brusquement vers lui, et ses lèvres se posèrent sur le front d'Évangeline, qui se rejetant brusquement la tête en arrière, poussa un cri d'effroi. La lune éclairait son visage, il la vit devenir fort pâle ; il sentit ses mains qu'il tenait dans une des siennes devenir glacées, il eut peur, et la prenant dans ses bras, il l'emporta en courant jusqu'au khan ; il la déposa doucement sur une chaise, et se mettant à genoux devant elle, il lui dit : « Evangeline, ma bien-aimée, ma fiancée chérie, revenez à vous. »

Elle ouvrit les yeux, elle semblait sortir d'un rêve.

Il répéta doucement, en prenant sa main et en y posant ses lèvres : Ma bien-aimée fiancée.

— Votre fiancée ! Votre fiancée ! avez-vous dit ?

Elle prononça ces paroles en fixant sur lui un regard égaré.

—Oui, ma fiancée, Évangeline, et bientôt je l'espère ma femme. Sachez bien que faire de vous la comtesse de Kouschoff est mon rêve le plus cher.

— Moi ! comtesse de Kouschoff ! oh ! quelle horreur... Et se levant brusquement, elle sortit en courant ; et elle alla se barricader dans sa chambre, laissant Nicolas consterné et fort surpris. Quelle horreur ! avait-elle dit. Que pouvait signifier cette

phrase? celle qu'il avait cru pure et chaste serait-
elle donc indigne de porter le nom d'un galant
homme?

Il passa la nuit entière à courir dans la montagne
pour essayer de calmer sa douleur et son agitation
fiévreuse ; il aimait Évangeline, il le sentait bien à
présent, d'un amour profond ; il aurait pu se dire
qu'après tout elle était assez aimable avec lui pour
qu'il eût un coupable espoir, et que dans ces longs
tête-à-tête, ces lieux poétiques et déserts lui seraient
de puissants auxiliaires pour arriver à la séduire.
Mais Nicolas était un honnête homme, il n'avait que
vingt-cinq ans, et il faut que l'homme soit bien pervers pour l'être déjà à cet âge ; et enfin en subissant
le charme de cette fille naïve, naturelle et pas un
brin coquette, qui était intelligente, très instruite
et belle à l'impossible, il avait caressé depuis quelques jours un doux espoir dans son cœur; celui
qu'elle serait sa compagne. Il l'aimait telle qu'il
avait supposé qu'elle était, c'est-à-dire pure et
chaste, il lui était odieux de penser qu'il s'était
trompé.

Ce sentiment était si fort en lui, que si elle fût
venue lui dire : « Nicolas, je ne suis pas ce que tu
as supposé que j'étais, mais je t'aime et je serai à
toi... » au lieu de lui ouvrir les bras avec un élan
de passion il l'aurait repoussée avec colère.

Mais elle resta enfermée dans sa chambre, et lui
resta à courir dans la montagne.

Au jour, il revint vers le khan ; Évangeline déjà
levée, était assise devant une tasse de thé fumant ;
elle était très pâle, elle lui tendit la main, et dit
simplement :

— Nicolas, comment avez-vous interprété la phrase qui s'est échappée hier soir de mes lèvres?

Et comme il hésitait à répondre :

— Oh! soyez franc, je vous en prie.

— Eh bien! balbutia-t-il, j'ai pensé que vous n'étiez plus libre, que déjà vous aviez aimé.

— Je vous jure que je n'ai jamais aimé, que je suis libre.

Il se laissa tomber à genoux. — Merci, lui dit-il, si vous saviez combien j'ai souffert.

— Relevez-vous, et promettez-moi de ne plus me parler d'amour.

— Ne plus vous parler d'amour! alors que mon cœur en déborde... Mais mon Dieu, ayez pitié de moi. Vous ne m'aimez donc pas ?

— Si, je vous aime.

— Ah! quel bien vous me faites... vous m'aimez, cher ange, si vous pouviez comprendre de quel bonheur vous inondez mon âme! A présent j'aurai tous les courages, même celui de ne pas vous dire mille fois par minute : je t'aime... je t'aime, ma vie est à toi ; mais dites-moi seulement que vous le croyez.

— Oui, je le crois, mais jurez-moi de m'obéir.

— Je le jure, et je tiendrai mon serment, car je comprends bien que ce n'est point sur une grande route, que je dois vous faire le serment d'un amour éternel.

De désespéré, il devint radieux de bonheur; Évangeline était triste et fiévreuse, mais Nicolas se disait : « Les jeunes filles chastes ont toujours un sentiment d'épouvante en sentant l'amour prendre possession de leur âme; » et cette tristesse lui prouvant combien sa victoire était complète, doublait sa joie.

Mijoël vint annoncer que tout était prêt pour le départ; en saluant Évangeline, il la regarda longuement de ses grands yeux noirs, puis il regarda Nicolas. Je ne sais ce que l'air attristé de l'un, et l'air joyeux de l'autre lui firent supposer, mais sa figure devint plus blanche encore et son regard devint morne et farouche.

On se mit en route, Nicolas parlait, riait à propos de tout, Evangeline lui répondait à peine, et Mijoël restait muet et sombre. Un moment, il se trouva seul près de la jeune fille, qui lui dit :

— Tu es bien silencieux aujourd'hui, cheik ?

— Oui ! fit-il, j'écoute.

— Tu écoutes ! et quoi donc ?

— Le roucoulement des tourtereaux, répondit-il, il s'éloigna d'elle.

Enfin ils arrivèrent à Palmyre, Mijoël les installa d'une façon très confortable dans le meilleur hôtel de la ville; avant de partir il se présenta dans l'appartement d'Evangeline.

— Miss Evangeline Makerson, lui dit-il d'une voix émue et d'un air grave, je ne sais pas qui vous êtes, je ne connais pas votre situation sociale, je ne sais qu'une chose, c'est que je vous aime et je viens vous dire : Si jamais vous avez besoin d'un homme prêt à vous donner cœur, corps et âme, à se dévouer à vous jusqu'à sacrifier sa vie, appelez-moi; où que vous soyez j'accourrai vers vous, à votre premier appel.

— Merci, Mijoël, j'ai foi en toi, et peut-être un jour viendrai-je te dire : Me voilà, je n'ai plus que toi au monde, sois tout pour moi.

9

— Ce jour-là sera un jour heureux pour moi, et qu'Allah fasse que je ne l'attende pas en vain!

Il s'éloigna de la jeune fille, en essuyant une grosse larme qui mouillait ses paupières.

Nicolas trouva une lettre de son père à la poste de Palmyre, les idées du général étaient claires, lucides; décidément, le trouble qui avait un instant obscurci son cerveau était complètement dissipé. Il parlait des Kalakoff et du plaisir qu'il éprouvait en leur société, il contait ses parties de pêche qu'il appelait encore miraculeuses, et enfin il annonçait que Ivan de Perski était revenu; il avait eu si chaud dans le désert qui conduit de Jaffa à Jérusalem, que dès la première étape il avait renoncé à poursuivre son voyage. « Je voulais, disait le général, lui persuader d'aller te retrouver à Palmyre, mais malheureusement les beaux yeux d'une juive qu'il a rencontrée au bazar le retiennent ici. »

Nicolas bénit du fond de l'âme les grands yeux veloutés de cette fille d'Israël, car il aurait été fort contrarié d'être troublé dans ses longs tête-à-tête avec Evangeline par son jeune fou d'ami.

Il répondit à son père que les ruines de Palmyre étaient splendides et nombreuses, qu'il voulait les visiter en détail, prendre des croquis et qu'il profiterait de la bonne nouvelle qu'il lui donnait sur sa santé, et sur la manière dont il passait son temps, pour voir à loisir toutes les antiquités de Palmyre.

Une vie d'attachement commença pour Nicolas; Evangeline redevenait rieuse et confiante, elle sortait toujours appuyée sur son bras ; d'abord elle voulut voir la ville, elle magasina, acheta toutes

sortes de bibelots, elle permit au jeune homme de
lui en offrir quelques-uns.

Lorsqu'ils furent reposés des fatigues du voyage,
ils commencèrent à faire des excursions aux ruines ;
ils choisissaient une place confortable et ombrée ;
Nicolas lisait à haute voix l'*Histoire de l'antique
Tadmon*, et ils rebâtissaient tous deux en imagination la superbe cité, puis ils se promenaient à travers les ruines pour voir ce que le temps, ce grand
destructeur, avait laissé debout de toutes ces merveilles de l'art humain ; elle s'appuyait sur le
bras de son compagnon, et lui heureux de ce doux
contact, ne demandait qu'une chose, c'est que la
promenade durât toujours.

Parfois ils cherchaient les coins les plus poétiques, et, s'asseyant l'un à côté de l'autre, ils prenaient leurs crayons et leurs albums et ils se
mettaient à dessiner, échangeaient impressions et
conseils ; ils dessinaient tous les deux les mêmes
sites et, le dessin terminé, Nicolas offrait le sien à
Evangeline, qui lui donnait celui qu'elle avait fait
en échange.

Ils étaient très matineux, voulant profiter de la
fraîcheur, ils apportaient leur déjeuner, et lorsqu'ils
avaient bien promené, bien erré dans les ruines, et
fait leurs croquis, la jeune fille choisissait une large
pierre, et gaiement mettait le couvert ; et là sous le
ciel bleu, entourés d'un site d'une poésie sauvage,
ils déjeunaient en tête-à-tête, divaguant sur tout,
sur l'histoire hébraïque, sur la science archéologique, sur les anciens dieux. Fidèle à son serment,
Nicolas ne parlait plus de son amour... mais si sa
voix se taisait sur ce sujet, ses yeux parlaient, eux,

et ils disaient clairement à la jeune fille combien son amour grandissait de jour en jour, et elle tressaillait et rougissait.

Que de tendres déclarations ils se faisaient sans parler amour !

Une légère émotion qui faisait trembler la voix ; une main qui frémissait serrée par la main aimée, une fleur donnée, le bonheur avec lequel on se retrouvait le matin, le déplaisir qu'on avait à se dire adieu le soir, et pour quelques heures seulement... Tout cela n'était-il pas se dire : Je t'aime ?

Tout cela ne disait-il pas : Nous nous aimons !

Pour peindre l'amour vrai, le silence seul est éloquent.

Deux semaines, deux siècles de bonheur se passèrent ainsi.

Un jour, il n'était que huit heures et déjà nos amoureux étaient à parcourir les ruines de Palmyre, qui sont situées sur un vaste plateau qui se trouve à la base d'une chaîne de collines calcaires ; de ce plateau on descend par une pente douce et on arrive dans un grand désert de sable.

— Si nous allions y chercher de ces jolies petites pierres dont on fait des grains de chapelet ? dit Evangeline en montrant le sentier qui conduit au désert.

— Allons, répondit Nicolas.

Le chemin était pierreux et glissant, il était souvent forcé de la soutenir, puis à son tour il glissait et c'était des petits cris d'effroi auxquels succédaient des éclats de rire ; on aurait dit une pensionnaire et un collégien en vacances.

Ils s'amusèrent pendant plus d'une heure à ra-

masser de ces pierres, si jolies qu'on se demande
pourquoi on n'en fait pas des bijoux ; si elles ne sont
pas considérées comme précieuses, c'est par la seule
raison qu'elles ne sont pas rares.

De gros nuages noirs avaient taché l'azur du ciel
sans qu'ils y prissent garde, soudain un éclair déchira la nue, le tonnerre gronda, la jeune fille tressaillit.

— Avez-vous peur du tonnerre ? lui demanda
Nicolas.

— Je n'ai peur de rien, mais aujourd'hui l'élec-
tricité qui est dans l'air me fait mal aux nerfs, mon
cœur bat, et ma tête est lourde, rentrons.

Ils regagnèrent le sentier conduisant aux ruines,
mais la pluie se mit à tomber par larges gouttes...
Nicolas, apercevant une grotte taillée dans le roc, y
conduisit sa compagne, elle avait pour tapis un sable
fin et argenté, il étendit son plaid par terre, la fit
asseoir dessus et il s'assit à côté d'elle.

La grotte n'avait guère qu'un mètre de haut sur
un de large, pas assez de place pour se tenir debout,
juste assez pour être assis serrés l'un contre
l'autre.

Tout à coup un second éclair déchira encore la
nue, le tonnerre fit entendre un de ces grincements
qu'imitent si bien les horribles mitrailleuses. Evangeline, se pressant contre le jeune homme et appuyant sa tête sur son épaule, lui dit :

— Ce bruit m'énerve ; et je ne sais pourquoi cet
orage me fait peur, il me semble que la foudre va
venir nous pulvériser, et nous jeter brusquement
dans cet inconnu qu'on nomme l'autre monde.

Nicolas passa son bras autour de sa taille, et

l'attirant vers lui, il lui balbutia une phrase incohérente. Il avait peur lui aussi, mais de lui-même.

L'orage dura une demi-heure, puis le ciel se rasséréna, le soleil se dégagea de derrière les nuages, un de ses rayons entra jusque dans l'étroite retraite de nos amoureux, il vint se jouer dans les cheveux dorés de la jeune fille.

— Regarde, Evangeline, lui dit Nicolas, le soleil vient vers nous comme pour fêter nos fiançailles !

— Hélas ! répondit-elle, elles se sont accomplies au bruit terrible du tonnerre et à la lueur du feu du ciel, c'est d'un lugubre présage.

— Quelle folie ! serais-tu superstitieuse, toi si intelligente ? Tiens, regarde à présent le ciel, il est bleu, et le soleil est splendide ; la nature entière est en fête, ceci serait en tout cas un heureux pronostic.

— Oui, à présent... mais tantôt il était sombre et courroucé ; et elle resta soucieuse et pensive, lui, couvrait de baisers sa mignonne main, en lui disant : « Je t'aime de toute mon âme, sois tranquille, je saurai te rendre heureuse. »

Elle releva la tête, regarda bien le jeune homme dans le fond des yeux comme si elle voulait lire au fond de son âme ; ce qu'elle y lut lui donna la preuve, sans doute, qu'elle était aimée bien sincèrement, car, prenant la main de Nicolas, elle la serra fiévreusement en lui disant : « Je t'aime ! » puis, et comme se parlant à elle-même, elle ajouta : « Ce qui est fait est fait... je veux tout oublier et prendre ma part du bonheur que donne l'amour... Et enfin ! s'écria-t-elle avec un accent de colère... est-ce ma faute à moi si je t'ai aimé? n'est-ce pas la fatalité qui l'a voulu?

— Non, tu n'as pas commis une faute, mon ange aimé ; nous ne sommes coupables ni l'un ni l'autre, l'amour nous a vaincus ; du reste, aussitôt que tu le voudras, un prêtre bénira notre union, et si faute il y avait, elle se trouverait ainsi effacée.

— Viens, rentrons, dit-elle, en prenant son bras.

A partir de cet instant, la candide jeune fille se transforma en femme aimante, et Nicolas de Kouschoff passa quinze jours dans un enivrement tel, que son bonheur parfois l'épouvantait. Il y avait deux femmes différentes dans Évangeline ; parfois elle se montrait triste et comme accablée de douleur, puis soudain, elle devenait gaie, rieuse et d'une folle tendresse ; mais sous quel jour qu'elle se montrât à lui il la trouvait admirablement séduisante et il en était amoureux à en perdre la raison.

Il fallut songer au retour, le général de Kouschoff annonçait à son fils que le prince de Kolokoff attendait son arrivée pour repartir pour l'Europe ; il parla à la jeune fille de la nécessité où il se trouvait de retourner à Beyrouth, et comme il se montrait peiné de devoir mettre fin à ce voyage :

— Mais, lui dit-elle, peu importe, nous trouverons bien le moyen de nous voir en cachette à Beyrouth.

— Pourquoi en cachette ? J'espère bien avoir le droit de te faire la cour au grand jour ; ne suis-je pas ton époux devant Dieu, et ton fiancé devant les hommes ? Tu me diras à qui mon père doit demander ta main, et où sont tes parents.

— Plus tard, nous parlerons de cela, lui répondit-
elle ; en attendant, nous nous verrons en cachette.

Nicolas pensa qu'elle voulait prévenir sa famille,
avant qu'une demande officielle lui fût adressée, et
il n'insista pas.

Ils retournèrent à Beyrouth par la même route,
ils revirent les sites que déjà ils avaient parcourus
ensemble, se rappelèrent tous les détails de leur
voyage ; il lui contait combien il avait été jaloux du
guide Mijoël, et ils devisaient gaiement et amoureusement sur mille choses et bien d'autres encore.

Deux heures avant qu'ils fussent en vue de Beyrouth, elle exigea qu'il prît les devants, ne voulant
pas se compromettre, et s'exposer à être vue avec
lui.

Elle habitait une villa, située à Raz-Beyrouth ; ils
convinrent que chaque soir, dès que son père dor-
mirait, Nicolas viendrait chez elle, elle aurait eu
soin de renvoyer ses serviteurs ; l'endroit où était
située sa maison était isolé et solitaire, nul ne sur-
prendrait donc le secret des visites nocturnes du
jeune homme.

Nicolas retrouva le général en excellente santé,
l'esprit calme et lucide. Décidément l'avenir lui souriait ; son père était guéri, il aimait et il était aimé ;
seul le passé se dressait parfois devant ses yeux, il
revoyait son frère baignant dans son sang, il revoyait cet affreux spectre noir qui était venu souffleter son père avec des roses ensanglantées. Il croyait
entendre retentir cette voix sépulcrale à son oreille,
disant : « Pleure ton fils Alexius, et avant que l'année
soit finie tu pleureras aussi ton fils Nicolas... » Alors
une sourde rage lui montait au cœur, en pensant à

cette femme, à ce démon surnommé la *Char-meuse*, dont les crimes étaient restés impunis.

Depuis que son père était guéri, il ne parlait jamais du passé, il ne faisait aucune allusion à ce drame sanglant, et ne prononçait plus ce fatal nom d'Elisabeth qu'il avait prononcé si souvent, et avec tant de terreur, dans ses accès de folie. Nicolas n'osait plus l'interroger pour ne pas raviver sa douleur, et comprenant vaguement que ce nom et que ces roses teintes de sang cachaient un mystère que son père ne souhaitait pas lui révéler, il se taisait; mais que n'aurait-il pas donné pour le connaître et pour savoir ce qu'il avait à craindre de la haine de celle qui déjà avait sacrifié deux victimes à sa vengeance!

Toutes ces pensées venaient donc assombrir parfois l'esprit de Nicolas, mais il invoquait alors l'image gracieuse de sa bien-aimée Evangeline, et cette vision radieuse lui faisait oublier bien vite ce sombre passé et lui faisait entrevoir un avenir de bonheur.

Le prince de Kolokoff et la princesse s'étaient embarqués pour la France le lendemain du jour où Nicolas était revenu près de son père.

Ivan de Perski était encore à Beyrouth, mais il était amoureux de la belle juive dont avait parlé le général, et il passait son temps chez elle.

Le général, plus que jamais passionné pour la pêche, partait avec son vieux et fidèle Ivanoff, dès la pointe du jour, pour aller s'installer sur un rocher et attendre patiemment en fumant sa cigarette que les rougets ou les dorades mordissent à l'hameçon; se

9.

levant de bonne heure, il se couchait de fort bonne heure, tout s'était donc arrangé au mieux pour que Nicolas eût ses soirées libres, et qu'il pût les passer toutes chez miss Evangeline.

IX

UN DRAME EN MER.

A quinze minutes de Beyrouth se trouve une charmante promenade qui longe la mer ; elle est dominée
par l'amphithéâtre de montagnes où s'étalent les
jolies villas dont j'ai parlé et dans l'une desquelles
habitait le général de Kouschoff. Cette promenade
est bordée, elle aussi, de villas de plaisance qui,
d'une de leurs façades, ont la vue de la mer, et de
l'autre la vue de la montagne. C'est dans une de ces
villas, la plus éloignée de la ville, qu'Evangeline
s'était installée. Un petit jardinet séparait sa maison
des flots et par une petite porte elle pouvait aller
sur le rivage sans sortir sur la promenade du Râz-
Beyrouth.

Il y avait deux mois qu'ils étaient de retour de
leur voyage de Palmyne, et Nicolas et Evangeline
pouvaient se voir chaque soir sans attirer l'attention
des curieux. Le général se couchait de bonne heure;
dès qu'il s'était retiré dans sa chambre, son fils
prenait un petit sentier qui descend de la montagne

pour aboutir au Raz-Beyrouth. Evangeline sortait par la petite porte du jardin et venait rejoindre son amoureux. Parfois elle l'introduisait dans sa villa, pendant que ses domestiques dormaient, et les deux jeunes gens passaient de longues heures en tête-à-tête.

La jeune fille lui témoignait une tendresse ardente et passionnée, et lui l'aimait follement. Mais une chose l'affligeait et l'intriguait au suprême degré, c'est celle-ci : dès qu'il parlait mariage une ombre de tristesse voilait le front de sa bien-aimée, son regard devenait sombre et parfois même farouche, et toujours elle lui répondait avec une impatience mal dissimulée : « Plus tard nous parlerons mariage, à présent aimons-nous sans songer à rien. »

Il se perdait en conjectures. Serait-elle fiancée à un autre ? N'oserait-elle pas rompre de peur de déplaire à ses parents ? Mais bientôt il comprenait que ses suppositions étaient mal fondées, elle avait le caractère trop franc et trop loyal pour n'avoir pas l'énergie de rompre un premier engagement dès l'instant qu'elle aimait un autre homme. Il ne pouvait admettre que si les Makerson vivaient encore ils pussent le refuser pour gendre, car il devait s'avouer que riche, portant un grand nom, étant jeune et bien de sa personne, il était un excellent parti. Mais alors que craignait-elle ? Pourquoi hésitait-elle à devenir sa femme ?

Voilà ce qu'il se demandait cent fois par jour.

Jamais elle ne parlait de ses parents, et lorsqu'il lui adressait quelques questions sur sa famille elle changeait habilement de sujet de conversation ; il finit par s'arrêter à la pensée qu'elle était peut-être d'une origine roturière, malgré son instruction et sa grande distinction, et qu'elle hésitait par fierté à lui faire connaître ce détail. Il se promit bien de saisir une occasion pour lui faire délicatement comprendre que, serait-elle fille d'un épicier de la Cité, il serait encore très heureux de l'épouser.

Voilà dans quelles dispositions de cœur et d'esprit il se trouvait lorsque le drame suivant se déroula.

C'était par une brûlante soirée de la fin du mois d'août, pas un seul nuage ne voilait le ciel, la lune à son apogée éclairait la terre d'une clarté blanche et lumineuse, la mer était unie comme une glace, les astres sans nombre qui illuminaient la voûte azurée se reflétaient brillants dans l'onde bleue.

Dès neuf heures, Nicolas de Kouschoff s'engagea dans le petit sentier conduisant à Raz-Beyrouth. Tout dans la nature invitait aux doux propos d'amour et rapidement il descendait le chemin escarpé qui devait le mener aux pieds de la belle Evangeline. Il la trouva assise sur un rocher au bord de la mer ; elle portait une simple robe de mousseline blanche, elle avait jeté sur ses épaules un burnous arabe en laine blanche, et un voile de tulle illusion enveloppait sa tête ; ses cheveux dorés sortaient mutins et ébouriffés de ce blanc nuage.

En le voyant venir, elle se leva et alla se jeter dans ses bras avec un élan de tendresse. Il la serra longuement sur son cœur, puis, la considérant un instant, il lui dit :

— Sais-tu que tu es idéalement belle, ce soir !

La lune l'éclairait en plein de sa lumière argentine, et ainsi vêtue de blanc elle était en réalité belle

comme sont belles, dit-on, les apparitions surna-
turelles.

— Je suis heureuse, lui répondit-elle, que tu me
trouves ce soir plus jolie qu'à l'ordinaire, peut-être
ceci donnera assez de force à ton amour pour que tu
m'accordes ce que je vais te demander.

— Douterais-tu de mon amour, Evangeline ?
Parle... parle, donne-moi le bonheur de te prouver
combien je t'aime ardemment et sincèrement.

— Je verrai bientôt si tu dis vrai. Mais j'ai un
caprice ce soir, je veux que nous fassions une promenade en mer. J'ai fait venir Sonnia, ce batelier
qui déjà nous a prêté plusieurs fois sa barque. Si tu
le veux, nous allons monter en bateau, tu rameras et
je te dirai la preuve d'amour que je réclame de toi.

— Sois sûre, Evangeline, que tes désirs seront
des ordres ; ton idée est charmante, la soirée est
splendide, la mer calme, nous ferons une promenade
agréable.

— Sonnia... Sonnia...! dit-elle à haute voix.

Un robuste Grec, couché sur le sable à quelques pas
plus loin, se leva. Sa barque était amarrée dans une
petite crique, il y conduisit les deux amoureux, les
fit monter, offrit les rames à Nicolas, puis il donna
une poussée à la barque, sauta à terre, s'étendit sur
le sable et continua le somme interrompu.

— Rame droit à la pleine mer, dit Evangeline
en s'emparant du gouvernail.

Nicolas obéit et il rama vigoureusement vers la
sortie de la rade.

Elle était grave et silencieuse; et lui se demandait
s'il allait enfin apprendre pourquoi elle se montrait
si peu empressée de s'unir à lui par les saints liens

du mariage, et il tremblait en pensant qu'elle allait peut-être lui dire qu'un obstacle sérieux s'opposait à leur union.

Lorsque leur barque se trouva au large, Evangeline quitta le gouvernail et elle vint s'asseoir sur un petit pliant en face de lui.

— Laisse les rames, que notre bateau aille à la dérive et au hasard du courant, tantôt nous le remettrons dans la ligne que nous désirerons, lui dit-elle.

Il lui obéit, laissa les rames, et prenant dans les siennes les mains de la jeune fille :

— Parle, ma bien-aimée, j'ai hâte de savoir si bientôt je pourrai te conduire à l'autel.

Elle fixa un regard profond et inquisiteur sur les yeux de son amant, puis, d'un air solennel, elle lui dit :

— Nicolas, jure-moi de répondre loyalement et franchement aux questions que je vais t'adresser, jure-le moi sur ton salut éternel.

— Je jure, sur mon honneur et sur mon salut éternel, de te dire la vérité ; parle, ma bien-aimée.

— Pas encore. Avant de t'interroger, laisse-moi bien t'expliquer ce que j'entends, moi, par ce mot aimer. Voici comment je le comprends ; aimer c'est avoir dans le cœur un sentiment si profond et si violent qu'on ne vit plus que pour la personne aimée, qu'elle est tout pour vous, et qu'on est prêt à lui sacrifier fortune, honneur, famille, tout, tout, car on ne vit que pour elle et que par elle. Moi, c'est ainsi que je t'aime, pour toi j'oublie le monde et ses plaisirs, je te sacrifie avec bonheur mon avenir, mon honneur, et j'impose silence à ma cons-

cience, j'oublie même le serment sacré fait au lit
d'une mourante. A présent, réponds-moi franchement, Nicolas, m'aimes-tu ?

— Oui, répondit simplement le jeune homme.

Alors elle se leva, jeta vers le ciel un regard de
triomphe :

— Viens dans mes bras, d'aujourd'hui seulement
commence notre vraie union.

Il la prit dans ses bras, la serra sur son cœur,
leurs lèvres se donnèrent un baiser d'ineffable tendresse ; la barque, abandonnée à elle-même, penchait
de droite à gauche, les imprudents s'exposaient à
être lancés par l'amour dans ce gouffre limpide qui
roule la mort en son sein !

Enfin elle se dégagea :

— Reprends les rames, dit-elle, et écoute-moi
attentivement.

Il rama, elle s'assit sur le pliant, en face de lui, et
elle parla ainsi :

— Puisque tu m'aimes comme je souhaite être
aimée et comme je t'aime moi-même, l'avenir est à
nous, le bonheur nous attend. Mais il va falloir
m'obéir aveuglément sans me faire aucune question.
Je ne puis t'expliquer le motif qui me guide ; nous
allons fuir quelque part, bien loin, dans un coin du
monde bien ignoré, nous choisirons un petit nid
confortable et poétique et nous y vivrons sous un
nom d'emprunt...

— Fuir !... nous cacher sous un nom d'emprunt !

Nicolas murmurait machinalement ces mots d'un
air étonné.

— Oui, continua-t-elle, et tiens, sans aller plus
loin, le Liban nous offrira je crois un asile sûr, grâce

à Mijoël qui m'est tout dévoué et que nous mettrons dans notre confidence ; il nous trouvera une jolie maisonnette, tu porteras le costume des Bédouins et moi celui des Bédouas, nul ne viendra nous chercher dans ce désert ; et du reste, et pour plus de précautions, nous laisserons croire à notre mort en simulant un accident. Par exemple, demain nous aurons une barque nous attendant au large, nous renverserons celle-ci, nous laisserons flotter sur l'eau toi ton chapeau, moi mon burnous et mon voile, on croira que nous nous sommes noyés.

Nicolas, pétrifié de surprise, écoutait bouche béante et les yeux dilatés. Les rames s'étaient échappées de ses mains, il était si loin de s'attendre à cette proposition étrange !

Enfin il balbutia :

— Mais pourquoi fuir... pourquoi vivre sous un nom d'emprunt ?

— Parce que je le veux.

— Dis-moi au moins le motif de ce plan singulier ? Quelle est la pensée qui t'inspire le désir de te cacher alors que mon vœu le plus ardent est de faire de toi la comtesse de Kouschoff ?

— Jamais, répondit-elle sèchement, je ne porterai ce nom.

— Écoute-moi, Evangeline, et je t'en prie, aie foi en moi, car je suis sincère et loyal. Je t'aime, mon seul rêve est de faire de toi la compagne de ma vie. Eh bien ! je te le jure, quelle que soit ta famille, et plus encore, quel que soit ton passé, je suis prêt à te donner mon nom, à t'aimer et à t'estimer toujours.

— Ma famille est plus noble que la tienne, mon

passé a été sans tache jusqu'au jour fatal où je t'ai aimé.

— Mais alors pourquoi refuses-tu de m'épouser?

— Ceci est mon secret. Veux-tu partir avec moi, venir te cacher avec moi dans quelque coin ignoré du monde ?

— Mais, chère bien-aimée, songe donc que mon digne et cher père vivra, j'en suis certain, avec bonheur avec la femme de son fils, mais comprends bien qu'il ne saurait demeurer avec nous si nous n'étions pas mariés. Tiens, à genoux je t'en conjure, consens à devenir comtesse de Kouschoff.

Il était à ses pieds et il baisait les mignonnes mains de la jeune fille.

— Moi! porter le nom de Kouschoff! oh quel sacrilége!

— Un sacrilége! mais que veux-tu dire? De grâce explique-toi, tu me mets à la torture.

— Je ne puis te dire qu'une chose, Nicolas, si tu m'aimes comme tu viens de m'en faire le serment solennel, fuis avec moi. Ton père n'aura pas à refuser de vivre avec nous, car il faut que lui croie, comme tout le monde, que tu es mort.

Nicolas se leva d'un bond.

— Abandonner mon père! lui imposer la douleur de me croire mort! oh quelle infamie! Et est-ce bien toi, Evangeline, qui me proposes une monstruosité pareille?

— Oui... je te la propose et j'espère bien que tu ne me refuseras pas de faire ce que je te demande.

— Mais apprends que mon pauvre père n'a plus que moi au monde. Apprends que déjà il pleure un fils, mon frère aîné. Ne comprends-tu pas que cette nouvelle douleur le tuerait?

— Il faut, te dis-je, qu'il te croie mort.

— Encore... Mais quelle opinion aurais-tu de moi si, pour satisfaire à ton romanesque et singulier caprice, je commettais une action semblable? Tu ne pourrais ni m'aimer ni m'estimer, car je serais un misérable et un mauvais fils.

— J'adorerais l'amant qui, fidèle au serment qu'il m'a fait, me prouverait qu'il m'aime en me sacrifiant tout, même son père.

— Evangeline, je le jure, je suis prêt à tout te sacrifier, ma fortune, ma vie, mon honneur même. Mais abandonner mon pauvre cher vieux père, lui imposer la douleur de me croire mort, le laisser seul isolé et sans consolation dans ses vieux jours, non, non... jamais, ne me demande pas cela.

— Tu as donc menti en me jurant que tu m'aimais?

— J'ai dit la vérité. Mais pouvais-je prévoir que comme preuve tu allais me demander une monstruosité pareille?

— Une monstruosité, dis-tu! Mais sais-tu tout ce que je t'ai sacrifié, moi! Si tu le savais, tu comprendrais qu'il a fallu qu'il fût bien violent l'amour que tu as fait naître en moi pour qu'il m'ait jetée sans défense dans tes bras. Si le tien était aussi profond, déjà tu m'aurais dit : Oui, fuyons, pour toi j'abandonne tout.

En parlant ainsi, la jeune fille tordait ses mains avec désespoir et de grosses larmes débordaient de ses grands yeux.

Nicolas, ému et désolé de devoir la désespérer,

s'agenouilla encore devant elle et prenant les mains d'Evangeline dans les siennes, il lui dit avec un accent de tendresse ineffable :

— Mon aimée, aie confiance en moi, dis-moi tout, explique-moi ce qui te donne ce désir de fuir et d'aller nous cacher, tu verras que je trouverai un moyen pour te rendre heureuse tout en restant bon fils.

— Je ne veux rien t'expliquer. Veux-tu, oui ou non, fuir avec moi?

Sa voix devenait dure et métallique.

Nicolas se leva :

— Je ne quitterai pas mon père, répondit-il avec fermeté.

— Oh! s'écria-t-elle, je le vois bien, tu as fait un faux serment; tu ne m'aimes pas; si tu m'aimais hésiterais-tu entre ton père et moi?... Vois si je t'aime assez, moi! J'aurais dû te haïr et je t'ai aimé, et me voilà à tes genoux, te suppliant. Suis-je assez lâche... c'est que je t'aime à en mourir. Mon Nicolas, mon bien-aimé, viens, viens, fuyons, allons nous cacher bien loin, et tu verras comme je saurai t'aimer. Je serai ton amante, ton esclave, je t'envelopperai d'un amour si ardent que tu oublieras tout ce que tu m'as sacrifié.

Sa voix avait repris une douceur infinie, elle mouillait de ses larmes les genoux de son amant.

Il la releva, la serra sur son cœur.

— Si tu savais, lui dit-il, combien tu me fais souffrir ! Aie pitié de moi, de grâce cesse de me demander la seule chose que je ne puis t'accorder.

— Alors tu refuses?

Elle s'était rejetée en arrière et elle le regardait
d'un air de défi.

— Je le dois.

— C'est bien, assieds-toi, reprends les rames, il est
trop tôt pour sombrer. Il-faut que je te cónte auparavant une sombre histoire, elle t'apprendra jusqu'à
quel point t'aimait celle dont tu viens de briser le
cœur.

Il se laissa tomber machinalement à l'arrière du
bateau, machinalement il reprit les rames et il les
laissa retomber en cadence dans la mer bleue; une
vague épouvante s'emparait de lui, il pressentait
qu'il allait entendre quelque chose d'horrible.

Evangeline se croisa les mains sur la poitrine et
elle resta debout en face de lui ; elle était blême, ses
vêtements étaient blancs, seuls ses yeux brillaient
d'un éclat fiévreux.

— Ecoute attentivement, Nicolas de Kouschoff,
car l'histoire que je vais te contér t'intéresse, un des
tiens y a joué un rôle horrible.

Sa voix était stridente, sifflante et aiguë, chaque
mot qu'elle prononçait entrait, comme la pointe
d'une arme acérée, dans le cœur du jeune homme.

— Oui, écoute-moi bien : je ne suis point Anglaise, ma connaissance de la langue anglaise, et
une teinture qui a donné à mes cheveux noirs cette
nuance dorée que tu as si souvent admirée, ont suffi
pour te tromper, je suis Polonaise ; tu. le vois, à ce
seul titre déjà je devais te haïr, mais pour te détester
j'avais bien des motifs encore, et cependant je t'ai
aimé! Malheur à moi, j'ai été lâche et misérable.

Nicolas tressaillait des pieds à la tête, une terreur
folle s'emparait de lui, mais elle le paralysait et

il restait morne, affaissé et silencieux, fixant un regard égaré sur celle qui déjà ne lui semblait plus être sa douce et charmante Evangeline.

— Je suis donc de ce noble pays que les liens foulent aux pieds, je n'avais que douze ans lorsque la guerre éclata dans ma patrie, une guerre sans pitié ni merci, il y avait d'un côté des victimes lassées, et de l'autre des bourreaux altérés de sang et de rapine.

Un jour, il m'en souvient comme si c'était aujourd'hui, mes trois frères partirent, le plus jeune avait dix-huit ans, l'aîné en avait vingt-trois, ma mère leur donna sa bénédiction et leur dit :

— Allez, la patrie asservie vous réclame, que Dieu vous accorde la victoire et qu'il me donne le bonheur de vous voir revenir.

Ma mère était veuve, mes frères partis, nous restâmes seules dans un immense château, devenu plus triste qu'un morne sépulcre ; ma mère priait et pleurait nuit et jour, moi je pleurai et je priai avec elle.

Il y avait trois semaines que mes frères nous avaient dit adieu, nous étions sans nouvelles aucunes d'eux ; une après-midi, nous étions, ma mère et moi dans le jardin, elle cueillait un bouquet de roses blanches.

— De roses blanches! répéta Nicolas de Kouschoff, d'une voix altérée par l'épouvante.

— Oui, nous cueillions des roses blanches, continua Evangeline, ma mère voulait les mettre à l'autel de la Vierge en allant la prier de veiller sur ses chers enfants ; par une petite porte notre jardin donnait dans une forêt de sapins, soudain cette porte s'ouvre, mes trois frères entrent brusquement, et accourant vers nous, ils disent à ma mère : Vite, vite, cachez-nous, les Russes nous poursuivent.

Ma mère devint plus blanche que les blanches roses qu'elle tenait à la main ; affolée, elle nous entraîna tous les quatre et sans dire un mot dans le château ; là elle se mit à courir, parcourant toutes les pièces et fouillant des yeux les moindres recoins ; enfin elle s'arrêta devant une grande armoire placée dans un corridor sombre, elle l'ouvrit et elle y fit entrer mes frères; elle les dissimula sous les flots de soie et de velours des robes qui s'y trouvaient, puis elle les embrassa, et par un mouvement instinctif elle donna à mon frère aîné le bouquet de roses blanches qu'elle tenait à la main, elle avait voulu faire hommage de ces fleurs à la Vierge et elle se disait sans doute que la mère du Christ protégerait ses trois fils ; elle referma l'armoire, mit la clef dans sa poche, plaça des caisses vides, des portemanteaux devant l'armoire, essaya de la dissimuler de son mieux, ensuite elle referma la porte du corridor et m'embrassant elle me dit :

— Edvige, d'un geste, d'un mot tu peux causer la mort de tes frères, veille sur tes paroles, tes gestes et tes regards, et tâche de prendre un air indifférent et calme.

L'amour maternel est si puissant que ma mère parvint à dissimuler sous un masque placide les angoisses qui torturaient son âme.

On frappait brutalement à la porte, on entendait le piétinement des chevaux, et les imprécations de l'ennemi ; nos serviteurs, qui n'avaient point vu entrer mes frères, venaient d'ouvrir la porte, ma

mère me tenant par la main alla accueillir les Russes;
elle eut le suprême courage d'être aimable, les lugubres visiteurs étaient le général de Marinoff et le
général de Kouschoff.

Nicolas se dressa devant-elle, pâle comme un
mort.

— Et toi, cria-t-il, tu es la Charmeuse!

— On m'a, en effet, donné ce nom à Pétersbourg,
répondit-elle avec calme.

— Horreur! horreur! j'ai pu aimer celle qui a
tué mon frère, celle qui a souffleté mon père avec le
sang de son fils! Grand Dieu! avez-vous pu permettre un tel sacrilège!

Nicolas, fou de douleur, menaçait le ciel de son
poing crispé.

— Et moi, s'écria à son tour Evangeline, d'une
voix que la colère faisait vibrer, j'ai bien pu aimer
celui que j'avais juré de faire mourir, le fils de
l'assassin de mes frères!

— Oses-tu, misérable, appeler mon bon et digne
père un assassin !

— Oui, car il mérite ce nom, écoute-moi jusqu'au
bout et tu verras que j'ai le droit de le flétrir de
cette épithète.

— Elle! elle! que j'aimais tant! c'était la Charmeuse maudite... Ah! mon Dieu, que vous avais-je
fait pour m'imposer un tel supplice... et anéanti de
douleur il se laissa retomber sur le banc de la barque, et, cachant son visage dans ses mains, il se mit
à sangloter tandis qu'elle continuait ainsi son
récit :

— Ces deux généraux étaient suivis d'une vingtaine

de soldats. — Où sont vos fils? demandèrent-ils brutalement à ma mère, qui répondit :

— Hélas! je l'ignore, voilà bien dix jours déjà
qu'ils m'ont quittée.

— Vous mentez, s'écria de Kouschoff, ils sont ici,
on les a vus entrer.

Ma mère jura ne les avoir pas vus.

— Nous savons qu'ils sont chez vous, livrez-les
nous de suite, sans quoi, comtesse Elisabeth de
Lansky, vous serez envoyée en Sibérie, dit à son tour
le général Marinoff.

— Oui, livrez-les, hurla de Kouschoff, ils viennent
d'assassiner cinq des nôtres et le sang doit se payer
par le sang.

— Mes fils sont des soldats, mais non des assassins, répondit fièrement ma mère.

— Qu'on ferme les portes, qu'on garde les issues,
ordonna de Kouschoff, et cet ordre fut exécuté ; et à
la tête de dix soldats, ces deux hommes se mirent à
fouiller le château ; ces sbires maudits enfonçaient
même leur sabre dans les lits pour voir si les matelas ne dissimulaient pas le corps de mes frères. Enfin
ils arrivèrent dans le corridor; les bêtes fauves
sentent la chair fraîche, les Russes sentent eux, avec
un flair diabolique, le sang du Polonais leur victime.
Ils ôtèrent tout ce qui masquait l'armoire, je sentais le bras de ma mère trembler; pourtant, comme
de Kouschoff lui demandait la clef, elle parvint à
maîtriser sa terreur et répondit : que n'ouvrant jamais cette armoire la clef était égarée... Alors, sans
rien dire... ces deux hommes prennent des fusils
des mains des soldats et ils se jettent baïonnette en
avant contre la porte.

10

Un cri déchirant se fit entendre; mon frère aîné avait été transpercé de part en part. On brisa la porte... quel horrible spectacle nous apparut, mon frère était sanglant, blême, serrant le bouquet de roses blanches sur son sein, son sang coulait à flot sur les fleurs.

Ma pauvre mère et mes deux autres frères se précipitèrent pour soutenir son corps qui vacillait sous les spasmes de l'agonie, mais le général de Kouschoff donna un ordre à ses soldats, et les uns se précipitèrent sur mes frères cadets, leur mirent des menottes; les autres saisirent ma mère, et l'arrachèrent du corps de mon frère qu'elle tenait enlacé.

— Conduisez-la dans sa chambre avec cette enfant, leur dit le général Marinoff, en me désignant; et qu'elles y soient gardées à vue. Ma mère levait ses mains suppliantes vers lui, le conjurant de lui permettre au moins de recevoir le dernier soupir de son fils... Il ne lui répondit même pas, et fit signe aux soldats de l'entraîner.

— Au nom du ciel, s'écria-t-elle, laissez-moi prendre la petite médaille qu'il porte sur sa poitrine.

De Kouschoff arracha le bouquet de roses blanches que mon frère tenait dans ses mains crispées, ces fleurs étaient inondées du sang du mourant, il les jeta au visage de ma mère en disant :

— Voilà le seul souvenir que vous méritiez, femme coupable qui ne savez que pousser vos fils à la révolte, et qui faites ainsi couler tant de sang qu'il éclabousse tout, même les fleurs.

Ces roses ensanglantées frappèrent ma mère en plein visage, elle poussa un grand cri et tomba à

terre, privée de connaissance; les soldats l'empor-
tèrent dans sa chambre, la jetèrent sur son lit, puis
l'un d'eux se mit en faction devant la porte et me
dit :

— Toi, petite, reste là, près de ta mère, n'essaye pas de sortir ou je te bats.

Moi, terrifiée, je restai agenouillée près du lit,
serrant contre ma figure une des mains glacées de
ma mère... je la croyais morte, mais au bout d'un
instant elle rouvrit les yeux, jeta un regard étonné
autour d'elle, mais elle vit le soldat debout sur la
porte... et elle se souvint. Alors elle porta la main à
son visage... il était encore humide du sang de son
fils. A ce moment, plusieurs détonations se firent
entendre, on venait de fusiller mes deux autres
frères.

Ces assassinats commis, ces bandits quittèrent le
château, ma mère mourante se retrouva en face des
cadavres de ses trois fils.

Oh! ce qu'elle a souffert! et que j'ai souffert!

A partir de ce jour, la vie de ma sainte mère n'a
plus été qu'un long martyre, une lente agonie de
six ans, et moi que la douleur avait rendue femme
par l'esprit et par le cœur, je pleurais avec elle, je
maudissais avec elle les lâches assassins de mes
frères... Souvent se tordant les mains, elle s'écriait :

— Et dire que je n'ai plus de fils pour venger les
trois autres !

Un jour, elle était sur son lit, prête à quitter la
terre, le désespoir avait accompli son œuvre, il avait
détruit tout principe de vie en elle, elle sentait que
la mort allait venir, et encore elle s'écria :

— Oh mes fils bien-aimés, dire que je n'ai pu vous

venger, dire que je n'ai plus de fils pour aller punir vos bourreaux et pour leur faire connaître ces larmes amères que fait couler la mort de nos enfants !

J'étais assise près d'elle, je me levai et posant ma main sur mon cœur je lui dis :

— Mère, tu as un quatrième fils ; si Dieu m'a donné un corps de femme, il m'a donné un cœur viril, fort et implacable. De Marinoff et de Kouschoff ont assassiné mes frères, ils t'ont souffletée avec le sang de ton fils aîné... je ne l'oublierai jamais et je vengerai les morts. Le général Marinoff a un fils, il le pleurera, de Kouschoff a deux fils, il les pleurera tous les deux ; et de mes propres mains il sera souffleté avec des roses blanches trempées dans le sang de son fils aîné, je te le jure, et j'en fais ici le serment solennel.

En entendant ces paroles, une expression de joie indicible illumina le pâle visage de ma mère, elle murmura :

— Sois bénie, ma fille, et que le Seigneur t'aide dans l'accomplissement de cette pieuse tâche.

Cela dit, son âme consolée s'envola vers le ciel.

Tu le sais, toi, frère d'Alexius de Kouschoff, si j'ai tenu mon serment.

Nicolas avait écouté ce récit, terrifié et abîmé dans un désespoir sans nom, que lui donnait la pensée qu'il avait pu aimer la Charmeuse !

Interpellé par la jeune fille, il tressaillit, il lui sembla qu'il sortait d'un affreux cauchemar ; il se leva, il vacillait sur ses jambes, la douleur le grisait.

Elle posa sa main sur son épaule.

Il tressauta comme on tressaute au contact d'une vipère.

— Ne me touche pas... tes mains sont teintes du sang de mon frère.

— Et celles de ton père sont teintes du sang de mes frères, lui dit-elle.

— Oh! vois-tu, c'est infâme ce que tu as fait, dit Nicolas... Si tu voulais te venger, il fallait venir à nous le poignard à la main... mais non venir armée de tes charmes comme une vile courtisane.

— Tu m'insultes, Nicolas.

— Non, je dis la vérité, misérable fille, ta vengeance a été basse et vile, elle a été odieuse... et moi, qui t'aimais purement, saintement. Ah!... est-ce possible que le cœur puisse se tromper ainsi... Oui, triomphe! oui, réjouis-toi, j'ai été dupe de ta comédie, je t'ai aimée... et tu viens de m'infliger la suprême douleur de rougir d'un amour dont j'étais si fier, et de devoir maudire celle que j'aimais tant... A présent pourrai-je jamais croire à l'amour d'une femme, après avoir été trompé par ton infâme mensonge.

— Tais-toi, Nicolas, tu blasphèmes... tu ne comprends donc pas, qu'après m'être attachée à tes pas, pour tenir mon serment et te faire mourir, tu m'as inspiré un amour si profond et si ardent, que j'ai tout oublié, haine, vengeance, tout, même le serment fait à une mourante... Oui, la passion que tu m'as inspirée m'a rendue lâche... et tiens, là, à présent encore, je te dis : Nicolas, oublie qu'il y a du sang entre nous, comme je te le disais tantôt, fuyons, allons vivre dans un désert, et tu verras combien je t'aime.

10.

— Fuir avec toi, jamais ! J'ai aimé Evangeline, elle est morte pour moi à présent, et je hais et je méprise la fille d'Elisabeth de Lansky, l'infâme Charmeuse.

— Ah ! c'est ainsi, tu me hais... tu me méprises... Eh bien, moi aussi je dis : Evangeline est morte, seule, la fille d'Elisabeth vit encore, et elle va terminer sa mission. Le général de Kouschoff pleurera son second et dernier fils.

Nicolas ne ramait plus, la barque allait à la dérive; Evangeline, d'un brusque mouvement, prit un poignard caché sous son burnous et elle se jeta sur le jeune homme.

Il lui retint le bras, une lutte désespérée commença entre eux ; lui, essayait de la désarmer, elle s'efforçait d'enfoncer l'arme dans le cœur de son amant.

Soudain la barque chavira et, enlacés, ils tombèrent tous deux dans les flots bleus.

CHAPITRE X

LES PREMIÈRES AMOURS

Un bateau, venant de Marseille et se rendant à Constantinople, cherchait à entrer dans les passes de la rade de Beyrouth.

La nuit était éclairée par un splendide clair de lune.

Le capitaine, debout sur la passerelle, dit soudain à l'officier de quart :

— Voyez donc là, à notre droite, ce point noir dans les flots ; on dirait un homme qui nage vers nous.

L'officier regarda dans la direction indiquée.

— Oui, dit-il, c'est un homme et il me semble même que j'entends ses cris de détresse.

— Holà ! vous autres là-bas... une embarcation à la mer et vivement ! Et vous, allez donner, je vous prie, l'ordre de stopper au mécanicien, dit-il à son officier.

Quelques minutes après, une barque se dirigeait à force de rames vers le point noir.

Le point noir était en effet un homme, et cet homme n'était autre que Nicolas de Kouschoff.

Depuis deux heures il luttait contre la mort, et il était temps qu'on vînt à son secours, car ses forces étaient si bien épuisées, qu'il perdit connaissance dès que les matelots l'eurent hissé dans la barque, et il fut déposé sur le pont du steamer encore évanoui.

Les passagers avaient senti que l'on stoppait : inquiets, ils étaient tous accourus sur le pont. Mis au courant de ce qui avait causé cet arrêt, ils avaient suivi avec émotion les péripéties du sauvetage, et tous entourèrent le corps inanimé du noyé.

Une jeune passagère après l'avoir regardé, s'écria :

— Mais, grand Dieu ! c'est ce pauvre Nicolas de Kouschoff ! Pourvu qu'il ne soit pas mort.

Le docteur, qui était en train d'examiner le noyé, la rassura en lui affirmant que bientôt le jeune homme reprendrait ses sens.

On le descendit dans une cabine, on le déshabilla, on le mit dans un lit bien chaud, et après lui avoir fait quelques frictions, et avoir introduit dans sa bouche quelques gouttes d'*élixir de la Chartreuse*, ceux qui le soignaient eurent la satisfaction de le voir revenir à lui.

Il ouvrit les yeux, eut cet air étonné qu'ont toujours ceux qui reviennent à la vie, après avoir été dans cet état de demi-mort qu'on nomme évanouissement.

— Comment vous trouvez-vous, monsieur? lui demanda le docteur.

— Un peu las, ma tête est lourde.

— Ceci n'est pas étonnant, vous êtes peut-être resté longtemps dans l'eau ?

— Ah !... oui, c'est vrai... je me souviens... je me noyais... oui, j'ai lutté longtemps ; j'allais, à bout de forces, me laisser couler, lorsqu'une barque s'est approchée de moi... mais où suis-je à présent ?

— A bord du steamer le *Grand Duc Constantin.*

— Et... elle... a-t-elle été sauvée ?

— Qui, elle ? Etiez-vous deux par hasard en train de vous noyer ?

— Oui, une femme était avec moi lorsque notre barque a chaviré.

A ce moment, le capitaine entrait prendre des nouvelles du noyé. Nicolas, après l'avoir remercié de lui avoir sauvé la vie, lui répéta ce qu'il venait de dire au docteur.

Le commandant hocha tristement la tête...

— Il ne faut point se faire d'illusion, dit-il, mes matelots n'ont pas aperçu cette femme surnageant, et vous, vous étiez déjà à bout de forces ; elle a dû couler depuis longtemps.

— Je le crains aussi, dit Nicolas, car lorsque après un plongeon jusqu'au fond de l'eau je me suis retrouvé à la surface, je ne l'ai plus aperçue. Mais je ne voudrais pas laisser son corps sans sépulture... Si vous restez quelques heures en rade de Beyrouth, dites à vos braves marins que je leur donnerai dix mille francs s'ils veulent essayer de retrouver le cadavre de cette malheureuse femme.

Le capitaine alla faire part de cette proposition à son équipage qui l'accueillit avec enthousiasme, c'était pour eux une aubaine rare et ils auraient été rechercher vingt cadavres pour gagner une pareille somme.

Nicolas, resté seul un instant, songeait à cet horrible drame ; il se demandait si c'était bien possible que cette Évangeline qu'il avait tant aimée, qu'il avait crue si pure, si loyale, fût cette misérable Charmeuse, ayant usé de ses charmes comme armes meurtrières pour amener deux hommes à se tuer... Il sentait une douleur poignante lui étreindre le cœur ; cette douleur était faite de plusieurs pénibles sensations, d'abord il était honteux et furieux de s'être laissé jouer par cette implacable ennemie. Il était honteux de se dire qu'il avait pu aimer celle qui avait causé la mort de son frère et il avait horreur à présent de celle qu'il avait tant aimée, et rien n'est aussi triste comme de devoir haïr et mépriser l'idole de la veille !

Il maudissait la Charmeuse, mais il sentait son cœur battre encore au souvenir d'Évangeline, et en sentant cela, il avait honte de lui-même.

Et, enfin, il se disait que l'amour, désormais, cet amour pur, profond qui part de l'âme, ne viendrait plus l'enivrer. Ne serait-il pas sceptique et incrédule, ne se méfierait-il pas de la loyauté de toutes les femmes après avoir été ainsi trompé... et après avoir acquis la triste expérience que son cœur pouvait être dupe ?

Il en était là de ses réflexions, lorsqu'une voix jadis chère à son cœur lui dit en russe :

— Nicolas, puis-je entrer ?

— Oui, répondit-il avec surprise et émotion... Et Ephémia Warowish lui apparut en longs habits de deuil.

— Vous, vous ici !

— Eh oui, moi ici ; est-ce plus étonnant que de vous retrouver vous-même en train de vous débattre dans les flots ?

— Ces vêtements noirs?

— Je suis veuve.

— De qui?

— Vous êtes méchant, Nicolas, et c'est mal à vous. Je suis bien assez malheureuse sans que le monde augmente encore mon chagrin par sa malveillance.

— Pardonnez-moi, Ephémia Warowish, je n'ai point eu l'intention de vous blesser ; mais lorsque j'ai quitté Pétersbourg, vous étiez encore baronne de Rosen, et...

— Deux mois après votre départ, j'ai épousé d'Erlincourt, mais il était écrit que je n'aurais pas ma part de bonheur ici-bas, mon mari est mort un mois après mon mariage de la petite vérole.

— Et où allez-vous?

— A Constantinople rejoindre mon frère qui est à l'ambassade. J'ai besoin de mouvement, je devenais folle de chagrin à Pétersbourg; mais vous-même où alliez-vous, lorsque nous vous avons rencontré nageant à la dérive ?

— Je revenais de l'enfer.

— En compagnie d'un ange, sans doute, car on vient de me dire qu'une femme s'était noyée avec vous.

— Savez-vous qui était cette femme, Ephémia? c'était la baronne de Rosemthald.

— La Charmeuse! Oh ! Nicolas, est-ce possible ! vous étiez avec celle qui a...

— Oui, celle qui a tué mon frère; mais j'ai su qui elle était au moment où elle a voulu tenir un affreux serment et imposer à mon père l'affliction de pleurer son dernier fils.

— Grand Dieu ! pourvu qu'elle soit bien noyée et que le diable ait repris son âme... Mais qui était cette femme? pourquoi en voulait-elle à mort au général Marinoff et à votre père?

— C'est une sombre histoire que je vous conterai peut-être un jour.

— Où est votre père, Nicolas?

— A Beyrouth.

— Comment est-il ?

— Grâce au ciel il allait bien, mais je crains qu'il ne se soit aperçu de mon absence, et qu'il soit inquiet; arriverons-nous bientôt à Beyrouth?

— Dans une demi-heure... Je vous laisse, habillez-vous, et venez tantôt me dire adieu sur le pont.

— Pourquoi adieu ?

— Pourquoi ? Mais parce que vous restez à Beyrouth et que je continue ma route jusqu'à Constantinople.

Nicolas tenait la main de la jeune femme dans les siennes, il semblait la laisser s'éloigner à regret:

— Écoutez, Ephémia, vous avez le cœur brisé, n'est-ce pas, et votre âme est remplie de désespérance?

— Oui, murmura la jeune femme, je n'espère aucun bonheur sur la terre.

— Eh bien! moi, reprit Nicolas, j'ai le cœur broyé par la plus âcre des douleurs ; il n'y aura plus pour moi dans la vie, ni amour, ni douce illusion possible. J'ai un si noir désespoir, que j'aurai besoin pour me soutenir, d'un cœur ami et compatissant... Restez quelques jours à Beyrouth, votre venue fera plaisir à mon père et votre présence me fera du bien... je vous adresse cette demande en camarade, oubliez que je vous ai aimée, et ne voyez en moi qu'un ami bien malheureux.

— Je vais donner ordre de descendre mes bagages à Beyrouth. Je n'allais à Constantinople que pour essayer de rendre ma douleur moins amère ; j'aurais importuné mon frère avec mes larmes et mon humeur morose : tout est pour le mieux et croyez que je serai très heureuse de vous être bonne à quelque chose.

Une heure après, Nicolas installait Ephémia Warowish dans l'*Hôtel Bellevue*, et il prenait congé d'elle en lui disant :

—Cette après-midi, mon père viendra vous rendre visite... et si vous le jugez convenable tous les deux, j'espère que vous accepterez l'hospitalité dans la villa que nous occupons aux environs de la ville.

Tout en se rendant chez lui, il songeait à cette horrible histoire que lui avait conté la fille d'Élisabeth de Lansky, et il se demandait s'il était bien possible que son père si bon, si humain eût commis les actes de cruauté qui lui étaient reprochés et qui avaient fait naître cette haine implacable et féroce. Hésitant, il se demandait encore s'il devait raconter à son père le drame de la nuit, et la mort de la Charmeuse. Il craignait de lui occasionner une émotion funeste en lui rappelant ces sanglants souvenirs... Mais, d'un autre côté, on allait peut-être

11

retrouver le corps de cette femme ; il était convenu avec les matelots du steamer qu'ils le rapporteraient à la villa qu'Evangeline occupait à Raz-Beyrouth et qu'on viendrait le prévenir... Comment cacher cela à son père ? Du reste toute la ville saurait dès le matin qu'on l'avait sauvé, lui, se noyant au large ; il était impossible que son père n'entendît pas parler de cet accident ; il résolut donc, après mûres réflexions, de dire la vérité, toute la vérité,

Dans la villa tout était calme, nul ne s'était aperçu que Nicolas n'était point rentré, et le général dormait encore, il était à peine cinq heures du matin. Il alla changer de toilette, puis il descendit attendre son père dans le jardin.

Le général ne tarda pas à venir le joindre.

— Que t'est-il arrivé, mon cher Nicolas, mon fils ? te voilà pâle et défait, lui dit-il en le pressant sur son cœur.

— Rassurez-vous, mon père... car à présent vous n'avez plus à craindre que la fille d'Elisabeth vous fasse pleurer votre dernier fils, elle n'est plus de ce monde.

— Que veux-tu dire ?...

Le général était devenu très pâle, lui aussi, en entendant ce nom redouté.

Nicolas le fit asseoir sur un banc, s'assit auprès de lui, et il lui conta tout... sa rencontre avec Evangeline, ses amours, leur promenade en mer, la sombre histoire qu'elle lui avait narrée et dans laquelle il jouait, ainsi que Marinoff, un rôle cruel et barbare... et comme le général écoutait toujours sombre et silencieux et sans l'interrompre, Nicolas lui dit :

— Elle a menti, n'est-ce pas, père ?

Le général fixa un regard attristé sur le jeune homme...

— Pauvre enfant, tu as souffert, je le devine, d'avoir à accuser ton père de cruauté. Ce qu'elle a dit est vrai, et...

— Ah ! c'est impossible ! s'écria Nicolas.

— Ecoute - moi avec calme, tu es militaire, tu connais les tristes devoirs du soldat forcé d'obéir à la consigne; tu le sais, à la guerre nul n'est de sang-froid, on défend sa vie, on répond à une cruauté par une autre cruauté. Dans ces malheureuses guerres contre les Polonais, nous avions affaire à une population affolée de désespoir, qui attaquait et qui se défendait en bête fauve : femmes, enfants, vieillards, nous faisaient une guerre meurtrière... Ruses, guet-apens, tout était mis en usage par eux pour faire couler notre sang, nous devions user de représailles; et souvent ayant vu tomber des nôtres traîtreusement frappés, nous étions aveuglés par la colère... Les trois fils de la comtesse Elisabeth de Lansky avaient surpris cinq des nôtres désarmés et ils les avaient massacrés. Marinoff et moi n'étions que des géné-raux de brigade, notre supérieur nous avait donné l'ordre formel de poursuivre les trois insurgés et de les fusiller, nous devions obéir. Si les détails qui ont entouré ces exécutions ont été navrants, le hasard seul l'a voulu... Nous étions peinés de voir qu'en se réfugiant chez leur mère ils allaient rendre celle-ci témoin de leur mort. Avoir des égards... faire des phrases... n'était-ce pas prolonger le martyre de la pauvre femme... Et enfin, souviens-toi que nous n'étions pas de sang-froid, nous avions perdu cinq des nôtres, parmi lesquels était un neveu à moi, le fils de ton oncle Varonsof.

— Mais ces roses blanches teintes du sang de son fils, pourquoi, père, les lui jeter au visage?

— Je te jure, Nicolas, et sur l'âme de mon bien-aimé Alexius, que je n'ai pas voulu insulter à la douleur de cette pauvre mère... Ce corps sanglant me faisait mal à voir, le désespoir d'Elisabeth me déchirait le cœur. Sa petite fille était là aussi, terrifiée et tremblante, tout cela me troublait... Je voulais abréger le martyre de la mère et celui des condamnés... j'avais hâte de l'éloigner... En lui jetant ces roses, je n'avais pas vu qu'elles étaient ensanglantées, je ne voulais pas les lui jeter au visage, je ne voulais qu'une chose, lui laisser un souvenir de son fils... abréger le martyre... et remplir vite la tâche odieuse de bourreau qu'on m'avait imposée. Me crois-tu, Nicolas?

— Oh! mon père! pourrais-je, moi, douter de ta parole?

Nicolas se jeta dans les bras du vieillard, et après l'avoir longuement embrassé, il lui conta la fin du drame. Le général se jeta à genoux pour rendre grâce à Dieu d'avoir sauvé si miraculeusement son fils, celui-ci lui apprit les recherches qu'il faisait faire pour retrouver le corps de cette femme...

— Tu as bien fait, Nicolas; donner la sépulture en terre sainte à ses ennemis, c'est faire une œuvre agréable au Seigneur, lui dit-il.

Loin de lui troubler la raison, tout ce qu'il venait d'apprendre semblait avoir rasséréné l'esprit du général de Kouschoff, en lui expliquant d'une façon naturelle cette apparition aux roses ensanglantées,

qui l'avait frappé comme un fait étrange et surnatu-
rel, et enfin il était rassuré, aucun ennemi ne me-
nacerait plus à présent la vie de son cher et dernier
fils.

Ayant appris la présence à Beyrouth d'Ephémia
Varoswish, il fut heureux de penser que sa présence
donnerait peut-être un peu de distraction à Nicolas,
et il accompagna celui-ci à l'hôtel pour lui rendre
visite; il engagea vivement la jeune femme à ne
point demeurer seule, et il lui offrit l'hospitalité
dans sa villa. Comme ils sortaient tous les trois de
l'hôtel, ils rencontrèrent un matelot qui cherchait le
comte pour lui annoncer que le cadavre avait été
retrouvé et qu'il avait été porté à la maison qu'habitait la jeune femme.

Nicolas se sentit défaillir, en pensant qu'il allait
revoir hideuse, défigurée, celle qu'il avait tant aimée.

Son père comprit ce qui se passait en lui : — Sois
un homme, lui dit-il tout bas, n'oublie pas que tu es
soldat... Va à la villa chercher les dix mille francs
que tu as promis à ces hommes, moi je vais chercher
un prêtre catholique, et rendre à cette pauvre fille
les devoirs qu'un chrétien doit à un chrétien mort...
tu viendras me rejoindre.

Nicolas ne voulait pas laisser à son père la tristesse de cette morne tâche, mais celui-ci insista et il
dut obéir. Ephémia accompagna le général.

Une heure après, Nicolas se trouva en présence du
cadavre; les serviteurs d'Evangeline l'avaient placé
sur un lit de parade, ils avaient remplacé sa robe
souillée par une robe éclatante de blancheur... La
fille d'Elisabeth était là, raide, les traits boursou-

flés et la peau verdâtre, les lèvres bleuies, les yeux vitreux ; la teinture blonde, sous le mordant de l'eau de mer, avait disparu, et ses cheveux étaient noirs. Ce cadavre ne rappela plus au jeune homme la belle Evangeline, mais il lui apparut comme le hideux corps de la sorcière, de la Charmeuse... il le contempla d'un œil sec... Evangeline, se dit-il, s'est évanouie comme une lumineuse apparition... ce cadavre n'est pas le sien... Cette illusion mit un peu de calme dans son cœur torturé.

Le général de Kouschoff, après avoir prié un instant près de la noyée, prit le goupillon d'eau bénite, aspergea le cadavre en disant :

— Fille d'Elisabeth de Lansky, je te pardonne le mal que tu m'as fait, je te pardonne le mal que tu voulais encore me faire, que le Dieu tout-puissant te soit miséricordieux.

Nicolas prit le goupillon des mains de son père et il aspergea lui aussi le cadavre en disant tout bas :

— Fille d'Elisabeth, je te pardonne, que Dieu te pardonne, lui aussi... Evangeline, je te bénis... et il s'éloigna en essuyant les larmes qui montaient de son cœur à ses yeux au souvenir de la blonde Evangeline.

Le lendemain l'enterrement eut lieu, le consul d'Angleterre, le général de Kouschoff, Nicolas et Ephémia Warowisch suivaient seuls le convoi de la pauvre morte.

Au détour d'une rue, un Bédouin, debout, regardait passer le cortège ; il reconnut Nicolas, tressaillit et s'approchant du jeune homme :

— Qui est dans cette caisse? lui demanda-t-il d'une voix étranglée par l'émotion.

— Elle... lui répondit Nicolas.

— Oh ! fit Mijoël, car c'était lui... et il marcha morne et silencieux derrière le cercueil.

Lorsque la triste cérémonie du cimetière fut terminée, et que les fossoyeurs eurent jeté les premières pelletées de terre sur le cercueil, tout le monde s'éloignait, seul Mijoël restait immobile et comme pétrifié au bord du trou béant.

Nicolas alla vers lui :

— Viens chez moi, cher Mijoël, lui dit-il.

Et comme, absorbé par sa douleur, l'Arabe n'avait pas entendu, il lui toucha légèrement l'épaule.

Le fils du désert tressaillit, il leva vers Nicolas un regard chargé de larmes.

Une âpre jalousie mordit au cœur le jeune homme :

— Pourquoi pleures-tu ?... lui dit-il.

— Et toi, fils de la race civilisée, pourquoi ne pleures-tu pas, et comment peux-tu vivre encore alors qu'elle est là ?

— Tu l'aimais donc, toi aussi, Mijoël ?

— Oui, je l'aimais ; mais je le vois, j'étais seul à l'aimer. Vivante je n'ai pas essayé de te la disputer... mais retiens bien ceci, morte, je la réclame ; éloigne-toi, ne viens jamais insulter sa tombe par ton indifférence, car je ferai bonne garde. Quitte ce pays, retourne dans ta glaciale patrie, moi je resterai ici, je lui ferai un palais pour tombe, je lui apporterai chaque jour des fleurs fraîches et parfumées ; si son âme revient voleter par ici, elle me verra, et elle se dira : Mijoël savait m'aimer, lui !

Il était superbe, ce fils du désert ; superbe de passion farouche et de morne désespoir. Nicolas, sous l'empire d'un sentiment indéfinissable, allait lui défendre de s'occuper de la tombe de la morte, mais son père l'appelait, Ephémia posait son bras sur le sien, il s'éloigna baissant la tête sous le regard écrasant de mépris que lui jetait Mijoël. Celui-ci, resté seul vers la tombe, donna un libre cours à sa douleur.

— Oh ! fille chaste, ma douce colombe, murmurait-il, si tu m'avais aimé, moi, tu ne serais pas couchée dans cette froide tombe.

Dès le lendemain, il commandait pour Evangeline, un beau mausolée de marbre rose ; pendant deux mois il en a surveillé lui-même l'exécution. Le monument terminé, il y a déposé lui-même la bière contenant le corps de la jeune fille; il a quitté Damas, il s'est fixé à Beyrouth, et tous les jours il jonche de belles fleurs cette tombe.

La Charmeuse a, sans le vouloir, subjugué ce fier Bédouin; avec son doux regard elle a versé dans son cœur le philtre qui rend amoureux pour toujours.

Le général de Kouschoff voulut, quinze jours après ce dernier drame, retourner en Russie ; il se rappelait que la tombe de son fils était depuis longtemps privée de tous soins pieux.

Nicolas avait pris Beyrouth en horreur, une morne tristesse s'empara de son cœur ; il n'osait pas songer au passé, car dès qu'il évoquait l'image d'Evangeline, il la revoyait se transformer soudain en cette implacable et dangereuse Charmeuse; ce qui donnait à son cœur une angoisse douloureuse. Il s'en voulait d'avoir

pu aimer cette femme, et pourtant il lui semblait
douloureux de ne pouvoir plus aimer la belle Evangeline.

Avoir aimé purement, saintement, ardemment, et
devoir maudire et haïr l'être que l'on adorait, c'est
le plus cruel des tourments.

Il fut donc enchanté du désir qu'exprimait son
père d'aller à Pétersbourg; cette ville au moins,
pensait-il, ne lui rappellerait plus que la baronne
de Rosemthald.

Éphémia Warowish était encore auprès d'eux,
nature bonne et dévouée, elle oubliait sa propre
douleur pour essayer de distraire le pauvre Nicolas.

Ivan de Perski n'avait rien su de cette sombre histoire, étant parti pour Constantinople la veille du
soir où le drame final s'était passé sur les flots bleus
de la mer et sous le beau ciel étoilé.

Il avait dit à Nicolas, qui lui demandait pourquoi
il quittait subitement Beyrouth :

— Mon cher, je commence à aimer trop ma belle
juive, or je me suis juré de fuir une femme dès
qu'elle m'inspirerait un sentiment profond. Je me
suis tenu parole.

Le général de Kouschoff voulut accompagner
Éphémia jusqu'à Constantinople et retourner en
Russie par le Danube, l'Autriche et Varsovie.

Par une splendide matinée de septembre, ils dé-
barquèrent à Stamboul, et la première personne
qu'ils aperçurent sur les quais fut Ivan, qui s'empressa de leur servir de guide. Éphémia alla loger
chez son frère, le général et Nicolas s'installèrent à
l'hôtel d'Angleterre, où logeait de Perski.

Constantinople donne une sorte d'éblouissement

11.

aux poètes et à toutes les personnes susceptibles de comprendre les beautés sublimes de la nature. L'artiste Dieu, dans ce coin du tableau magique qu'il a peint en relief sur la planète terre, s'est surpassé; il s'est complu dans un coloris lumineux ayant l'harmonie parfaite pour lui.

Lorsque le bateau entre dans les flots azurés du Bosphore, un coup d'œil magique vient nous charmer, un saisissement indéfinissable s'empare de vous, on se sent caressé par une brise tiède et parfumée qui vous apporte les émanations des fleurs écloses en Asie; ce parfum suave vous monte à la tête, comme un haschich divin; vos yeux ne se lassent pas d'admirer, car jamais spectacle aussi merveilleux ne les a frappés.

Pour peindre dignement les beautés du Bosphore, pour chanter ces rivages, que les flots baignent amoureusement; ces palais élégants, ces croisées à fines ciselures, derrière lesquelles on devine la belle fille d'Orient, collant un œil avide pour entrevoir l'oiseau franchissant heureux et libre l'espace sans limite.

Pour décrire ce long canal à l'eau tranquille, parsemé de caïques où sont assis des musulmans, égrenant avec calme leur chapelet d'ambre, tout en laissant leur regard et leurs pensées errer à l'aventure.

Pour bien peindre enfin :

> « Cette mer aux eaux bleues,
> Qui d'un ciel toujours bleu, tire son double azur.
> Flot qui danse au soleil, libre, joyeux et pur. »

Il faut être Byron ou Fico, ou bien notre regretté Théophile Gautier.

Fico, fils de la belle Stamboul, a chanté ainsi le Bosphore et sa ville natale qui sur ses rives serpentent gracieusement.

> Réunissant deux mers et divisant deux mondes,
> Ne mirant que palais dans ses magiques ondes,
> Palais et fleurs; tournant, détournant ses flots bleus;
> Formant des caps, des ponts, des golfes en ses jeux,
> Le Bosphore roulant des vagues toujours vives,
> D'un village sans fin voit s'embellir ses rives.
> Ce village se courbe et serpente avec lui;
> De l'aigu promontoire au golfe qui reluit,
> Promenant ses toits plats, corbeilles de verdure,
> Il suit dans ses détours la vague qui murmure,
> Et d'un bruit de feuillage enflant le bruit des eaux,
> Entre les deux fraîcheurs étale ses châteaux.
> L'œil aime à parcourir les couleurs bigarrées
> Dont ses rives partout se montrent diaprées;
> Quelquefois le palais monte du sein des flots,
> Ou de pierres bâti domine les coteaux.
> C'est une ville, un quai, de l'une à l'autre plage!
> Mais le point le plus beau de l'immense village,
> Thérapia, c'est toi, c'est ton golfe profond,
> Émeraude enchâssée dans un vaste horizon.
> Comme la blonde fille éprise de parure
> Autour de son front blanc tourne sa chevelure,
> Telle, d'un long jardin couronnant ses palais
> Thérapia se mire en son golfe si frais.

C'est à Thérapia, si justement vanté par Fico, que nous retrouvons Nicolas de Kouschoff et Ephémia Warowisch ; ils sont assis sur un banc placé devant une charmante villa ; derrière eux le coteau verdoyant sur lequel le village de Thérapia est bâti ; devant eux le Bosphore, et au loin les rives asiatiques.

Le soleil, à son déclin, plonge au couchant son globe de feu dans les flots bleus, le ciel a des teintes d'un coloris magique, le spectacle a une poésie ravissante, ils regardent tous deux, ils admirent et se taisent, enfin Ephémia, rompant le silence, dit à son compagnon :

— Décidément vous partez la semaine prochaine?

— Oui, répondit Nicolas, nous ne devions rester que huit jours, et voilà cinq semaines que je retiens mon père ; je n'ose plus le prier de retarder son départ... Vous êtes heureuse de rester ici, vous, c'est si beau Constantinople !

— Lorsque j'y serai seule, je crois que cette ville me paraîtra aussi triste que les autres, répond la jeune femme, d'un air dolent.

— Et moi, je vais trouver Pétersbourg lugubre... mes souvenirs sont douloureux, et je ne puis plus espérer en l'avenir.

— Oh ! c'est affreux, poursuit la jeune femme, de voir sa vie brisée, alors qu'elle commence à peine, vous avez vingt-six ans, moi j'en ai vingt-cinq et nous sommes déjà au nombre de ceux qui ne peuvent plus espérer !

Une larme se montre au bout de ses cils, puis elle roule sur la joue fraîche et rose de la jeune femme.

— Pourtant, si vous vouliez, Ephémia, nous pourrions peut-être encore être heureux; et en tout cas, nous cheminerions dans la vie, nous appuyant l'un sur l'autre comme deux bons camarades.

Elle rougit, puis elle dit : — Non, c'est impossible, vous aimez un peu la rieuse et pure jeune fille que vous aviez vue au bal de l'école des pages ; mais vous ne sauriez avoir de l'amour pour la femme divorcée du baron de Rosen et pour la veuve du prince d'Erlincourt, vous aimeriez le souvenir de l'autre, et vous détesteriez la réalité.

— Non, Ephémia, vous détester me serait impossible, ne pas vous aimer ne m'est pas même facile, tellement ce premier amour qui fait battre notre cœur est pur et vivace. Vous êtes douce et bonne, votre caractère me plaît, et je le sens, ce n'est qu'avec vous que je pourrais trouver encore un peu de bonheur sur la terre.

— Cher Nicolas, si je savais que vous n'êtes pas le jouet d'une illusion ?

— Eh bien !

— Eh bien ! je vous dirais...

— Quoi ? De grâce, parlez.

— Je n'ose...

— Chère Ephémia, si vous devez me dire que vous consentez à devenir ma compagne, dites vite.

— Je puis vous dire ceci : Je donnerais tout au monde pour que ces cinq dernières années ne soient qu'un rêve et pour être encore la jeune fille que vous avez connue et aimée, alors je vous dirais : Nicolas, je vous aime, je serai heureuse d'être votre femme, votre compagne, car vous êtes un bon et loyal garçon.

— Il faut savoir se faire l'artisan de son bonheur, Ephémia ; nous allons oublier ces cinq années maudites, les rayer de notre souvenir, et recommencer la vie en nous aimant.

— Dites, le voulez-vous ?

— A une condition.

— Laquelle?

— C'est que vous parlerez de votre projet à votre père, tandis que, cachée quelque part, je pourrais entendre sa réponse.

— Je le veux bien, mais expliquez-moi le pourquoi de ce singulier caprice.

— Oh! ce n'est pas un caprice, c'est l'honneur et le devoir qui m'imposent cette pensée, il a tant souffert, votre bon et cher père, que même pour être heureuse, je ne consentirai pas à lui donner le plus léger chagrin; sa réponse dictera la mienne.

— Vous le voyez, Ephémia, seul votre cœur à tous les dévouements et toutes les délicatesses, et le mien est clairvoyant aujourd'hui en devinant que c'est auprès de vous que je retrouverai le bonheur... Vous aimerez mon père, vous.

— Je l'aime déjà de tout mon cœur, et je vous le prouve en étant prête à lui sacrifier mon bonheur.

— Votre bonheur! Avez-vous dit... Mais alors vous m'aimez enfin un peu?

— Je vous ai toujours aimé beaucoup, mais votre timidité, qui aurait dû me prouver la sincérité de vos paroles, me parut, j'étais si jeune, une injure; de dépit, j'épousai Rosen, j'ai épousé d'Herlincourt pour couvrir ma honte; que pouvais-je devenir après cette soirée fatale. Innocente de tout ce scandale, j'étais une femme achetée par l'un, vendue par l'autre; de rage, de dépit, de désespoir, j'ai épousé le prince. Voilà ma triste histoire.

— Merci de me la confier. L'avenir est à nous, chère âme sœur de la mienne. Je n'ai jamais aimé que vous, car la Charmeuse m'avait à moi aussi jeté un sort. Oublions ce passé, et soyons tout au bonheur de notre premier et seul amour.

— Si l'épreuve réussit, Nicolas.

— Mon cœur me dit qu'elle réussira, car ce cœur que je croyais à jamais plongé dans la morne désespérance, bat de bonheur et d'amour.

L'épreuve en effet a réussi; cachée derrière une portière, la jeune femme a entendu le général dire à son fils : — Ephémia est aimable et bonne, c'est la femme que je t'aurais choisie moi-même; je l'aime déjà comme si elle était ma fille.

Le mariage s'est célébré six mois après dans la cathédrale du Kazan; aujourd'hui le général Kouschoff a un petit-fils qu'il a nommé Alexius ; il adore ce bébé et il oublie près de lui l'affreux drame des roses sanglantes.

Eh quoi ! vont dire mes lectrices, votre héroïne a eu deux maris en quatre ans et elle en épouse un troisième ! C'est immoral !

Votre héros adore Evangeline; il devrait se tuer de désespoir le jour où il s'aperçoit qu'il ne peut plus chérir son souvenir! ou il devrait au moins vivre comme un moine tout le reste de sa vie. Au lieu de cela, il parle encore amour, et six semaines à peine après la mort tragique de la belle Évangeline... C'est affreux! mesdames, j'en conviens, c'est immoral, c'est affreux ; mais c'est vrai, parfaitement vrai, et le naturalisme étant à la mode, je me suis permis de remplacer les sentiments de convention et les héros de romans par les sentiments humains et par des héros étant de simples hommes.

J'ai sacrifié le faux au vrai... Notez, je vous en prie, que Nicolas et Ephémia sont amoureux et heureux tout comme si leurs cœurs s'étaient unis vierges de tout autre amour.

Dans les romans, on aime une seule fois, dans la ville réelle on se console d'un amour malheureux, en aimant une seconde fois.

Du reste, ils l'ont dit : l'un avait été ensorcelé et l'autre s'était mariée par dépit.

Donc, pardonnez à mes héros. Dans mon prochain roman j'inventerai au lieu d'écrire une histoire vraie, et, je vous le jure, je vous présenterai une femme n'ayant pas eu trois maris à vingt-cinq ans, et un homme mourant fidèle à son premier amour; la chimère, je le sais, est toujours belle, le mensonge sachant se faire plus séduisant que la vérité.

SUICIDE OU INFAMIE !

DRAME DE LA VIE RÉELLE

SUICIDE OU INFAMIE !

DRAME DE LA VIE RÉELLE

Le 15 janvier 1873, la petite ville d'Apt, dans le département de Vaucluse, avait un air d'animation qui ne lui était pas habituel ; les femmes étaient sur leurs portes, des groupes d'hommes se formaient dans les rues, on y causait d'un événement ; cet événement était un brillant mariage qui se célébrait dans ce moment à la cathédrale.

L'église était parée avec un soin tout particulier, des fleurs à profusion, un beau tapis rouge ; celui déployé pour les grandes cérémonies recouvrait les dalles. Toute la société de la ville se pressait dans la nef centrale ; les hommes en habits noirs, les femmes en riches et voyantes toilettes, ayant sur elles toute leur bijouterie ; on a si peu d'occasions de montrer ses bijoux en province, que les femmes saisissent toutes celles qui se présentent, même les messes de mariage.

Le prêtre disait la messe, les assistants peu re-
cueillis causaient entre eux.

— Quelle chance a cette Blanche, murmurait-on
dans un groupe de jeunes filles, elle n'a pas un sou de
dot et elle épouse un noble, car c'est M. *de* Montféré,
un millionnaire et un fort beau garçon, la corbeille
de noce qu'il a offerte est d'un crésus ; puis elles
énuméraient, les filles d'Ève, les merveilles de la corbeille et elles poussaient des soupirs d'envie et de
regrets.

Quelques hommes disaient tout bas :

— Ce colonel a une rude chance, il lui est tombé
du ciel un prince charmant pour gendre, il est riche
et noble par dessus le marché.

— Il est vrai, observait l'un d'eux, que Blanche
est admirablement belle et qu'elle est douce et
bonne.

— Ne dirait-on pas qu'elle est seule à posséder
ces qualités-là ! répondait l'heureux père de cinq
filles. Les miennes aussi sont jolies, bien élevées et
les gendres ne viennent pas sachant qu'elles n'au-
ront que cela en dot.

Le vieux prêtre, sa messe finie, s'approcha des
époux pour les unir. Mais avant il fit son petit discours : il parla du père de la future, le colonel de
Tourdis, l'honneur et la bravoure même, il le com-
plimenta d'avoir su résister au mal du siècle, l'im-
piété, et d'avoir donné une éducation religieuse à sa
fille, il vanta les vertus de celle-ci, sa modestie et sa
douceur, sa piété ; puis s'adressant au futur il lui
dit :

— Votre famille était de ce département, votre
grand-père y a laissé d'honorables souvenirs, votre

père vous a emmené tout enfant à Paris, aux regrets de ses concitoyens, mais vous revenez dans la
patrie de vos aïeux, soyez le bienvenu parmi nous ; il
est facile de voir que vous avez suivi les traditions
de votre famille, puisque vous avez préféré pour
épouse une jeune fille pieuse et candide à une riche
héritière ; ceci nous est un sûr garant de vos sentiments élevés et chrétiens. Blanche de Tourdis, vous
serez heureuse avec cet époux et vous, Victor de
Montféré, vous aurez en Blanche de Tourdis, l'é-
pouse vraiment chrétienne.

Tel fut en abrégé son petit speech.

Le colonel pleurait, l'assistance écoutait les paroles du vieux prêtre avec une respectueuse déférence.

Les paroles sacramentelles : Acceptez-vous pour
époux, dites ; les anneaux échangés... ces deux êtres
qui, déjà avaient été liés pour la vie par le maire,
étaient aussi liés pour la vie par l'Eglise, la mort
seule pourrait rompre à présent cette double chaîne.

Pendant que les époux sont à la sacristie et reçoi-
vent les félicitations de tous, laissez-moi vous les
présenter et vous dire quelques mots de leur famille
et de la façon dont le mariage s'était fait.

Le colonel de Tourdis, un brave et loyal militaire, natif d'Apt, ayant pris sa retraite à la suite
d'une blessure, était venu se fixer dans cette ville ; il
était veuf et Blanche était sa fille unique, elle avait
été élevée au Sacré-Cœur d'Aix, elle était intelligente, bonne musicienne, d'un esprit enjoué,
mais d'une timidité qu'elle ne pouvait parvenir à
vaincre. Cette timidité allait bien du reste à son
genre de beauté, les femmes du peuple l'avaient

surnommée la jolie Madone, et elles avaient prouvé
un sens juste. Blanche avait, en effet, le profil pur
que les artistes donnent à la Vierge ; ses grands yeux
bleus avaient une expression angélique, tout en elle
était pureté et chaste candeur ; en la voyant le plus
sceptique se demandait s'il n'avait pas devant les
yeux un bel ange venu du paradis.

Parfois une enveloppe d'ange renferme une âme
de démon, mais ici l'harmonie régnait, l'âme était
digne du corps, et le corps était bien la seule robe
pouvant convenir à cette âme d'une pureté parfaite.

Blanche avait dix-huit ans, voici comment son
mariage s'était fait :

Une vieille fille fort dévote, une amie de son père,
Mlle de Montféré, rendit le dernier soupir, mais pas
avant d'avoir dicté son testament à un notaire et
cela par devant quatre témoins, le colonel était un
de ces témoins.

Par ce testament elle instituait comme seul héri-
tier un neveu qu'elle avait perdu de vue depuis
bien longtemps, mais qui était le fils de son frère,
et le seul parent qui lui restât ; c'était Victor de Montféré, celui-là même qui se mariait ce jour-là.

L'héritage n'était pas lourd, une cinquantaine de
mille francs. Victor de Montféré était venu à Apt
pour le recueillir, sa tante était aimée et estimée, il
hérita aussi de cela et il fut bien accueilli par tous.
Il arriva menant grand train, semant l'or à pleine
main, racontant que son père lui avait laissé une
grande fortune, qu'il avait gagnée dans l'exploita-
tion des mines. On le crut, pourquoi ne l'aurait-on
pas cru ?

Il était fort beau garçon, grand, élégant de taille,

blond, il avait vingt-six ans, mais par exemple on
lui en aurait donné quarante, tant ses traits étaient
fatigués ; les gens d'expérience comprenaient qu'ils
avaient devant les yeux le résultat de la vie orageuse
des viveurs de Paris, mais, disaient-ils, il a jeté sa
gourme, il ne sera que meilleur mari...

Encore une erreur accréditée !

Il vit Blanche de Tourdis, il resta ébloui et comme
en extase devant sa beauté ; il s'arrangea pour la
voir souvent, le colonel se prêtait avec complaisance
à ces rencontres, car il était enchanté de l'impression qu'avait produite sa fille sur ce grand seigneur,
sur le neveu de cette sainte dévote. Bien marier sa
fille était sa plus sérieuse préoccupation. M. de
Montféré était depuis un mois à Apt, lorsqu'un jour
il alla trouver le vieux curé.—Monsieur, lui dit-il, ma
mère est retenue à Paris par un rhumatisme, je n'ai
plus de père, voudriez-vous me rendre le service de
remplacer mon digne et regretté père en cette cir-
constance ? et il lui expliqua qu'il aimait Blanche de
Tourdis, qu'elle était pieuse et douce, et telle qu'il
souhaitait que fût son épouse.

Les prêtres, ces êtres humains voués au célibat,
qu'ils soient jeunes ou vieux, aiment beaucoup à
faire des mariages ; le curé d'Apt, enchanté de la
déférence que lui témoignait Victor de Montféré, fit
la demande et bâcla le mariage en quelques semaines ; du reste le futur ne demandait aucune dot, il
fit même venir le trousseau de Paris ; c'était sa chère
mère, désolée de ne pouvoir venir, qui envoyait ce
cadeau à sa fille.

Le colonel trouvait son gendre parfait, Blanche se
disait que ce jeune homme était bien aimable et bien

charmant pour elle, elle l'aimait, mais d'un sentiment assez calme. Cette nature angélique ne pouvait connaître la passion, elle ne comprenait même
pas celle, violente et ardente qu'elle inspirait à son
futur, seulement parfois, sous son regard brûlant,
elle se sentait devenir toute mal à l'aise, une rougeur
de honte lui montait au front, mais sans soupçonner le pourquoi de cette honte. Victor de Montféré
était bien réellement un viveur, il avait connu beaucoup de filles, et aussi quelques créatures à qui,
avec indulgence on peut encore donner le nom de
femme; à présent en face de ce miracle de beauté,
devant cette vierge pure et candide, il sentait naître
en lui une passion folle, mais hélas! l'âme morte
chez lui se taisait, la matière seule parlait; la pauvre Blanche, créature éthérée, plutôt ange que
femme, allait devenir la proie de la passion bestiale
d'un débauché!

Mais nul ne se doutait de ce qu'était cet homme,
il avait si bien su se poser en homme à principes !
Ne s'était-il pas confessé ! Un homme qui se confesse
est un parfait honnête homme pour certaines gens.
Enfin il était blond et pâle; par suite d'une erreur
encore accréditée on le supposait sentimental et délicat et non certes un de ces hommes à passions
basses et violentes.

Tous et toutes enviaient Blanche, le colonel heureux et enchanté se disait qu'il venait d'assurer le
bonheur et l'avenir de sa chère fille, et que le ciel lui
avait envoyé le phénix des gendres. Hélas! celui-là
venait en ligne droite de l'enfer.

En sortant de l'église un déjeuner réunit toute la
société.

Au dessert Blanche quitta la table pour aller mettre une toilette de voyage, une chaise de poste attendait pour conduire les jeunes époux à Avignon, ils devaient y passer la nuit et le lendemain prendre l'express de Paris.

Ce fut avec un grand déchirement de cœur que la jeune femme dit adieu à son père, à ses amies, à sa maisonnette, si gaie, si élégante grâce à ses soins et à son ordre. Elle disait adieu à un passé aimé, heureux, pour marcher vers un avenir inconnu ! Elle laissait un père bon, dévoué, pour suivre un homme qui quoique son époux, était un étranger pour elle !

Le mariage est terrible pour la jeune fille ! le mari l'arrache à tout ce qu'elle a aimé, l'éloigne de tous ceux qui l'ont choyée, soignée ; s'il ne remplace pas tout ce qu'elle perd, par une affection tendre et prévoyante, la pauvre femme souffre, un mal secret la mine, il est causé par les regrets du passé.

Mais Victor de Monféré promit de la ramener chaque année passer deux ou trois mois à Apt, le colonel jura qu'il irait lui rendre visite à Paris avant six mois ; un peu consolée par ces promesses elle monta dans la chaise de poste et se trouva en tête à tête pour la première fois avec son époux.

Brusquement le futur, tendre mais réservé, se transforma en amant passionné.

Il est certains hommes, honnêtes de nature, qui malgré la vie de débauche qu'ils ont menée, étant jeune homme, d'instinct cependant comprennent les devoirs du mari, ils savent respecter leur femme, la traiter en épouse et non en courtisane, mais ce jeune homme, ce neveu de cette sainte dévote, ce petit-fils d'un homme honorable, qui de confiance

12

avait été si bien jugé et si bien reçu de tous ces bons
bourgeois; cet homme qui avait fait demander Blanche à son père par le digne curé d'Apt, qui s'était
confessé et qui avait même communié ostensible-
ment à l'édification de toute la ville en général et
du curé en particulier, cet homme était profondément corrompu; le vice, cette peste morale avait
détruit tout sens moral en lui, c'était un débauché
blasé, qui n'avait vu dans cette jeune vierge si
chaste qu'un mets nouveau et délicat à offrir à sa
passion bestiale; pour la posséder il fallait l'épouser, il l'avait épousée, jouant la comédie exigée pour
inspirer confiance aux habitants de cette ville de
province, cette comédie l'avait même amusé beaucoup à jouer.

Du reste, il l'avait épousée avec empressement;
avoir une fort jolie femme allait lui être utile dans
le genre de vie que menait ce déchu.

Comment exprimer tout ce qu'eut à souffrir cette
chaste et pure vierge, livrée sans merci de par
la loi et la religion, au vice hideux, à la débauche
personnifiés en Victor de Montféré?

La pauvre enfant naïve et ignorante ne comprenait pas ce qu'elle avait à reprocher à son époux,
mais tout son être tressaillait d'horreur, son âme se
voilait d'une tristesse indéfinissable et elle commençait dès les premières heures du mariage, à ressen-
tir une sorte de dégoût pour son maître.

Les nouveaux mariés prirent le lendemain le
train de Paris. Blanche était un peu rassurée en
pensant que dans cette ville elle trouverait une
mère, une femme; elle ne se rendait pas compte de
ce qu'elle pourrait attendre d'elle, mais vaguement

il lui semblait qu'une mère, un être digne et sacré, serait pour elle une protection contre cet homme qui l'épouvantait.

Ils arrivèrent à Paris vers le soir. Mme de Montféré les attendait à la gare. Elle embrassa sa belle-fille sans grande effusion, mais l'examinant comme l'acheteur examine le cheval, elle s'écria :

— Tu as raison, Victor, cette chère enfant est d'une beauté merveilleuse... Quel succès, quel succès elle va avoir ! J'ai invité cent personnes pour après-demain. Il fut lui donner le temps de se remettre des fatigues du voyage ; je veux la montrer dans tout son éclat.

Puis elle admirait ses cheveux, ses petits pieds, ses mignonnes mains en répétant :

— Oh ! quel succès elle aura !

La pauvre Blanche s'attendait à un autre accueil ; ces compliments sur sa personne la gênaient, et, toute troublée et rougissante, elle ne savait que dire ; son cœur se serrait. Ce n'était pas là la belle-mère qu'elle avait espérée !

La regardant à la dérobée, elle s'aperçut qu'elle était fardée, que ses yeux avaient une épaisse ligne de kohl. En province, se farder, se mettre du blanc et du rouge, c'est se poser en fille de rien. Jugez donc de son étonnement douloureux en voyant celle qui allait un peu devenir sa mère fardée comme une actrice de dernier ordre !

La toilette de Mme de Montféré lui parut aussi étrange que ridicule. Cette dame avait cinquante ans, et elle était habillée comme une toute jeune femme.

Pendant qu'ils reprennent leurs bagages et qu'ils

se rendent dans leur appartement situé au n° 20 du boulevard Malesherbes, disons de suite ce qu'était la belle-mère de Blanche.

Elle était née d'une famille bourgeoise ; le père de Victor l'avait épousée par amour.

La jeune fille est un sphinx ; c'est Galathée avant que Pygmalion lui ait donné la vie. Prévoir ce qu'elle sera après sa transformation est impossible. Montféré vit, lui, la petite bourgeoise se transformer en mondaine assoiffée de fêtes, de bijoux et de plaisirs. Tout en luttant, il se ruina pour satisfaire les caprices de sa femme. Ruiné, il eut un grand bonheur : il mourut. Sophie de Montféré restait veuve avec son fils Victor, âgé de sept ans, des dettes et plus le sou... Elle avait des instincts mauvais, des sentiments vils ; au lieu de chercher des ressources dans le travail, elle en demanda à la galanterie. Elle eut un protecteur, puis des protecteurs. De chutes en chutes, elle se réveilla une sorte de demi-mondaine, tenant un salon où se donnaient rendez-vous celles des femmes légères qui cherchaient à sauver un peu les apparences. C'étaient des veuves de maris chimériques, des comtesses et des marquises fantaisistes, des jeunes filles n'ayant pris une carrière, professorat, musique ou théâtre, que pour cacher leur métier de courtisane.

Beaucoup d'hommes du monde venaient dans ce salon ; mais naturellement, s'ils y amenaient leurs maîtresses, ils se gardaient bien d'y conduire leurs filles, leurs sœurs ou leurs femmes.

C'était enfin un de ces salons si bien décrits par Dumas fils dans sa comédie du *Demi-Monde*.

Les habitants d'Apt ignoraient ces détails ; quel-

ques-uns, venus à Paris, avaient été reçus par
Mme de Montféré dont ils avaient connu le mari. Ils
n'avaient rien deviné ; ils avaient pris le ruolz pour
l'or pur, et de retour dans leur petite ville, ils
avaient raconté à la tante du défunt, à Mlle de Montféré, que sa nièce avait une haute situation à Paris,
qu'elle ne recevait que des duchesses et des comtesses, et la dévote était flattée dans son amour-propre de parente. Elle envoyait chaque année à son
petit-neveu Victor des boîtes de fruits confits et une
lettre aimable.

Mme de Montféré, à qui son mari avait parlé de
cette sage personne, et qui savait que son fils pouvait espérer son petit héritage, lui écrivait cinq ou
six fois par an des lettres respectueuses et affec-
tueuses.

Mlle de Montféré croyait sa nièce une veuve ver-
tueuse et fort estimée à Paris. Ceci explique comment le colonel, sans prendre des renseignements à
Paris, avait donné sa fille à ce triste personnage.
Il avait cru ce que croyait toute la ville d'Apt,
c'est-à-dire à l'honorabilité de cette dame et à celle
de son fils.

Elevé dans ce milieu malsain, Victor de Montféré
ayant des instincts élevés et nobles, aurait pu devenir honnête homme ; mais sa nature était perverse.
Il était paresseux, il aimait le luxe ; de chute en
chute, il était devenu un filou... un grec de profes-
sion, n'ayant sur ceux que pourchasse la police
qu'un avantage, celui d'avoir eu l'adresse de ne pas
se laisser prendre sur le fait.

Il avait exploité les nobles étrangers qui venaient
dans le salon de Mme de Montféré, il avait exploité

12.

les adorateurs de sa mère; mais la vieillesse arrivant, la belle Sophie, comme l'appelaient ses amis, voyait son salon déserté.

Souvent Victor s'était dit qu'il prendrait une belle maîtresse pour attirer du monde, c'est-à-dire des dupes à voler. En voyant Blanche si merveilleusement belle, la pensée lui était venue que marié à une femme pareille, il pourrait avoir un salon nombreux en viveurs riches et joueurs, et que ces hommes, fascinés par la maîtresse de maison, se laisseraient facilement *plumer*. Il avait communiqué cette pensée à sa digne mère, qui l'avait approuvée, et le mariage s'était fait.

On le voit, Blanche de Tourdis se trouvait liée à un misérable; elle avait pour belle-mère une femme qui en était arrivée au dernier degré de l'infamie. Hélas! il y a à Paris plus d'un homme aussi vil que Victor et plus d'une femme aussi méprisable que Mme de Montféré.

Le colonel était-il coupable? Non, tout devait lui faire croire en l'honorabilité du descendant d'une famille estimable, du neveu d'une pieuse et sainte personne.

Nous allons, dans cette histoire strictement vraie, ne trouver qu'un grand criminel, le Code, que des imprudents ou des grands criminels, les législateurs qui l'ont fait et les hommes qui le maintiennent.

Blanche marcha d'étonnement en étonnement; elle trouva un intérieur singulier, un luxe de clinquant, un immense salon avec trois tables à jeu, des tentures fanées...

Sa chambre, que sa belle-mère lui montra en lui disant : « Voyez, mignonne, le joli nid que j'ai pré-

paré à votre amour, » sa chambre lui parut bizarre :
des glaces partout, des nudités en peintures et en
sculptures... et pas une pieuse image, pas un christ,
pas un prie-Dieu ! Elle n'en revenait pas ; cela ressemblait si peu aux chambres qu'elle avait vues jusqu'alors !

Trop naïve et trop inexpérimentée, elle ne comprenait pas que l'ex-belle Sophie lui avait tout simplement arrangé une chambre comme en ont les
vendeuses d'amour ; mais elle se disait : Comme
tout est singulier à Paris !

Attentionnée à sa façon, cette belle-mère lui avait
même préparé de fort galants déshabillés ; elle lui
en fit mettre un pour le dîner, qui laissait à découvert les bras et la gorge.

Blanche voulut dire qu'il lui paraissait indécent ;
mais sa belle-maman lui rit au nez en lui disant
qu'elle n'était plus au Sacré-Cœur, et qu'enfin elle
devait s'habiller pour plaire à son époux... Il entrait en ce moment dans la chambre.

— Comment trouves-tu ce déshabillé que j'offre à
ta femme ?

— Ravissant, adorable ; veille, je te prie, qu'elle
en ait toujours d'aussi seyants, et forme son goût ;
je veux qu'elle apprenne le grand art de la toilette.

Telle fut la réponse du mari.

Que pouvait dire Blanche, qui, comme je l'ai dit,
était d'une extrême timidité ? Rien. Elle garda le silence, et, rougissante, embarrassée, elle alla se mettre à table...

Le fils demanda à sa mère ce qu'il y avait de

nouveau depuis son départ dans ce bon Paris, et celle-ci lui répondit :

— La petite marquise est dans la *dèche*, elle met tout au *clou.*

La comtesse Fleur-de-Lys a trouvé un Brésilien.

Adèle de Frémont a rompu avec le vieux duc.

Il est arrivé un Américain qu'on dit trente fois millionnaire.

— Et... il... fit Victor.

— Oui, et beaucoup, même.

— Ah !... T'es-tu informée qui pourrait nous l'amener?

— Il viendra après-demain. Mariquita nous le présente, mais de compte à demi.

— Parfait! tu es la plus intelligente des femmes.

Blanche avait écouté cela sans comprendre, mais en se demandant quelle singulière langue parlaient les Parisiens.

Après le dîner, un ancien ami de la belle Sophie vint la voir; c'était un ex-beau, un de ces hommes vivant exclusivement dans le demi-monde. Il s'extasia sur la beauté de la nouvelle mariée en termes tels, que la pauvre enfant, humiliée, froissée dans sa sainte pudeur, se jeta dans les bras de son mari comme pour lui demander protection contre un tel outrage.

Il ne comprit même pas le sentiment qui la faisait agir. Il l'embrassa fort tendrement et se mit, lui aussi, à tenir des propos légers. Alors, affolée, Blanche courut s'enfermer dans sa chambre, où elle pleura, sans savoir au juste pourquoi elle pleurait.

— Elle est un peu niaise, dit la belle Sophie, mais elle se formera.

— Certes, elle est entre bonnes mains, ça ne sera pas long, lui répondit son ami, le chevalier Doumenari.

Ce triste personnage, amant de cœur et complice de la Montféré, comme l'appelaient sans façon ses habitués, tenait beaucoup à ce titre de chevalier, ce qui faisait dire à beaucoup de personnes : « Ce bon Doumenari se rend justice, il n'oublie que le mot *d'industrie.* »

Le lendemain, Blanche avait les yeux rouges, elle était triste. Son mari, pour la distraire, lui montra Paris. Elle fut émerveillée, elle reprit un peu de gaieté. A quatre heures, il la conduisit au Bois en calèche découverte.

Ce fut un événement dans le monde des vendeuses d'amour, qui toutes connaissaient Victor de Montféré.

Son mariage avait été tenu secret par sa mère; elle avait agi ainsi par prudence. Une lettre anonyme aurait pu aller mettre en éveil ce brave homme de colonel de Tourdis.

Toutes les mondaines regardaient la nouvelle venue, la prenant pour une rivale; elles s'effrayaient de sa beauté, s'étonnaient qu'une aussi admirable personne fût lancée par Victor, qui n'était pas coutumier de pareilles bonnes fortunes. Les hommes, surpris aussi, mais éblouis par la beauté de la nouvelle étoile galante, faisaient caracoler leurs chevaux autour de sa voiture, et Victor, radieux, disait à sa femme :

— Ma chère, quelle *épate* nous faisons!

— Qu'ont-ils donc à me regarder ainsi? Qui sont donc toutes ces femmes à toilettes bizarres, qui rient et chuchotent en me regardant? répondit-elle.

— Ce sont des dames qui me connaissent et à qui je n'ai pas fait savoir encore notre mariage; elles sont étonnées de me voir avec une aussi jolie femme, car tu es jolie à faire damner tout Paris, et je te jure que ces dames sont furieuses contre toi.

— Quelle folie!... Mais je t'en prie, rentrons; cette curiosité, ces regards fixés sur moi me gênent.

— Tu t'y feras; quelle est la vraie femme qui ne s'habitue pas au triomphe? Pour moi, je suis fier, très fier, je te l'avoue, d'avoir pour femme la plus jolie personne de France.

Blanche revint du tour du lac toute troublée. En fait de monde, elle connaissait la bonne et digne bourgeoisie d'Apt, mais un instinct secret lui disait que les femmes qu'elle venait de voir ne devaient pas être d'honnêtes femmes; le même instinct lui insinuait que son mari ne la traitait pas comme il aurait dû la traiter, et elle était froissée dans sa dignité, et attristée dans son âme angélique.

Le lendemain, dès huit heures du soir, la Montféré fit venir le coiffeur pour sa belle-fille; elle indiqua et surveilla sa coiffure, puis elle lui fit mettre une de ces robes qui laissent voir tant et tant que le nu complet paraîtrait peut-être moins indécent. Elle avait fait préparer cette toilette elle-même; c'était un chef-d'œuvre de coupe et de ton, mais elle convenait à une vendeuse d'amour et non à une femme du monde. Elle était en faille rose pâle, couverte de dentelles; le corsage, décolleté en carré, laissait voir la poitrine entièrement; pour manches, il y avait une bande d'étoffe de trois centimètres à peine ; une large turquoise entourée de brillants. retenait cette manche sur l'épaule. Les bras, la poitrine et le dos restaient complètement nus.

Blanche avait, jusque-là, porté ses chastes robes de jeunes filles, bien montantes.

— Jamais, non, jamais, s'écria-t-elle, je n'oserai me montrer ainsi nue dans votre salon.

Son mari la gronda doucement, lui disant qu'elle devait, par amour pour lui, devenir une femme du monde.

Sa belle-mère, tout en la parant d'un collier de turquoises et de brillants, et en lui mettant un bouquet de roses et de myosotis dans les cheveux, lui dit, avec un peu d'aigreur, qu'elle devait penser que sa belle-mère ne pouvait lui faire faire que des choses convenables, et se montrer plus docile aux efforts qu'on faisait pour faire d'elle une élégante digne de son mari.

Confuse de ce petit sermon, Blanche n'osa plus rien dire.

Ainsi parée, elle était la plus séduisante des créatures ; elle avait des formes parfaites, une peau d'une blancheur éclatante. Victor était radieux, et il répétait :

— Quelle *épate*, quelle *épate* tu vas faire !

Il la pria d'attendre dans sa chambre que les invités fussent arrivés.

— Je viendrai te prendre et te faire faire une entrée triomphale, lui dit-il.

La jeune femme resta assise dans un fauteuil, seule et rêveuse ; les nombreuses glaces dont sa belle-mère avait orné sa chambre lui renvoyaient

son image. Elle n'était pas coquette, la pauvre enfant; pas le moindre sentiment d'orgueil ne lui
monta à la tête en se voyant si idéalement belle ;
mais, en revanche, la honte lui colorait le front en
se voyant si nue, et en songeant que bientôt elle devrait se montrer ainsi à cent personnes, elle avait
envie de pleurer; mais craignant de s'attirer encore un sermon, elle refoulait ses larmes... Oh!
comme Paris est différent de notre chère province !
pensait-elle, et comme je préfère la province !
Quelle drôle de vie que la vie parisienne ! Jamais je
ne pourrai m'y faire.

Elle n'avait lu aucun roman, aucune étude de
mœurs; les comédies de Dumas lui étaient incon-
nues complètement. Elle ne pouvait donc pas comprendre dans quel milieu malsain elle se trouvait.
La vénérable Mlle de Montféré lui avait souvent
parlé de sa nièce de Paris comme étant une digne
et respectable personne, élevant son fils dans les
principes d'honneur et de religion ; elle se croyait
donc dans le meilleur monde, mais d'instinct, tout
en elle, corps et âme, se révoltait contre ce qu'elle
voyait et entendait.

Dès le matin de ce jour, les amis des Montféré
avaient reçu une lettre de faire part leur annon-
çant le mariage de la fille du colonel de Tourdis,
officier de la Légion d'honneur, avec M. Victor de
Montféré... et le mariage de M. Victor de Montféré
avec Mlle Blanche de Tourdis.

Ils avaient lu cette lettre avec une surprise extrême.

Ce Victor, viveur de bas étage, que beaucoup
soupçonnaient d'être grec, ce fils d'une femme plus

que déclassée avait épousé la fille d'un honorable
et estimé militaire! Quel mystère cela cachait-il?
Cette fille devait être vieille, difforme, ou bien elle
avait commis une faute!

Il fallait, pensait-on, une chose de ce genre pour
que son père lui eût laissé faire un mariage pareil.
Les plus tarés même, rendant justice sinon à eux
du moins à leurs pareils, se faisaient eux-mêmes ce
raisonnement.

La curiosité étant éveillée chez tous, nul ne man-
qua à l'appel; hommes et femmes arrivèrent de
bonne heure pour voir la mariée, la femme légitime de ce mauvais chenapan de Victor.

La belle Sophie les reçut, elle parla du mariage;
son fils, disait-elle, en allant recueillir un important héritage à Apt, était devenu amoureux de
Mlle de Tourdis. Il avait fait un mariage d'amour; il
le pouvait du reste, la tante Montféré lui ayant
laissé plusieurs centaines de mille francs (elle pensait, avec raison peut-être, qu'il faut toujours se
faire passer pour riche).

Lorsque les invités furent au complet, y compris
Jafferson, le riche Américain que la Mariquita ame-
nait pour le faire dévaliser, Victor alla chercher sa
femme.

Toute rouge de confusion, si tremblante qu'elle
avait peine à se soutenir, Blanche entra dans le salon ..

Tous les regards avides de curiosité se fixèrent
sur elle... Un cri d'admiration s'échappa de toutes
les bouches, on l'entoura; ce fut à qui lui ferait le
compliment le mieux tourné... Les femmes l'exa-
minaient, la détaillaient et se mordaient les lèvres

de dépit. Les hommes présents, plus habitués aux
femmes légères qu'aux femmes du monde, fixaient
sur elle des yeux avides et lui disaient des galanteries déplacées sur sa beauté, sur la perfection de ses
formes et l'éclat de sa peau.

Blanche, intimidée, balbutiait des mots sans
suite ; elle aurait voulu être à cent pieds sous terre.

Sa belle-mère était radieuse.

Victor, charmé, écoutait en souriant les galanteries qu'on disait à sa femme.

On lui présenta les invités ; des marquises de
Saint-Flour, des comtesses de Mirliton, des baronnes
de Bric-à-Brac, des demoiselles de Saint-Léger.
Toutes ces dames étaient outrageusement décol-
letées.

Blanche se dit que décidément la mode exigeait
l'impudeur, et qu'il fallait que ce genre de toilettes
fût bien admis pour que des femmes si titrées l'a-
doptassent ; elle pensait encore que réellement
Mlle de Montféré avait eu raison en lui disant jadis
que sa nièce de Paris ne recevait que le noble faubourg.

Jeune et sans expérience, elle ne remarqua pas
l'absence totale des marquis de Saint-Flour et des
comtes de Mirliton ; elle ne se demanda pas pourquoi ces nobles dames venaient toutes avec des
hommes qui n'étaient ni leur époux ni leur frère.

Lorsque les présentations furent terminées, la société finit par se former en groupes. Jafferson s'assit
à côté de Blanche. Plus que tous les autres encore,
il semblait être sous le charme de l'éclatante beauté
de la jeune femme, et il lui faisait des compliments
si galants qu'elle ne savait que répondre. Derrière

elle, des femmes chuchotant, elle entendit l'une
d'elles dire :

— Ça ne peut être un vrai colonel, mais tout au
plus un major de table d'hôte...

Elle tressaillit. Était-ce de son père que l'on parlait ainsi? Non... ça ne pouvait être ! Ces femmes
faisaient allusion à une autre personne, sans doute.

Quelques minutes après, Mariquita s'approcha de
Jafferson, et lui dit tout bas, mais de façon pourtant que Blanche l'entendit :

— Allez-vous déjà m'être infidèle? C'est trop
tôt... Du reste, donnez au moins quelques mois à ce
pauvre Victor.

Elle ne pouvait pas ne point comprendre cette
phrase. Elle se leva, chercha son mari, le trouva
dans un petit salon préparant les tables, et, les
larmes aux yeux, elle lui conta les galanteries déplacées de l'Américain et ce qu'était venue lui dire
Mariquita...

— C'est bien la peine d'aller rougir tes yeux pour
cela. Jafferson te trouve belle, et il te le dit, c'est
naturel. La Mariquita plaisante... Fais-moi le plaisir de te conduire en femme et non en petite pensionnaire; sois aimable pour tous nos invités en général et en particulier pour Jafferson, que j'ai intérêt
à ménager.

Elle retourna au salon, se mit dans un coin ; elle
écouta les conversations qui se tenaient à sa droite
et à sa gauche : elles lui parurent étranges...

Jafferson vint se remettre près d'elle. Après lui
avoir parlé quelques minutes de choses insigni-
fiantes, il se pencha vers elle et lui dit à l'oreille :

— Je vous trouve si séduisante, que je suis fou de

vous; j'ai trente millions... *plantez* là cet imbécile
de Victor. Venez avec moi, et je vous donne quinze
millions.

Blanche fut si saisie de cette insulte qu'elle resta
pâle et sans voix... Heureusement, son mari s'approchant dit à Jafferson :

— Venez, le baccara vous réclame.

L'Américain se leva et, en s'en allant, il dit encore
à Blanche :

— Réfléchissez... Quinze millions, c'est un joli
chiffre !

Les oreilles lui bourdonnaient, il lui semblait
qu'elle allait mourir.

Tout le monde s'était précipité dans le salon où
le baccara commençait. Seuls, quelques couples
chuchotaient dans des coins. Elle était isolée, cela
lui fit du bien; peu à peu elle se remit.... Après
tout, cet Américain l'avait insultée, mais elle n'aurait qu'un mot à dire pour le faire jeter à la porte.
Ce mot, pensait-elle, elle le dirait à sa belle-mère,
pour éviter un duel à son mari... mais il fallait attendre : la Montféré était à une table de jeu, lui parler était impossible.

Un retardataire étant entré, elle entendit une
femme dire :

— Tiens !... ce bon marquis de Minfort... il y
avait longtemps qu'on ne l'avait pas vu.

Se souvenant qu'elle était maîtresse de maison,
elle se leva, alla vers l'arrivant, et, après l'avoir
salué, elle lui offrit une chaise à côté d'elle.

Le marquis de Minfort avait été, quinze ans auparavant, le protecteur de la belle Sophie ; il avait
rompu depuis longtemps, mais il venait une ou

deux fois par an chez elle. Il avait été oublié dans
l'envoi des lettres de part, et ceci explique la scène
douloureuse qui va suivre.

— Votre nom, marquis, lui dit Blanche, me rappelle un de mes meilleurs souvenirs d'enfance. J'a-
vais, au Sacré-Cœur d'Aix, une amie qui s'appelait
Laure de Minfort..

— Laure de Minfort est ma fille, madame.

— Vraiment !... Que je suis heureuse, alors, de
faire votre connaissance !... Et Laure, est-elle à
Paris ?

— Oui, mon gendre et elle habitent dans mon
hôtel.

— Que je suis désolée que vous ne l'ayez pas
amenée ce soir avec vous ; j'aurais été si heureuse
de la revoir ! s'écria Blanche.

Le marquis de Minfort, déjà fort étonné de trouver dans un pareil salon une femme lui parlant de
sa fille et ayant été au Sacré-Cœur avec elle, la regardant d'un air stupéfait, lui dit :

— Vous supposéz que je pourrais amener ma
fille ici ?

— Pourquoi pas ? N'est-elle point connue de ma
belle-mère ?

— Et d'abord, qui est votre belle-mère ?

— Vous devez la connaître, puisque vous êtes
chez elle ?

— Eh quoi ! Victor s'est marié ! Vous seriez sa
femme ?

— Oh ! je comprends votre étonnement. Mᵐᵉ de
Montféré aura oublié de vous envoyer une lettre de
faire part... Alors, marquis, je vais me présenter

moi-même. Je suis la fille de colonel de Toùrdis, et
j'ai épousé, il y a cinq jours, Victor de Montféré.

Le marquis, muet de surprise, regardait la jeune
femme.

— Vous êtes, me dites-vous, la fille du colonel
de Tourdis... Mais je l'ai beaucoup connu ; c'était
l'honneur même, un parfait gentilhomme.

— Et il est toujours tel que vous le dépeignez,
marquis.

— Et vous... sa fille... je vous retrouve ici... la
femme de Victor, la bru de la Montféré ?

Elle ne pouvait se méprendre sur le ton dont ces
paroles étaient dites, et à l'intention blessante du
marquis à l'égard de sa belle-mère et de son mari,
sa dignité se révolta et sèchement elle répondit :

— Si vous me trouvez ici comme épouse et comme
belle-fille, c'est que sans doute c'est ma place d'y
être, puisque mon père m'a fait épouser M. de
Montféré.

Le marquis fixa un long regard sur la jeune
femme. Son air candide, sa jeunesse, sa beauté angélique lui inspirèrent la pensée que peut-être elle
ignorait tout... Alors, malgré lui, entre ses dents, il
murmura : « Pauvre, pauvre enfant ! » Puis il lui
demanda des nouvelles du colonel ; il causa quelques minutes affectueusement avec elle.

Elle oublia les paroles dures qu'il lui avait dites.
Elle était si heureuse, au milieu de ces étrangers,
de retrouver un ami de son père ! Elle parla d'Apt,
du Sacré-Cœur, de son amie Laure.

— Ne me l'amènerez-vous pas ? dit-elle encore.

— Amener Laure ici, c'est impossible.

— Pourquoi ?

Sa demande était si naturellement faite, ses grands
yeux avaient un regard si purement naïf, qu'il n'osa
plus répondre la vérité... Il se contenta de lui dire
que sa fille vivait dans la retraite, que la maison de
Mme de Montféré était trop bruyante; puis, pour
n'avoir pas à en dire plus, il se leva et lui dit :

— Je pars. Je venais faire une simple apparition.
Votre belle-mère est au jeu, votre mari aussi, je ne
veux pas les déranger... mais voici ma carte. Si, par
hasard, un jour Blanche de Tourdis avait besoin
d'un ami ou d'un second père, qu'elle vienne vers
moi...

Il appuya sur le nom de de Tourdis comme pour
faire comprendre que ce n'était pas à la femme de
Victor de Montféré qu'il disait cela.

Et sans attendre qu'elle lui demandât une expli-
cation, il s'éloigna et quitta le salon.

Elle mit la carte dans sa poche ; elle resta assise
et plongée dans de fort pénibles réflexions... Elle
commençait à comprendre qu'elle devait se trouver
dans une famille fort peu estimée. La tante d'Apt
s'était-elle trompée ? Son père s'était-il trompé
aussi ? Mais qu'avait-on à reprocher ? Vainement
cette naïve enfant se creusait la tête pour le deviner.

— On a raison de dire que la fortune vient à ceux
qui ne songent pas à elle. Venez donc, madame, votre mari gagne déjà plus de trente mille francs !

C'est la marquise de Saint-Flour qui lui disait
cela en lui prenant la main et en l'entraînant dans
le salon où l'on jouait.

La partie était fort animée, Victor avait devant lui
une liasse de billets de banque et un monceau d'or.

Blanche, machinalement, se mit derrière lui; elle n'avait jamais vu jouer le baccara... elle regardait étonnée et curieuse...

— Oh! madame, s'écria Jafferson, si vous restez là en face de moi, je vais perdre la tête, et votre mari va gagner tous mes millions!

Elle voulut s'éloigner.

— Reste! lui dit son mari en la retenant par sa robe.

Puis, tout bas, il ajouta :

— Sois aimable pour cet Américain.

Victor avait une veine insolente : il passa dix fois de suite et gagna soixante mille francs. Se levant, il dit :

— Allons souper, et croyez, monsieur Jafferson, qu'après je vous donnerai votre revanche.

Un excellent souper était servi. La Montféré voulut que Blanche en fît les honneurs; elle la plaça en face de son mari et mit à sa droite Jafferson et à sa gauche un petit Brésilien nouveau arrivé à Paris, un richard aussi.

Échauffés par les vins et par le champagne servi à profusion, les convives tinrent bientôt des propos assez lestes; les femmes, loin de paraître s'en formaliser, leur tenaient tête. Blanche écoutait, mise en éveil par les paroles et les réticences du marquis de Minfort; elle se disait que Paris pouvait être une ville excentrique, mais qu'il était impossible que la bonne société y parlât ainsi.

Sa belle-mère buvait, riait, faisait chorus dans ce concert échevelé. Son mari disait des galanteries aux femmes assises à côté de lui. Il était d'une gaieté folle, ne s'occupait d'elle que pour lui sou-

rire tendrement de temps en temps. Le Brésilien lui
faisait à brûle-pourpoint des compliments sur ses
épaules et sur ses bras ; il lui baisait la main, et s'é-
criait qu'elle était trop belle pour être sauvage, lorsqu'elle la retirait brusquement.

Jafferson lui murmurait à l'oreille des phrases
d'amour, et puis, élevant la voix, il lui disait :

— Comme je vous le disais tout à l'heure, l'Amérique est un beau pays, je vous conseille d'y venir.

Affolée, épouvantée comme un oiseau entouré de
chats, elle ne savait que faire, que dire, elle était
rouge et tremblante, et jetait des regards effarés
vers son mari. Mais lui, un réel misérable, feignait
de ne pas comprendre l'aide qu'elle implorait, et il
lui souriait tendrement...

Et dans ce moment, il l'aimait plus que jamais,
car elle rendait Jafferson amoureux, ce qui rendrait
la victime plus facile à dévaliser.

Perdant patience, et comme cet Américain lui
chuchotait des mots d'amour brûlants, elle dit à
son mari, et cela à haute voix :

— Victor, M. Jafferson n'a probablement pas
compris que j'étais votre femme ; il me croit votre
sœur, et, aspirant à l'honneur de devenir votre
beau-frère, il me fait la cour. Veuillez le détromper
et lui apprendre que je suis votre épouse, que la
cour qu'il me fait devient injurieuse.

— Bravo ! bravo !... Vive madame Victor Monféré !
se mirent à crier en chœur tous les soupeurs.

— Elle a autant d'esprit que de beauté ! s'écria un
jeune homme.

— On voit qu'elle est née dans le département de
Vaucluse, dit un autre.

— Mon cher Jafferson, s'écria Victor en riant, soyez le Pétrarque de ma Laure si bon vous semble, mais laissez-moi être son heureux mari.

— C'est cela, faites-lui des sonnets, ajouta en souriant la belle-mère.

Blanche avait espéré un autre résultat. Elle se tut.

Jafferson, nullement déconcerté, lui dit :

— C'est mal de me trahir. Après tout, je suis satisfait de pouvoir proclamer à la face de tous que je suis votre Pétrarque... mais, ajouta-t-il à l'oreille de la jeune femme, en Amérique nous sommes plus pratiques, et je serai plus exigeant que ne l'a été Pétrarque pour Laure, et lui sera l'homme aux sonnets et moi l'homme aimé.

Il était évident que son mari ne voulait pas lui venir en aide. Elle était timide, jeune et inexpérimentée. Elle garda le silence, écouta tout, priant Dieu tout bas de la débarrasser de ce martyre.

Le souper se termina au milieu d'un feu roulant de plaisanteries au gros sel, de propos lestes et grivois. Une chose étonnait au suprême degré cette pauvre Blanche, c'était d'entendre des femmes qu'on lui avait présentées comme demoiselles faire chorus et dire des choses à faire rougir les pompiers de la petite ville d'Apt. Elle cherchait dans sa mémoire, jamais elle n'avait entendu des choses comme celles qui heurtaient si désagréablement ses oreilles, et pourtant, à Aix et à Apt, elle avait assisté à des soirées et à de joyeux dîners de famille.

La langue qu'on parlait chez son mari lui était bien inconnue.

Vers la fin du souper, tous les convives, hommes et femmes, étaient plus ou moins émus, quelques-uns étaient gris. Seul Victor, songeant à la revanche qu'il avait promise à Jafferson, avait peu bu, afin de conserver ses moyens.

L'orgie allait commencer. Blanche le comprit vaguement, et, profitant du mouvement qui se fit lorsqu'on quitta la table, elle s'esquiva et alla s'enfermer dans sa chambre. Là, se pelotonnant dans un fauteuil, elle resta lengtemps à pleurer ses dernières larmes de honte. Elle était humiliée dans sa pudeur, froissée dans sa dignité; elle ne savait plus que croire, que supposer, mais elle avait l'âme affolée de douleur.

Après avoir bien pleuré, elle voulut se réfugier en Dieu; elle s'agenouilla et pria le Seigneur de lui venir en aide.

Le hasard fit qu'elle s'agenouilla devant une mauvaise peinture représentant des nudités indécentes. En se relevant, par la force de l'habitude, elle leva les yeux comme pour implorer la Vierge Marie.

Dans sa chambre virginale de jeune fille, elle avait une belle Vierge tenant l'enfant Jésus dans ses bras; elle crut la revoir, mais ses yeux, au lieu de la pieuse et sainte image, aperçurent ce sujet scabreux et choquant. « Oh! s'écria-t-elle, tout, dans cette maison, me fait horreur! »

Elle se déshabilla, se mit au lit; elle était brisée de fatigue, elle finit par s'endormir. Elle rêva qu'elle était encore à Apt auprès de son bon et digne père. Ce rêve lui faisait du bien.

Après le départ de Blanche, le jeu avait pris des proportions colossales. On ne jouait que par billets

de mille francs. Victor, comme revanche, avait gagné encore dix mille francs à Jafferson.

La Mariquita avait empoché une partie de cette
somme, puis elle avait emmené l'Américain, qu'elle
dépouillait et faisait dépouiller par Victor : une ex-
ploitation en partie double !

Vers les trois heures du matin, tous les invités
étaient partis. La Montféré avait compté le gain de
son fils ; il dépassait quarante mille francs, un joli
denier pour une seule soirée ! Aussi, gaiement, la
mère et le fils se mirent à boire eau-de-vie et champagne, se communiquant leurs rêves d'avenir et s'ac-
cordant à dire que Blanche, avec sa beauté, serait
une excellente auxiliaire pour eux. Elle était un peu
niaise, mais ils arriveraient à la former.

Tout en causant ainsi, ils buvaient, buvaient toujours, et, plus qu'émue, la Montféré rentra dans sa
chambre.

Victor, ivre, l'argent volé dans ses mains, entra
dans sa chambre, celle où sa jeune femme dormait
tout en rêvant de son père et de sa vie calme et
pure de jeune fille.

Il entra en fredonnant. Blanche se réveilla en sur-
saut ; elle le vit près de son lit, la figure allumée,
les yeux brillants, le sourire niais de l'ivresse sur les
lèvres.

Quel réveil ! quelle triste et brutale réalité venant
brusquement remplacer le doux rêve !

Il jeta l'or et les billets de banque sur le lit.

— Regarde, ma chère, tout ça, c'est à moi, à
toi, et j'en gagnerai bien d'autre à cet imbécile de
Jafferson... Il est amoureux de toi, il perdra ses

millions avec insouciance, mais il faudra être un
peu aimable avec lui.

— Aimable avec cet homme! mais n'avez-vous
pas entendu qu'il m'insultait !

— Lui! il te trouvait belle, il te le disait; quoi de
plus naturel? Je ne te dis pas d'être sa maîtresse;
tu es à moi, je te garde; mais d'être un peu coquette, de lui donner quelque espoir, c'est si facile... et l'on reste libre de ne pas réaliser les espé-
rances données.

Il disait toutes ces turpitudes en les entremêlant
des hoquets de l'ivresse. Il était aussi hideux à voir
qu'à entendre...

Elle ferma les yeux, son âme et son corps tres-
saillaient de dégoût; mais lui, il avait l'ivresse tendre; il était mari, comme tel il avait le droit de
souiller l'âme par ses paroles et de souiller le corps
par son amour impur : il usa de ses droits.

Pauvre Blanche! ce qu'elle eut à souffrir est impossible à décrire.

A onze heures du matin elle se leva, elle était
pâle comme une morte; ses yeux étaient rougis par
les larmes qu'elle avait versées; elle était triste et
morne. De suite après le déjeuner elle rentra dans
sa chambre pour écrire à son père. Assise devant
son bureau, sa plume à la main, elle se demandait
ce qu'elle allait lui dire, comment elle allait s'y
prendre pour lui faire comprendre ce qu'elle avait à
reprocher à son mari, et ce qu'elle souffrait.

Victor entra dans sa chambre et s'assit à côté
d'elle.

— Tu vas écrire? lui dit-il.

— Oui, je vais écrire à mon père, lni répondit-elle froidement.

— Très bien, écris, je reste là. Laisse la troisième page blanche ; je veux dire quelques mots à ce cher beau-père.

Il allait donc pouvoir lire ce qu'elle écrivait... Un moment elle resta interdite, sans savoir quel parti prendre; puis enfin, s'armant de tout son courage, elle lui tendit une feuille de papier.

— Voilà, dit-elle, écrivez-lui là-dessus ; moi, j'ai beaucoup de choses à lui dire, et, du reste, ces choses sont intimes... Vous savez, entre fille et père, il y a de ces choses qu'on se dit et qui ne sont pas pour être lues par des étrangers.

Victor se mordit les lèvres ; ses grands yeux bleus eurent un éclair incisif et froid comme la lame acérée du poignard.

— Ma chère, lui dit-il d'une voix sèche et brève, celui que vous appelez un étranger est votre époux, votre maître ; il a non seulement le droit de lire tout ce que vous écrivez et tout ce qu'on vous écrit, mais il a encore le droit de connaître vos pensées les plus secrètes. Une honnête femme doit penser tout haut avec son mari. Qu'avez-vous à dire à votre père?

— Eh quoi ! je n'ai pas le droit de lui écrire sans que vous lisiez mes lettres?

— Non, ma chère, ni le droit de recevoir aucune lettre sans que je la lise, et ceci est mon droit strict de mari. Je vois que ce cher colonel a oublié de vous apprendre que la femme doit obéissance et soumission à son époux, et qu'elle doit rester sous tutelle. Vous êtes et vous serez toujours une mineure, ma chère, et je suis devenu votre tuteur en vous épousant, comme votre père l'était lorsque vous étiez jeune fille; mais comme on ne peut avoir deux maîtres, à présent votre père m'a passé légalement ses droits, il n'en a plus sur vous.

Blanche n'avait aucune idée de la position que le Code français fait à la femme. Son mari lui parut très instruit sur ce chapitre. Ainsi donc, me voilà, pensa-t-elle, à la merci de cet homme que j'ai vu ivre, à qui j'ai entendu tenir des propos révoltants !

Elle était foudroyée.

Lui la regardait, un sourire narquois se jouait sur ses lèvres. Ses yeux battus par cette nuit d'orgie brillaient pourtant d'une expression railleuse. Il éprouvait, lui, l'être abject, une jouissance extrême à se dire : C'est vrai, bien vrai, le Code me donne tous droits sur cette pure et honnête femme; elle sera mon esclave, mon jouet ou ma maîtresse, selon mon caprice ou mon bon plaisir. Elle me doit bien réellement obéissance et soumission.

Après être restée quelques minutes silencieuse et absorbée dans ses tristes réflexions, Blanche lui dit sèchement :

— C'est bien, je vous obéirai. Attendez, et vous pourrez lire les lignes que je vais écrire à mon père.

Et d'une main fiévreuse elle écrivit.

Après avoir parlé de son chagrin de se sentir si loin de lui, elle lui disait simplement qu'elle espérait avoir bientôt sa visite, et qu'en venant bien vite à Paris, il lui prouverait une fois de plus l'affection dévouée qu'il lui avait toujours témoignée.

Elle tendit sa lettre à son mari.

Il la lut.

— Ma chère, lui dit-il d'une voix brève et saccadée, cette lettre est celle d'une ingrate. Eh quoi !
ma mère vous a comblée, elle vous a fait meubler
cette chambre, une vraie chambre de petite-mai-
tresse ; elle vous a offert pour plus de cinq mille
francs de toilettes sans compter le trousseau qu'elle
vous a envoyé ; elle vous a reçue en reine ; la soirée
d'hier était donnée en votre honneur, et vous ne
dites pas un mot à votre père de la façon dont vous
êtes gâtée et choyée par nous ; vous ne lui dites pas
même que vous êtes heureuse !... N'auriez-vous pas
de cœur ?...

Blanche ne sut que répondre : tout cela était vrai,
mais ce qui la froissait, ce qui l'épouvantait était
d'une nature telle, que dans son esprit elle ne pouvait même le définir, et encore moins pouvait-elle
l'expliquer.

Une veuve expérimentée aurait dit à Victor :

— Vous avez trompé mon père, vous m'avez
trompée, vous vous êtes posé en homme d'honneur ;
vous êtes un misérable ! Votre mère, que mon père a
crue une honnête femme, n'est qu'une déchue arrivée au dernier degré de l'infamie !

Mais elle ignorait les turpitudes de la vie, cette
pauvre enfant. Seul, son instinct l'avertissait que
tout ce qui se passait autour d'elle était mal, et que
son mari ne la traitait pas comme une épouse doit
être traitée. En quoi ? elle n'aurait pu le dire.

Ne sachant que reprocher à son mari, elle prit la
lettre et y parla à son père du luxe de la chambre
qu'on lui avait préparée et des belles toilettes que
sa belle-mère lui avait offertes... puis elle dit encore :

« Venez bien vite, de grâce ! admirer ces cadeaux !
Votre Blanche attend votre visite avec une impatience que vous ne sauriez comprendre, mais
venez ! »

Voir arriver le colonel, qui comprendrait, lui,
bien vite ce que Blanche ne pouvait comprendre, ne
faisait point l'affaire de Montféré ; il déchira la lettre en disant :

— Je ne l'enverrai pas à votre père ; il croirait
que vous êtes malheureuse en voyant avec quelle
instance vous l'appelez.... Si vous voulez que votre
père ait de vos nouvelles, écrivez-lui de façon à lui
prouver la vérité, qui est que vous êtes fort heureuse.

Blanche se révolta ; elle parvint à vaincre sa nature timide.

— J'entends avoir le droit d'écrire à mon père ce
que je veux, et il me semble que ces droits d'époux
dont vous parlez, vous les avez méconnus hier soir
en permettant à M. Jafferson de me parler de son
amour d'une façon insultante pour ma dignité et
pour la vôtre, lui dit-elle.

Victor de Montféré devint vert, indice chez lui
d'une violente colère...

Eh quoi ! il avait cru façonner au vice et à sa
guise cette petite provinciale, il avait cru la séduire
et se l'attacher par de belles toilettes, par des bijoux et par le vertige de la vie galante, et il allait
avoir à compter avec elle !... Peut-être allait-elle
faire échouer tous ses beaux châteaux en Espagne.

— Blanche, lui dit-il les dents serrées et la voix
aigre, avec moi vous pourrez, si vous êtes docile,
être la plus heureuse des femmes. Je vous donnerai
une voiture, des chevaux ; toutes les femmes de

Paris enverront vos toilettes. Mais si vous vous avi-
sez de me contrecarrer, si vous vous permettez de
me faire la leçon une fois encore, alors, je vous en
avertis, vous trouverez en moi un maître dur et sévère. Comme votre époux, j'ai sur vous des droits
illimités; vous êtes à ma merci, souvenez-vous-en !

A ce moment la domestique, la bonne à tout faire
de la Montféré, une robuste gaillarde qui savait qui
elle servait, mais qui aimait à servir les femmes
comme l'ex-belle Sophie, car on y a de petits béné-
fices, la bonne à tout faire entra dans la chambre
une dépêche à la main.

— Pour monsieur, dit-elle en la tendant à Victor.

Il l'ouvrit, la lut, la relut. Blanche, machinalement, le regardait. Elle s'aperçut que sa figure
passait de l'étonnement à une joie triomphante.
C'était sans doute une bonne nouvelle, pensait-elle.

Il se leva, l'embrassa sur le front...

— Allons, allons, ma mignonne, oubliez cette
petite discussion : c'est un nuage qu'un rien dissipe.
Je t'aime et je te promets d'oublier mes droits de
maître et de me faire ton esclave... Je te laisse, je
vais chez ma mère.

Il sortit vivement de la chambre, et Blanche resta
seule ; elle en profita pour griffonner à la hâte quelques lignes à son père, dans lesquelles elle le suppliait de venir au plus vite à Paris, lui laissant entendre qu'elle était bien malheureuse.

Elle se proposait de jeter elle-même sa lettre à la
poste et d'en faire une seconde qu'elle donnerait à
lire à son mari.

Elle venait à peine de la cacheter, lorsque sa belle-mère entra dans sa chambre. Elle n'eut que le temps de cacher sa lettre sous son buvard.

Mme de Montféré avait pris un air grave et consterné, une larme de commande mouillait même ses paupières.

— Ma fille, ma chère fille! s'écria-t-elle en serrant Blanche dans ses bras, soyez forte, soyez courageuse... songez qu'il vous reste une mère dévouée!...

— Que je sois forte! il me reste une mère... Que voulez-vous dire, madame?

— Ma pauvre enfant, cette dépêche était du curé d'Apt. Elle annonce un grand malheur... votre père a été foudroyé par une attaque d'apoplexie.

— Mon père!... mort... il est mort!

Elle murmura ces mots et elle tomba évanouie sur le parquet.

Un médecin fut appelé, on lui prodigua des soins empressés. Elle reprit connaissance, mais une fièvre ardente se déclara. On la mit au lit.

Le lendemain, le docteur annonça qu'elle avait les premiers symptômes de la fièvre typhoïde.

Pendant vingt jours elle fut au plus mal. Dieu ne lui fit pas la grâce de la reprendre ; sa jeunesse eut raison de la maladie. Du reste, Victor l'aimait à sa façon, mais il l'aimait comme jamais il n'avait aimé aucune de ses maîtresses. Il la soigna avec tendresse. La Montféré, à qui cette belle bru plaisait par sa beauté hors ligne, se montra aussi très empressée à lui prodiguer des soins assidus.

La mort du colonel avait été pour Victor un événement heureux : il n'aurait plus rien à redouter de son beau-père ; sa femme allait se trouver bien réellement à sa merci, n'ayant plus un seul parent. Il pourrait sans crainte faire servir sa beauté à attirer des dupes chez lui, et le misérable était enchanté de la mort de son beau-père. Seulement, amoureux et désirant amener Blanche à ses fins par la douceur, il regrettait les paroles qu'il avait dites. Aussi, dès qu'elle fut en convalescence, il se montra pour elle d'une tendresse infinie, il pleura avec elle celui dont la mort le réjouissait; il joua la comédie de la douleur, il la joua admirablement; il était un comédien parfait. Blanche fut émue; elle lui sut gré des larmes qu'il versait avec elle. Je l'ai peut-être mal jugé, se dit-elle; il est bon, il pleure ma douleur et il m'aime !

Tous ceux qui sortent d'une longue fièvre ne se souviennent que vaguement des événements qui ont précédé leur maladie. La jeune femme ne conservait qu'un souvenir confus de ce souper, de la scène de la nuit et de celle qu'avait amenée la lettre... Une seule chose lui apparaissait nette, vraie et terrible, celle-ci : son père, son cher père était mort, elle ne le reverrait plus, et elle n'avait plus de famille ! Son mari, sa belle-mère lui restaient seuls. Comme l'un et l'autre lui témoignaient une affection empressée, elle se sentait disposée à les aimer aussi, d'autant plus que sa belle-mère lui parlait en termes émus du colonel; elle mettait une si grande délicatesse en essayant de la consoler !...

L'ex-belle Sophie, qui ne croyait plus guère qu'au diable, parlait à sa bru de ce ciel où un jour elle retrouverait son père, de ce ciel du haut duquel le colonel veillerait sur sa chère enfant.

Blanche, en l'entendant parler ainsi, se reprochait d'avoir mal jugé sa belle-mère, et elle se mettait à l'aimer de tout son cœur.

Son mari lui paraissait tout autre... Le passé devenait un vague rêve pour elle, et cet époux tendre, empressé à son chevet, lui semblait bon et digne de toute sa tendresse.

Lorsqu'elle fut en pleine convalescence, son mari lui annonça qu'il partait pour Apt, la laissant aux bons soins de sa mère. Il voulait, disait-il, aller, en bon fils, faire faire un tombeau au colonel... et, lorsqu'elle le pourrait sans risques pour sa santé, il la conduirait prier sur cette chère tombe.

Elle lui sut gré de cette pensée pieuse, et ce fut avec une effusion de vraie tendresse qu'elle l'embrassa au moment du départ.

En réalité, il allait vendre la maisonnette du colonel, ainsi que le mobilier, et réaliser le peu que pouvait laisser le défunt.

Blanche étant fille unique, elle était seule héritière, et lui son époux, marié sous le régime de la communauté, il avait tous les droits pour vendre et s'approprier l'argent. Pourtant, il donna des ordres pour que le défunt eût une tombe à peu près convenable, et il continua à jouer, dans cette bonne petite ville, le rôle de l'homme religieux ayant de bons principes.

Pendant son absence, la Montféré tenait compagnie à Blanche. Elle lui témoignait toujours une grande affection; elle faisait de son mieux pour la distraire de sa douleur. Seulement, dès que la malade fut en état de venir au salon, sa belle-mère commença à recevoir quelques intimes, ce qui fut un supplice pour elle qui aurait voulu rester dans la solitude.

Le chevalier Doumenari vint presque tous les jours. Cet homme profondément démoralisé était l'amant de l'ex-belle Sophie, et son amour pour elle lui donnait le pain quotidien ; de protégée, elle était devenue protectrice : c'est un échelon de plus qu'elle avait dégringolé...

D'abord les convenances furent gardées, mais peu à peu ce triste personnage se gêna moins ; il se mit à l'aise, laissant deviner à Blanche sa liaison avec la Montféré.

Celle-ci avait perdu tout sens moral depuis si longtemps, qu'elle se disait que ses petites affaires de cœur ne regardaient pas sa belle-fille, et qu'étant veuve, elle était bien libre, du reste, de prendre un ami.

Doumenari avait trente-cinq ans à peine, la Montféré en avait près de cinquante. Cette liaison, que Blanche forcément dut comprendre, tellement elle était visible, lui parut d'abord criminelle, et enfin lui parut ce qu'elle était en effet, odieuse et immorale.

Ce triste spectacle lui remit en mémoire les choses qui l'avaient choquée dès les premiers jours de son arrivée à Paris. Elle se demanda si elle aurait ce malheur suprême de se trouver liée à un homme peu honorable, ayant à présent la preuve que sa belle-mère ne se conduisait pas en femme de bien...

Tout en se demandant cela, elle se posait cette question : Que ferai-je si cela est ? Elle ne pouvait s'y faire aucune réponse, et elle pleurait amèrement la mort de son père, le seul homme qui aurait pu la protéger.

Un jour Jafferson se fit annoncer...

— Oh! ne le reçois pas, dit-elle à sa belle-mère, qui se trouvait avec elle dans le salon.

Sans rien lui répondre, celle-ci donna l'ordre d'introduire le visiteur.

Alors Blanche quitta le salon et courut s'enfermer dans sa chambre. Bientôt sa belle-mère vint l'y joindre.

— Venez, ma chère enfant, M. Jafferson désire vous voir.

Blanche lui raconta la façon plus que légère dont cet homme lui avait parlé, et son désir de ne plus se retrouver avec lui.

Sa belle-mère haussa les épaules.

— Vous êtes toujours une petite pensionnaire, ma chère enfant; il faut prendre l'usage du monde. Les hommes, voyez-vous, font leur métier de séducteurs en faisant la cour aux femmes qui leur plaisent. Celles-ci n'ont pas à se fâcher : eux demandent, libre à elles de refuser, voilà tout. Vous comprenez, ajouta-t-elle, que je serais la première à trouver mauvais que vous trompiez mon fils. Il vous aime, vous devez lui rester fidèle ; mais il aime le monde, moi j'aime aussi à recevoir. Vous devez, pour nous plaire, et par affection pour nous, faire bon visage à nos amis. Soyez donc gracieuse, avenante avec eux, et surtout n'ayez pas la bégueulerie ridicule de vous épouvanter de quelques propos galants. Jafferson ne vous enlèvera pas de force. Mon fils tient à cultiver sa connaissance. Je vous prie donc de venir au salon et de bien recevoir ce monsieur.

Ce discours, débité d'un air sec, fit comprendre à
la jeune femme qu'elle aurait mille ennuis à subir si
elle résistait. Elle obéit, mais elle se montra froide
et réservée avec l'Américain. Lui-même, respectant
peut-être son deuil et sa douleur, resta sérieux et
convenable. Il lui parla de sa maladie, des inquié-
tudes qu'elle avait données à tous les amis de Victor
et à lui en particulier.

Après une visite d'une demi-heure, il prit congé,
et elle dut convenir qu'il n'avait pas dit un mot dé-
placé.

Le lendemain, il revint. Cette fois, elle le reçut
sans se faire prier. Sa belle-mère était avec elle.
Mais, quelques minutes après l'arrivée de ce monsieur, le triste chevalier Doumenari vint aussi; il
avait toujours une commission à faire, un mot en
particulier à dire à la Montféré. Ils passèrent donc
tous les deux dans un autre salon, et dès qu'il fut
en tête-à-tête, Jafferson, rapprochant son siège de
celui de Blanche, lui dit :

— Vous savez que ce que je vous ai dit est sérieux... Je vous adore. J'ai trente millions; je vous
en donne quinze si vous voulez venir en Amérique
et rester avec moi.

Blanche, ne voulant pas s'exposer à être appelée
une fois encore, par sa belle-mère, une pensionnaire
bégueule, voulut essayer de conserver son sang-
froid, et, refoulant les larmes de colère que cette
proposition brutale lui faisait monter aux yeux :

— Votre offre est une insulte pour moi, monsieur, lui dit-elle avec un calme apparent. Pourquoi me croyez-vous capable de me conduire mal?
La femme honnête quitte-t-elle ainsi son mari pour

suivre un étranger ? Vend-elle son honneur même
si on lui offre le prix fabuleux de quinze millions ?
Fait-elle cela, dites-moi !

— D'abord, répondit l'Américain avec un calme
réel, une femme honnête n'épouse pas le fils de la
Montféré. Vous me prenez pour un étranger naïf ;
détrompez-vous. Je fréquente la mauvaise société
depuis que je suis à Paris, et, je l'avoue, ne suis-je
pas venu pour m'amuser ? Mais je connais bien
cette mauvaise société, et si elle peut m'exploiter,
elle ne me prendra pas pour dupe. Parlons donc
cartes sur table ; dites-moi que je ne vous plais pas,
que vous préférez Victor, mais ne me faites pas
poser.

Blanche, sous ces insultes grossières, se raidit.
Elle voulait savoir, connaître à fond le bourbier
dans lequel elle était tombée.

— Pourquoi appelez-vous ma belle-mère la Montféré, monsieur ?

— Parce qu'elle est nommée ainsi dans tout le
monde galant qu'elle hante et qu'elle reçoit.

— Alors vous la méprisez ?

— Moi !... pas du tout. Elle est de ces femmes
comme il en faut ; elle est veuve et bien libre de
faire ce qui lui plaît.

— Pourtant vous m'avez dit qu'une honnête
femme n'aurait pas épousé le fils de la Montféré !

— Pour ceci, je le répète, si vous n'aviez pas eu
quelque faiblesse, si vous n'aviez pas commis quelque petite faute avant le mariage, vous n'auriez
certes pas épousé Victor de Montféré, et vous ne
vous trouveriez pas dans ce monde interlope et la
femme d'un joueur... heureux.

14

Blanche se leva, elle était pâle à croire qu'elle allait mourir...

— Merci des renseignements que vous venez de me donner, monsieur, mieux vaut connaître l'étendue de son malheur... mais plaignez-moi au lieu de m'insulter. Sur l'âme de mon cher et regretté père, je vous jure que j'ignorais ce que vous venez de m'apprendre, et je vous jure que je suis aussi honnête femme que mon cher père était honnête homme.

Elle allait s'éloigner... Jafferson la retint par la main.

— Pardonnez-moi, oh ! pardonnez-moi ! lui dit-il, je me suis conduit comme un misérable. Mais aussi, en vous voyant dans un pareil milieu, en vous voyant la femme de ce Victor, comment pouvais-je ne pas croire...

— Vous deviez tout croire, en effet, et je vous pardonne, monsieur, lui dit-elle.

— Je vous ai brisé le cœur, je vous ai appris ce qu'il était préférable que vous ignoriez. Si vous saviez combien je m'en veux, madame !

— Vous avez tort ; vous m'avez rendu service. J'avais des soupçons vagues, je ne comprenais pas. L'entière certitude d'un malheur est parfois préférable à une demi certitude.

— Mais comment a-t-on pu vous laisser épouser cet homme ?

Blanche raconta comment son mariage s'était fait ; elle expliqua que la famille Montféré ayant laissé de bons souvenirs, la tante de Victor ayant été une digne et sainte personne, le colonel avait cru, comme toute la ville, au bien que cette vieille fille disait de sa belle-sœur de Paris.

— Oh ! pauvre, pauvre enfant ! murmura Jafferson tout comme l'avait murmuré déjà le marquis de Minfort. Puis il ajouta : Écoutez-moi bien, madame, surtout croyez en ma loyauté : à présent vous aurez en moi un ami respectueux comme un père l'est pour sa fille, et en plus un ami devoué. Je continuerai à venir souvent ici. Si un jour vous veniez à courir un trop grand danger, je vous sauverais de ces infâmes.

— Quel danger plus grand que le malheur de porter un nom déshonoré et déshonorant? Quel malheur autre que celui de vivre dans un milieu peu digne d'estime puis-je donc courir?

— Je ne sais encore, pourtant je pressens que vous aurez peut-être besoin de moi. Comptez toujours sur mon respect et sur mon dévouement, et daignez me pardonner de n'avoir pas compris de suite, en vous voyant, que vous étiez un ange jeté par un hasard fatal dans la fange de certains bas-fonds de Paris.

D'autres visites arrivèrent : c'étaient des petites dames amies de la Montféré.

Blanche, fatiguée de leur conversation et de leur présence, fit appeler sa belle-mère pour qu'elle leur tînt compagnie; puis, prétextant un peu de fièvre, elle rentra dans sa chambre. Mais avant de quitter le salon, elle tendit la main à Jafferson, qui serra sa mignonne main comme un camarade serre la main de son camarade. Elle sentit qu'elle avait en lui un ami, et que cet homme était franc et loyal.

Elle s'enferma dans sa chambre à double tour de

clef ; elle avait besoin d'être seule pour réfléchir à
l'horreur de sa situation. A présent elle comprenait
tout, sauf une seule chose : ce mot de *joueur heureux* ne lui avait point appris que son mari fût un
tricheur au jeu, autrement dit un voleur ; elle ne
s'était pas arrêtée à cette expression. Il était joueur
enragé, ce qui est un vice et un danger, voilà tout
ce qu'elle croyait... Ceci lui paraissait déjà assez
triste, car tout comme il avait gagné quarante mille
francs il pouvait les perdre, puis perdre tout ce qu'il
avait, et, pauvre, que ferait-il ?... des infamies peut-
être, pensait-elle.

Qu'allait-elle devenir, liée à ces deux misérables ?
Pour tous elle serait, elle aussi, une créature vile.
Comment expliquer à tous par quel concours de
circonstances elle avait pu épouser cet homme ?

La mémoire même de son père, si digne, si honorable pourtant, était souillée par ce mariage. Comme le
marquis de Minfort le lui avait dit, chacun se de-
manderait pourquoi ce brave colonel avait permis
une pareille union.

Elle allait donc passer toute sa vie, — et elle n'a-
vait que dix-huit ans, enveloppée dans la honte des
autres, n'être que la femme d'un homme méprisé,
la belle-fille d'une femme tarée !

Et enfin ! il lui faudrait passer toute sa vie dans
ce milieu malsain, méprisé et méprisable !

Autre chose qui la faisait frémir de répulsion, il
lui faudrait être à cet homme !

La grandeur de son malheur lui donnait le vertige ; par moments, elle se demandait si elle n'allait
pas devenir folle, tant ses idées se heurtaient violemment dans sa tête.

Que faire? Elle était seule. Si Dieu ne lui avait pas repris son père au moment où elle aurait eu tant besoin de lui, elle se serait sauvée de cette maison fatale; elle aurait été se jeter dans ses bras et lui dire : Sauvez-moi ! Mais elle restait orpheline, sans un frère ou un seul parent...

Un désespoir morne s'emparait d'elle, avec une force telle que, chrétienne et pieuse, elle songeait au suicide.

Soudain une idée lui vint qui la réconforta, ce fut celle d'aller se confesser, de raconter tout à un prêtre qui lui conseillerait ce qu'elle avait à faire. Il était trop tard pour y songer ce jour-là; mais elle se promit bien, dès le lendemain, d'aller entendre la messe et se confesser après.

En effet, le lendemain, sa belle-mère la trouva prête à sortir.

— Eh quoi! vous sortez, et toute seule !

— Je me sens assez forte ; le docteur m'a permis cette sortie, répondit-elle.

— Et puis-je, sans indiscrétion, vous demander le but de votre promenade? fit l'ex-belle Sophie, avec quelque aigreur de voir qu'elle ne lui demandait pas de l'accompagner.

— Je vais, répondit simplement Blanche, entendre la messe et prier pour le repos de l'âme de mon père.

— Bien, bien, mon enfant; Saint-Augustin est tout près d'ici, allez-y, puisque cela vous fait plaisir. J'irai vous prendre dans une heure; vous êtes faible encore, je vous donnerai le bras pour revenir.

— Comme vous voudrez... mais je me sens assez

14.

forte pour revenir toute seule, lui dit-elle, tout en
prenant congé d'elle.

Arrivée à l'église, et après avoir prié quelques
minutes, elle chercha des yeux un confessionnal.
Elle en vit un entouré de pénitentes. Elle alla s'age-
nouiller près de ces femmes, et, lorsque son tour
arriva, elle entra dans le confessionnal, se mit à genoux, fit le signe de la croix; puis, ne sachant
comment dire au prêtre pourquoi elle avait besoin
de ses lumières, elle resta une minute silencieuse.

— Allons, mon enfant, lui dit alors le prêtre d'une
voix basse et mélodieuse, dites-moi vos fautes, ne trem-
blez pas; Dieu seul vous écoute. Moi je ne suis que
son humble représentant, et notre Sauveur est miséricordieux pour les pécheurs repentants.

Elle se taisait toujours.

— Voyons, mon enfant, auriez-vous péché contre
la sainte chasteté?

— Mon père, je n'ai pas péché, murmura-t-elle,
mais je viens à vous parce que je suis malheureuse;
j'ai besoin de conseils. Ayez pitié de moi, au nom
du Sauveur des hommes qui a dit : « Laissez venir
à moi ceux qui souffrent. » Écoutez-moi.

— Parlez, mon enfant, lui dit avec bonté le jeune
abbé.

Elle lui raconta tout, lui dit même, en balbutiant
et le front empourpré, combien cet homme, son
mari, lui semblait ne pas la traiter en femme honnête et chrétienne.

Le prêtre écouta silencieux et recueilli. Lorsqu'elle eut tout dit, il prit ainsi la parole :

— Mon enfant, il faut se soumettre aux épreuves
que le ciel nous envoie; Dieu ne fait souffrir que

ceux qu'il aime. Supportez avec patience et résignation votre triste position ; elle est dure, j'en conviens, mais vous n'en serez que mieux récompensée
si vous la supportez avec une résignation chrétienne. Soyez une épouse tendre et soumise, c'est
votre devoir d'épouse chrétienne. Tâchez, par vos
paroles et vos bons exemples, de rappeler à l'honneur votre époux et votre belle-mère. Dieu vous a
peut-être choisie pour accomplir ces deux conver-
sions... Ses décrets sont impénétrables. Usez de finesse pour amener votre mari et votre belle-mère à
faire leurs devoirs religieux. S'ils me choisissent
pour confesseur, je ferai de mon mieux pour les ramener dans la voie du salut. Si vous ne réussissez
pas, eh bien ! priez Dieu qu'il les éclaire, et vous,
conduisez-vous toujours honnêtement. Si vous avez
des enfants, élevez-les chrétiennement.

— Des enfants ! grand Dieu, je ne songeais pas à
ce suprême malheur. Je puis avoir des enfants, donner le jour à des êtres qui seront voués à porter un
nom déshonoré !

Blanche dit ces paroles en sanglotant. L'abbé
avait hâte de se débarrasser de cette pénitente. On
entendait ses sanglots ; déjà il voyait les dévotes regarder curieusement du côté de son confessionnal
en chuchotant. Il craignait que cela fît un petit
scandale. Le prêtre jeune a tout à craindre : il est
entouré de gens malveillants et prompts à croire le
mal. Aussi, il murmura vivement quelques mots de
consolation banale ; puis il dit ces mots donnant
congé à la pénitente :

— Allez, ma fille, et que Dieu vous ait en sa
sainte garde !

Voilà tout ce que la religion pouvait pour elle !

Elle quitta le confessionnal plus désespérée encore. Cette idée de maternité, qui console généralement la femme, l'épouvantait, et avec raison : donner des petits-enfants à une femme comme la Montféré, donner des enfants à un homme dégradé, n'est-ce pas une chose horrible pour une femme honnête? Ne doit-elle pas frémir à la pensée de donner le jour à des enfants qui seront fatalement voués à la honte?

Sa belle-mère entrait comme elle sortait du confessionnal. Elle la vit, et, s'approchant d'elle, elle lui dit avec humeur :

— C'était donc pour vous confesser que vous avez voulu venir? Seriez-vous si dévote que ça? Je vous avertis que Victor n'aime pas les gens qui se confessent.

— Pourtant, madame, il s'est confessé et il a communié la veille de notre mariage.

— Lui ! Oh ! la bonne farce !

Elle parlait haut; toutes les personnes qui se trouvaient dans l'église la regardaient d'un air scandalisé.

Blanche se leva et sortit vivement avec elle.

La Montféré, une fois dehors, regarda sa belle-fille et lui dit :

— Mais, quelle figure!... les yeux tout rouges... Vous avez donc pleuré?... à cause sans doute des bêtises que vous aura dites ce prêtre

— Non, madame; mais il me semble que j'ai bien le droit de pleurer mon père !

— Certainement, mais pour cela vous n'avez pas besoin d'aller pleurer dans cette boîte et en tête-à-

tête avec un jeune abbé. Du reste, ma chère, vous
auriez dû attendre le retour de mon fils pour savoir
si cela lui plaisait que vous alliez à confesse.

— Mais il me semble, madame, que ceci ne regarde pas mon mari, répondit sèchement la jeune
femme.

— C'est une erreur ; ces choses-là regardent surtout le mari. Il peut, selon les opinions qu'il a, permettre ou défendre à sa femme d'aller se confesser.

— Mais, s'écria Blanche, il m'a déjà dit, lui, que
je n'avais pas même le droit d'écrire à mon père si
ma lettre ne recevait pas son approbation. Vous, vous
m'assurez que je n'ai pas le droit de me confesser
sans sa permission. Voilà pour les droits de mon
mari. A présent, auriez-vous la bonté de me dire
quels sont mes droits à moi ?

— Eh bien ! il paraît qu'on élève drôlement les
filles, en province ! Des droits ! Comment, vous ré-
clamez des droits ! Partageriez-vous déjà les idées
subversives et immorales de ces prêcheuses d'éman-
cipation ?

— Je ne connais pas ces prêcheuses, madame, et
j'ignore ce qu'elles prêchent !

— Alors, pourquoi parlez-vous de vos droits ?

— Simplement parce qu'il me paraît naturel que
si le mari a des droits la femme en ait aussi.

— La femme, ma chère, n'a que le droit d'obéir
en tout et pour tout à son mari.

— Même pour les choses de l'âme ? car la religion vient de l'âme et se rapporte à l'âme.

— Pour tout, vous dis-je.

— Et ma conscience, que dois-je en faire ?

— Votre conscience doit vous dire qu'obéir à son mari est le seul devoir de l'honnête femme.

Tout en discutant ainsi, les deux femmes rentrèrent chez elles. Une dépêche les attendait ; Victor leur annonçait qu'il avait terminé ses affaires, et qu'il arriverait le soir même.

Blanche apprit cette nouvelle avec un serrement de cœur. Depuis sa conversation avec Jafferson, elle méprisait son mari, et depuis celle qu'elle avait eue avec son confesseur, elle le redoutait. Aussi lui fit-elle un accueil un peu froid, et comme il le lui reprochait :

— Comment veux-tu, lui dit sa mère, qu'une femme qui s'est confessée ce matin soit tendre pour son époux ?

Et elle ajouta quelques plaisanteries aussi grivoises que déplacées. Son mari fit chorus avec elle. Blanche était au supplice, et elle prenait ces deux êtres en horreur !

Son mari lui rapportait les petits bibelots qu'il avait trouvés dans la maison du colonel. En revoyant ces compagnons de sa jeunesse virginale, elle pleura à chaudes larmes. Son émotion redoubla lorsque son mari fit déballer le portrait du colonel ; il était peint en pied avec son uniforme et ses décorations. Blanche faillit s'évanouir en revoyant cette image si chère ; il fallut lui faire respirer des sels.

Ce portrait fut encore cause d'une nouvelle douleur pour elle. La Montféré voulut le mettre dans le salon ; elle tenait à montrer à ses invités ce portrait d'un honnête et brave gentilhomme, et leur dire : C'est le beau-père de mon fils.

Elle pensait peut-être que l'honneur de l'un effacerait le déshonneur de l'autre. Comme si ça se pouvait !

Mais Blanche, avec sa conscience droite et juste, comprit que placer le portrait de son digne père dans un salon comme celui de sa belle-mère serait faire injure à la mémoire du défunt et porter atteinte à sa mémoire. Elle insista pour que ce portrait fût mis dans sa chambre à la place d'une des nudités qui s'y trouvaient.

Sa belle-mère et son mari insistèrent pour le mettre au salon ; tous les deux tenaient à orner le salon de ce portrait. Il en résulta une scène de famille. Blanche dut céder ; elle n'était point assez courageuse pour lutter contre eux deux, et elle eut le désespoir de voir accrocher son père à côté d'un portrait représentant la Montféré habillée, ou plutôt déshabillée en Diane chasseresse. Il lui sembla que, de l'autre monde, le pauvre colonel voyait cela et qu'il en ressentait une honte profonde.

Au dîner, Victor parla de son désir de réunir quelques amis. Blanche ne protesta pas, mais elle se promit de rester enfermée dans sa chambre les jours de réception.

Victor revenait plus amoureux que jamais ; il répétait à chaque minute que la maladie avait embelli encore sa petite femme chérie.

Blanche ne ressentait plus pour lui qu'un sentiment d'horreur ; mais elle était sa femme !

Saura-t-on jamais ce qu'une femme chaste et honnête souffre en son âme lorsqu'elle est liée à un misérable !

Le lendemain, Victor fut entraîné par le chevalier Doumenari, dans une soirée donnée par une femme

du quart de monde. Il y joua, y gagna, selon sa
coutume, et il rentra à trois heures du matin complètement ivre.

Blanche eut, cette fois encore, le spectacle dégoû-
tant de l'ivresse, et elle dut partager la chambre de
cet homme, et subir même ses effusions de tendresse
mêlées aux hoquets de l'ivrogne...

L'épouse ne doit-elle pas obéissance, soumission
et amour à son époux, et cela de par le Code !

Elle en arrivait à une telle intensité de désespoir,
qu'elle en était comme abêtie ; elle restait des
heures entières immobile, n'entendant pas ce qu'on
lui disait.

Son mari, bien loin de soupçonner ce qui se passait en elle, pensa qu'elle avait besoin d'un peu de
distraction. Il invita du monde et il la força, malgré
son deuil récent, à paraître au salon. Là elle eut le
supplice prévu : sa belle-mère montrait à tous le
portrait du colonel en disant :

— C'est le portrait du regretté père de ma bru, de
ce brave colonel de Tourdis.

Les comtesses de Mirliton, les marquises de Bric-
à-Brac revenaient ; elles prenaient avec Blanche un
petit air protecteur et amical ; puis, pour la distraire,
elles lui racontaient une foule de choses inconvenantes, qu'elles appelaient des histoires drôles ; seul,
Jafferson lui inspirait à présent une certaine sympathie. Elle causait volontiers avec lui, et il continuait à se montrer des plus respectueux pour elle.

Cet Américain était un honnête homme ; il avait
un cœur excellent. Depuis qu'il comprenait que
cette jeune femme était malheureuse, il cherchait
un moyen pour la sauver. Celui auquel il s'arrêta

va nous prouver du reste sa bonté grande et dévouée. Il se dit qu'il devait se laisser gagner de fortes sommes par Victor, y mettre toute la complaisance possible, jouer de travers même, pour l'aider, et que lorsqu'il l'aurait laissé lui voler trois ou quatre cent mille francs, il lui parlerait ainsi :

— Je sais que vous trichez, vingt fois j'aurais pu vous le prouver et, ce qui serait plus grave pour vous, le prouver aux assistants et même à la police ; je n'en ferai rien à cause de votre femme qui est la plus honorable des femmes. Je garderai même le secret de votre infamie, mais à une condition qui est celle-ci : vous allez quitter Paris, changer de nom ; si celui que portait votre mère avant son mariage est propre, prenez-le. Allez vous fixer à l'étranger et vivez honnêtement. Ne jouez plus, renoncez au vol, ne songez qu'à racheter votre passé, tâchez de devenir un homme d'honneur et rendez votre femme heureuse.

Si le drôle a besoin de plus d'argent encore pour se décider à m'obéir, eh bien, je lui en donnerai, se disait ce bon Jafferson, et j'aurai fait, en agissant ainsi, tout ce qui est en mon pouvoir pour adoucir le malheur de cette charmante femme que j'aime de toute mon âme.

On le voit, le rêve de cet Américain prouvait une âme grande et généreuse, et un amour assez fort pour inspirer tous les dévouements, et même l'abnégation la plus complète.

Mais il était écrit que les bonnes intentions de Jafferson ne pourraient sauver Blanche de Tourdis. Cette malheureuse enfant devait boire la honte jusqu'à la lie et connaître toutes les douleurs, et cela

15

avant d'avoir eu le temps de voir refleurir dix-neuf fois les lilas d'avril.

Le triste chevalier Doumenari ne fréquentait que les femmes entretenues ; il se faisait leur homme d'affaires, leur commissionnaire, et il avait ses petites et grandes entrées chez toutes ces dames.

Or, c'est dans leurs boudoirs que l'on rencontre sûrement tous les nobles et riches étrangers. Dumas fils étant très lu à l'étranger, ces hommes ont été charmés par le beau caractère qu'il a donné à sa *Dame aux Camélias*, mais par contre choqués par celui qu'il donne à Mmes de Cimerose, Levendet et Sylvanie ; épouvantés par celui de sa Césarine. Ils se disent qu'à Paris, les dames aux camélias ont seules un restant de bonté et d'honneur dans le cœur, et dès leur arrivée dans notre capitale, ils vont les voir. Pendant la durée de leur séjour en France, ils ne voient qu'elles et ne fréquentent que leurs salons.

Doumenari, en allant chez les courtisanes de Paris, prenait donc le meilleur moyen pour connaître les Mexicains, les Brésiliens ou les Américains de passage. Il se faisait bien venir en leur rendant quelque service de plat valet, et une fois la connaissance faite, il les entraînait chez la Montféré où Victor, avec son talent hors ligne de tricheur, les dévalisait.

A présent, il comptait se servir de la merveilleuse beauté de Blanche pour les attirer plus facilement dans ce piège où ils devaient laisser leurs billets de banque.

En effet, ayant rencontré chez une mondaine un Mexicain au teint cuivré, à l'air dur et farouche, mais au portefeuille regorgeant de billets de banque,

il mit la conversation sur la beauté des Parisiennes.
Le Mexicain lui assura qu'il connaissait les plus
belles.

— Parions que non, s'écria Doumenari.

— Je vous parie que oui, répondit Pedro del
Sarté.

Et il énuméra toutes les vendeuses d'amour en
renom.

— Ces femmes, s'écria l'ami de la Montféré, sont
laides à côté de Blanche.

— Quelle Blanche?

— La femme de Victor de Montféré.

— Une femme mariée et réellement jolie

— Comme un ange

— Diable! diable! je n'ai connu que des démons,
il me plairait assez de connaître un ange... Mais le
mari?

— Oh! c'est un joueur trop occupé de la dame de
pique pour songer beaucoup à sa femme.

— Voulez-vous me mener chez cet ange?

— Je n'ai rien à vous refuser, mais pourtant c'est
à condition que si vous trouvez que je vous ai réellement présenté une femme dix fois plus belle que
toutes celles que vous avez connues, vous me paye-
rez notre pari de mille francs.

— Mais comment donc! j'ai tellement confiance
en votre bon goût en fait de femmes que, sans avoir
vu ce miracle de beauté, je me déclare battu. Voilà
mille francs.

Doumenari empocha le billet.

— Je crois, dit-il, qu'il va y avoir une soirée chez
M. de Montféré; je vais aller demander une invita-

tion pour vous, mais je vous avertis qu'on joue gros jeu dans cette maison.

— Ceci me va, s'écria joyeusement Pedro del Sarté ; je n'ai pas d'émotion si je ne joue pas par liasses de billets de mille, et vous savez que j'ai la poche bien garnie.

Doumenari s'empressa d'aller dire à Victor qu'il devait bien vite donner une soirée ; il lui parla de ce Mexicain richissime et joueur comme les cartes. Les Monféré, enchantés, lancèrent des invitations, préparèrent un excellent souper ; les vins furent l'objet surtout de leurs préoccupations. Il faut, disaient-ils, griser du nectar de la vigne le joueur que l'on veut débarrasser de son argent.

En voyant ces préparatifs de fête, Blanche fut désespérée, mais elle jura bien de rester enfermée dans sa chambre.

Sa belle-mère en avait décidé autrement. Accompagnée d'une couturière, elle entra chez elle.

— Voici, mignonne, lui dit-elle, une robe de grand deuil que j'ai commandée pour vous.

Et la couturière étala sur le lit une robe en crêpe noir, sans manches et presque sans corsage.

Blanche se récria, disant qu'elle ne pouvait paraître à une soirée deux mois à peine après la mort de son père, et alors qu'elle avait le cœur plein de tristesse.

Sa belle-mère riposta avec quelque vivacité qu'une femme, tout en pleurant son père, doit se préoccuper de plaire à son époux et aussi de lui obéir. Victor désirait donner cette soirée ; en épouse soumise, elle devait se prêter à la volonté de son époux. Elle ajouta qu'il était étonnant qu'une femme allant à

confesse ne sût pas que la femme doit une entière
obéissance à son mari.

Victor arriva là-dessus. Lui voulut la décider par
des caresses; il l'embrassa, lui dit mille douceurs
qui mettaient Blanche au supplice. Aussi, pour en
finir, elle baissa la tête et dit qu'elle ferait ce qu'on
exigeait d'elle.

Les Montféré triomphaient.

— En noir, disait la mère à son fils, elle va être
plus jolie encore.

— Oui, répondit celui-ci, elle va faire un effet
épatant; le Mexicain en perdra la tête.

Jafferson, qui hantait, lui aussi, les salons des petites dames, connaissait Pedro del Sarté. Par quelques mots que lui dit cet homme, il comprit le com-
plot; il savait de quoi étaient capables les Montféré
et le Doumenari; il pressentit qu'avec ce Mexicain,
nature ardente et grossière, Blanche courait un grand
danger. Il arriva à la soirée un des premiers et bien
décidé à veiller sur la pauvre jeune femme.

Cette fois encore, Victor n'alla chercher sa femme
que lorsque tous les invités furent arrivés et que le
héros de cette fête fut là.

Blanche entra dans le salon, pâle et avec l'air que
devait avoir la victime antique conduite au sacrifice.
Mais sa beauté n'en paraissait que plus céleste; le
crêpe faisait ressortir le blanc rosé de sa carnation
d'enfant; ses formes élégantes ressortaient en un
relief lumineux. Pedro del Sarté resta bouche béante
devant elle. Le saisissement lui coupait la parole,
mais ses yeux de tigre altéré se promenaient brûlants et indiscrets, sur le doux visage et sur les nudités que cet ange avait dû laisser à découvert.

Sous ce regard de flamme, Blanche tressaillit dou-
loureusement. Elle comprit vaguement qu'un danger
la menaçait, et elle jeta un regard éploré vers Jafferson, qui répondit à ce regard par un mouvement
de tête disant : Je suis là.

On causa. Les dames présentes se disputaient le
riche Mexicain, mais lui ne voyait que Blanche. Re-
mis de son émotion, il vint s'asseoir près d'elle et se
mit à lui faire des compliments à brûle-pourpoint,
qui n'ont cours que chez les femmes vendant leur
beauté, et enchantées par conséquent qu'on la loue
et qu'on l'admire. Elle s'efforça de faire bonne contenance, répondant à peine et souffrant le martyre.

Le jeu commença, mais Pedro ne quittait pas la
jeune femme. Victor, pour le forcer à passer dans
l'autre salon, y entraîna sa femme.

— Viens, lui dit-il, je veux te mettre de moitié
dans mon jeu, cela t'amusera.

Pour se débarrasser des phrases brûlantes de l'é-
tranger, Blanche se leva vivement. Elle suivit son
mari, qui la fit asseoir auprès de lui. Pedro alors,
s'asseyant en face de Victor, lui dit :

— Je vous sais gros joueur, nous allons mesurer
nos chances.

Le jeu s'engagea. Pedro, les yeux fixés sur Blanche, d'une façon aussi inconvenante qu'intolérable
pour elle, perdait. Victor n'avait même pas besoin
de tricher ; aussi était-il de bonne humeur, il riait,
plaisantait. Son adversaire s'écriait qu'il avait trop
de bonheur, qu'ayant pour femme Vénus en personne,
il devrait perdre au jeu pour donner raison au pro-
verbe.

— Moi, dit Pedro, si j'avais le bonheur de posséder une perle de beauté pareille, je ne saurais faire autre chose que de rester prosterné à ses pieds à l'adorer.

Et tout en disant ces galanteries et cent autres du même genre, il perdait, ses billets de banque sortaient de sa poche et venaient s'entasser devant le mari, qui loin d'être choqué des propos de cet homme, ripostait par des mots qui mettaient la pudeur et la dignité de Blanche au supplice.

Jafferson jouait aussi, la Montféré trichait en petit à une table voisine, Doumenari s'était mis de moitié dans le jeu de Victor, il fallait bien qu'on lui payât la commission d'avoir amené une dupe si facile à dévaliser.

Lassée des galanteries inconvenantes du Mexicain, indignée de l'attitude de son mari, Blanche se leva et passa dans l'autre salon.

Des femmes et des hommes y causaient, on regardait le portrait du colonel, un homme ne sachant rien des détails du mariage dit en riant :

— Ce brillant militaire est sans doute un des premiers protecteurs de la belle Sophie.

On lui toucha le coude, on lui montra Blanche qui était là et pouvait l'entendre. Alors se reprenant, il dit :

— Mais par protecteur, je n'ai rien voulu dire de désobligeant, les hommes sont tous les protecteurs naturels de ces êtres faibles qu'on nomme les femmes.

— Ce portrait, répondit une dame, est celui du colonel de Tourdis.

— Ah ! vraiment ! Tiens, comment ce brave de Tourdis a-t-il pu offrir son portrait à Mme de Montféré ?

Blanche se taisait.

— Le colonel était le père de la belle-fille de Mᵐᵉ de Montféré, répondit encore la même dame.

Le monsieur eut un air de profond étonnement, il regarda Blanche avec un sentiment de curiosité nòn dissimulée, elle comprit très bien qu'il se disait :

— Comment la fille de cet honnête homme a-t-elle pu descendre jusqu'ici, et comment a-t-elle l'impudeur d'accrocher dans ce salon le portrait de ce brave et digne militaire ?

La honte mit un nuage de pourpre sur son visage, elle quitta ce salon pour ne plus entendre parler de son père par ces gens-là, elle retourna voir jouer.

L'heure du souper arriva. Ce fut une espèce d'orgie, le champagne coulait à flots, les propos lestes s'entrecroisaient. Seule Blanche se taisait, son mari avait placé à la droite de sa femme Pedro, et à sa gauche Jafferson. Pedro, perdant toute mesure, murmurait à l'oreille de la pauvre enfant des phrases qui la faisaient rougir de honte ; il lui proposait des perles, des diamants, si elle voulait l'aimer, Jafferson lui disait tout bas : « Courage, je suis là, laissez-le dire, ne répondez pas. »

Avant la fin du souper, étant à bout de patience, révoltée par l'infamie de son mari qui n'avait pas même la pudeur de rappeler cet homme aux plus élémentaires convenances, elle prétexta une forte migraine et demanda la permission de se retirer une heure dans sa chambre.

Après le souper le jeu recommença, mais n'étant plus distrait par la beauté de Blanche, Pedro del Sarté fit attention à son jeu, il gagna. Victor comprit qu'il devait user de ses moyens ordinaires, il prétexta le désir d'aller prendre des nouvelles de sa femme, pour aller préparer des cartes. Il entra dans la chambre. Blanche assise dans un fauteuil ne dormait pas, mais en l'apercevant elle fit semblant de dormir pour s'épargner la corvée de retourner dans cette odieuse société, elle croyait qu'il venait la chercher ; il jeta un regard sur elle, il pensa en effet qu'elle dormait, et alors tirant des cartes de sa poche, il les arrangea, puis il en glissa un jeu dans sa manche, et il s'éloigna.

Elle avait aperçu ce manège à travers ses paupières entr'ouvertes.

La vérité entière et terrifiante se présenta à son esprit, il trichait, c'était un escroc !

Foudroyée par cette honte sans nom, elle resta à la même place sans faire un mouvement, son corps était comme paralysé, sa pensée fiévreuse et délirante, cherchait un moyen pour se soustraire à cette infamie de se trouver la femme d'un grec... sa complice même, car à présent elle comprenait le rôle horrible qu'on lui faisait jouer... Le sang affluait à son cœur, elle souffrait tellement moralement et physiquement qu'elle espérait par moment que Dieu allait avoir pitié d'elle et qu'elle allait mourir.

Une demi-heure se passa, soudain on ouvrit sa porte sans bruit ; les yeux à trois quarts fermés, elle vit que c'était son mari, elle ne fit pas un mouvement ; la croyant encore endormie, il prit des cartes dans un tiroir, les prépara. Au moment où il en glissait un jeu dans la manche de son habit, la porte de la chambre s'ouvrit sans bruit mais vivement, Pedro del Sarté apparut, il referma la porte, puis

15.

sauta sur Victor terrifié de son arrivée si imprévue, le saisissant par le poignet.

— Vous êtes un voleur, un escroc, lui dit-il.

Blanche s'était levée atterrée, les dents serrées, elle restait debout comme une statue, elle fixait ses yeux agrandis par la terreur sur ces deux hommes... Qu'allait-il se passer? allait-on arrêter son mari, le traîner en prison, elle-même n'allait-elle pas être arrêtée comme complice, allait-elle boire la honte jusqu'à la lie !

Victor de Montféré, loin de se débattre, se laissa glisser aux genoux de Pedro del Sarté.

— Ne me perdez pas, ayez pitié de moi, je vous rendrai votre argent !

— Et que m'importe l'argent ! Ce que je veux, c'est de vous mettre dans l'impossibilité de continuer votre métier de voleur, c'est empêcher de nouvelles victimes d'être dévalisées par vous.

— Pitié ! pitié ! murmurait Victor, je vous jure de ne plus jouer.

— Sur quoi jurez-vous? sur votre honneur?

Et Pedro riait d'un rire sec et nerveux...

— Non, je vais vous traîner devant tous vos invités, avec ces cartes préparées dans la poche et dans votre manche, peut-être avez-vous là d'autres victimes.

Et de sa poigne de fer il soulevait l'escroc. Victor aperçut Blanche, pâle comme la pâle mort, eh bien ! ce misérable n'eut qu'une pensée, sacrifier cet ange, le jeter dans la fange et se sauver.

— Pedro, dit-il, je vous en conjure au nom de ma femme, ne me dénoncez pas.

Tout en tenant le tricheur par le poignet, Pedro

tourna la tête, il aperçut Blanche, il la regarda un instant.

— Bien, dit-il, si elle veut payer votre grâce, vous serez sauvé pour cette fois.

— Oui, elle voudra tout ce que vous voudrez, mais ne me dénoncez pas, murmurait cet escroc qui, lâche comme une bête immonde, embrassait les genoux du Mexicain.

— Eh bien ! marché conclu... sortez...

Blanche avait un tel saisissement, les oreilles lui tintaient avec tant de force qu'elle n'entendait que vaguement ce que ces deux hommes se disaient : elle ne comprit pas le marché infâme que son mari venait de conclure ; il est de ces choses qu'une créature honnête ne peut comprendre !

Mais en voyant son mari se lever, sortir vivement de sa chambre en refermant la porte, et la laissant ainsi seule avec Pedro del Sarté, elle poussa un cri d'effroi, elle s'élança pour sortir de la chambre, mais cet homme la prenant brutalement dans ses bras, lui dit :

— Dites-donc, restez là, car je viens de vous payer fort cher.

— Me payer !

— Ah ! ne faites pas l'ingénue. En arrivant je vous ai prise pour un ange, à présent, je vois que l'ange n'est qu'un démon aidant son mari à voler.

— Monsieur... monsieur, vous m'insultez...

Et Blanche se débattait pour échapper à l'étreinte de cet homme.

— Allons, allons, ma petite, pas tant de façons, malgré tout vous êtes belle. vous me plaisez.

Blanche, frêle, mignonne, tremblante comme une

feuille, allait devenir la proie de ce sauvage. Soudain Jafferson apparut, un revolver à la main.

— Si vous touchez à cet ange, je vous brûle la cervelle, Pedro, dit-il.

Celui-ci, d'instinct, se recula devant le canon de l'arme braquée sur lui ; mais ricanant, il dit :

— L'ange que vous défendez est passablement déchue, car elle aide son mari à préparer les jeux de cartes pour nous voler !

— C'est faux, je vous le jure, elle ignorait jusqu'à ce moment que son mari fût un escroc.

— Mais enfin, reprit Pedro, j'ai conclu un marché, si cette dame ne veut pas que son mari aille en police, qu'elle s'exécute, et je vous prie, Jafferson, de ne pas vous mêler de mes affaires.

— Un homme d'honneur a toujours le droit d'empêcher un crime. Combien vous vole-t-il ?

— Trente mille francs !

— Les voilà.

Et Jafferson, ouvrant son portefeuille, offrit trente billets de mille francs à cet homme.

— Mais pour qui me prenez-vous ? fit celui-ci en les repoussant, me croyez-vous capable de vous vendre à mon tour celle que son mari vient de me vendre ?

— Je ne l'achète pas, je la sauve, et sur mon salut éternel, je la respecte comme je respecte ma fille, ma chère Jane, que j'ai laissée en Amérique.

— Ceci est parler, alors je la sauve de compte à demi, répondit Pedro del Sarté.

Blanche était restée silencieuse, mais dans cette suprême détresse, son esprit s'était élevé vers Dieu, qui sans doute lui avait inspiré la pensée suivante :

— Messieurs, dit-elle, si vous avez pitié de moi, aidez-moi à sortir sans être vue et conduisez-moi chez le marquis de Minfort, 30, rue de Varenne ; il a été l'ami de mon père, sa fille est mon amie de pension, c'est la seule maison où je puisse me réfugier sans compromettre mon honneur.

— Venez, lui dit Jafferson.

Elle mit à la hâte un chapeau, elle s'enveloppa d'un grand manteau, puis à pas de loup tous trois sortirent par une petite porte qui conduisait de sa chambre dans l'antichambre ; ils purent sortir sans être aperçus.

Les joueurs étaient autour des tables, Victor, pour ne pas laisser soupçonner ce qui se passait, jouait et affectait une grande gaieté.

Nos trois personnages descendirent vivement l'escalier. La voiture de Jafferson attendait ; ils y montèrent, donnèrent à haute voix au cocher l'adresse de Pedro, puis, arrivés sur les boulevards, ils lui dirent d'aller rue de Varenne.

Jafferson, en route, fit observer qu'ils devraient, lui et Pedro, revenir promptement chez les Montféré, afin de sauver la réputation de Blanche, et que le monde ne pût pas dire qu'elle s'était fait enlever par l'un d'eux. Pedro fut aussi de cet avis.

Arrivés rue de Varenne, il fallut sonner plus d'une fois pour réveiller le concierge. Blanche entra seule.

— Je suis, lui dit-elle, une parente du marquis de Minfort. Un malheur vient d'arriver chez moi ; il faut que je voie de suite mon parent.

Laissons-la un instant avec ce concierge essayer de réveiller les domestiques du marquis, et suivons ces deux hommes chez les Montféré.

Pendant le trajet, Jafferson conta à Pedro del Sarté qui était Blanche et comment elle avait pu se trouver, elle, jeune fille chaste et pure, liée à ce débauché. Le Mexicain fut ému du malheur immérité de cette pauvre enfant ; il remercia chaleureusement l'Américain de l'avoir empêché de commettre une action odieuse. Il promit de lui aider à la sauver.

— Je cherche un moyen et je ne trouve pas, dit Jafferson.

— Un moyen ! mais il y en a mille ; enlevons-la, emmenons-la en Amérique !

— Qu'y fera-t-elle, seule ?

— Elle s'y remariera avec un honnête homme.

— Impossible ! elle est catholique, sa religion n'admet pas le divorce ; la loi française ne l'admettant pas non plus, si elle fuit, son mari peut faire courir deux gendarmes après elle et la faire ramener de force dans sa maison.

— Mais nous la cacherons ; je l'emmènerai au Mexique, et là, je défie bien les gendarmes français de venir la chercher.

— Et... soyez franc, vous offrirez à cette jeune personne de devenir votre maîtresse ?

— En tout cas, je ne la forcerai pas ; elle ne sera à moi que si elle le veut bien !

— Et si, ne sachant que devenir, affolée de désespoir, elle consent, nous ne l'aurons sauvée d'une honte que pour la jeter dans une autre !

— Vous avez peut-être raison, Jafferson, mais que faire ?

— Nous verrons. A présent, elle est en sûreté ; demain, nous causerons. Nous voici arrivés ; tâchons d'entrer chez les Montféré sans qu'on nous voie.

Cela leur fut facile. La bonne à tout faire était couchée; Pedro, en sortant, avait laissé la porte ouverte; elle l'était encore, personne n'étant entré ni sorti depuis.

Ils se faufilèrent sans bruit dans le premier salon; bientôt après, ils entrèrent dans le salon de jeu. Victor jeta un coup d'œil inquiet sur Pedro qui, d'un air aimable, lui dit :

— Allons, une dernière partie, avant de nous retirer.

Le tricheur se garda bien d'user de fraude; il joua honnêtement, perdit et fut enchanté que son partenaire lui dît :

— En voilà assez pour ce soir; un de ces jours je vous demanderai une revanche.

Les invités prirent congé, et la Montféré se trouva seule avec son fils, qui lui conta ce qui était arrivé.

— C'est grave, dit-elle. Comment as-tu été assez maladroit pour te laisser prendre ? Te voilà à la merci de Pedro del Sarté...

— Non, nous allons partir faire un voyage, répondit Victor.

— Mais ta femme, qu'a-t-elle dit ?

— Je n'en sais rien, je l'ai laissée avec cet homme, et, je t'avoue, je ne sais pas ce qui est arrivé. Pourtant, Pedro a rejoué avec moi; il avait l'air content. Blanche, pour me sauver, a dû être bonne fille; seulement, je crains qu'elle ne me fasse une scène de larmes et de reproches. Moi, vois-tu, je déteste les scènes de femmes.

— Reste là, je vais aller lui parler; je lui expliquerai tout, je lui ferai comprendre qu'étant ta femme, elle a intérêt à ce que tu ne sois pas poursuivi. Enfin, je la raisonnerai.

— C'est une idée. Va, mère, j'aime autant que ce soit toi que moi.

Victor, resté seul, se versa un grand verre d'eau-de-vie qu'il avala d'un trait.

Ce liquide brûlant sert ordinairement d'opium de conscience ; c'est avec lui que les misérables endorment le peu de conscience qui leur reste.

Au bout de quelques minutes, la Montféré revint, pâle, les traits décomposés...

— Quoi !... quoi !... qu'y a-t-il ?... Elle est morte ! elle se sera tuée, la niaise. Quelle malechance !

— Plus mauvaise que tu ne crois : elle est partie !

— Tu dis ?....

Et Victor se leva brusquement.

— Oui, partie ! je ne la trouve nulle part.

— Elle se sera jetée par la fenêtre ?

— Non, dit la Montféré ; je l'ai craint un instant, mais je me suis aperçue que son manteau et son chapeau ne sont plus là...

— C'est grave... Aurait-elle été à la police, cette misérable, dénoncer son mari ? Serait-elle capable de cela ? fit la Montféré.

— Je crains tout d'elle, fit Victor ; ces femmes honnêtes deviennent parfois féroces. J'aurais bien mieux fait d'épouser une coquine !

— Mais ce Pedro est resté longtemps avec elle. A faire de la vertu, elle aurait dû rester moins longtemps en tête-à-tête avec lui.

— Ce que je crains, mère, c'est qu'elle ait attendri cet Américain par ses larmes, qu'elle lui ait fait des

contes et que ce soit cet animal qui lui ait conseillé
d'aller me dénoncer. A présent que j'y songe, il me
semble qu'il avait un petit air narquois en prenant
cóngé de moi.

— A moins qu'il ne l'ait enlevée, s'écria la Montféré.

— Mais il était là !

— Oui, mais pendant que tu le croyais occupé à
lui faire la cour, plus habile, il l'emportait peut-être
chez lui.

— Alors, j'irai lui casser la tête, s'écria Victor.

— Pour qu'il te dénonce, ce serait adroit !

— S'il a commis la maladresse d'enlever ma
emme légitime, on ne croira plus ce qu'il dira contre moi; j'aurais le beau rôle et lui le mauvais.

Cet escroc raisonnait assez juste. Il fouilla encore
son appartement dans tous les recoins. Il dut se rendre à l'évidence : Blanche n'y était pas. La mère et
le fils attendirent le grand jour avec une certaine
inquiétude. Ils se consultèrent sur ce qu'ils auraient
à faire, et ils s'arrêtèrent à ceci : Victor irait faire
connaître à la police la disparition de sa femme. Si
elle l'avait dénoncé, il l'accuserait de n'inventer
cette histoire que pour excuser sa fuite avec Pedro
del Sarté, son amant.

A la préfecture, il acquit la conviction que sa
femme n'avait pas parlé, puisqu'on ne l'avait pas
vue; mais on lui promit de mettre un grand zèle à
la retrouver.

Alors il alla chez Pedro. Celui-ci le reçut si naturellement, parut si étonné en apprenant la disparition de Blanche, que Victor ne sut plus que croire,

Il alla chez Jafferson, qui joua admirablement, lui aussi, la comédie de la surprise.

Montféré se décida à ne pas ébruiter cette disparition et à attendre le résultat des recherches de la police.

Et maintenant, allons retrouver la pauvre Blanche.

Le concierge s'était fait prier longtemps avant d'oser aller sonner chez son locataire à une heure aussi indue. Les domestiques du marquis étaient d'une humeur massacrante d'être réveillés à trois heures du matin. Enfin, on l'introduisit dans un salon, en lui disant d'attendre que M. le marquis pût la recevoir. Comme le valet de chambre lui demandait son nom, elle prit un papier et griffonna dessus ces quelques mots :

« La fille de ce pauvre colonel vient vous demander plus que la vie. Au nom du cher mort, accordez-lui une audience. »

Une demi-heure après, le marquis de Minfort vint la rejoindre.

— Que se passe-t-il donc, chère madame, pour que vous veniez seule chez moi à une pareille heure ?

Elle lui conta tout, comment s'était fait son mariage, comment la bonne foi de son père avait été surprise, ce qu'elle avait souffert dans ce milieu malsain, et enfin la scène dernière.

Il l'écoutait, sombre et silencieux. Lorsqu'elle eut terminé, il lui dit :

— Cela devait finir ainsi. Un garçon élevé comme la Montféré a élevé son fils devait devenir un triste sujet ; celui-ci est devenu un escroc. Je vous plains

de tout mon cœur, ma pauvre enfant, et d'autant
plus que votre père a été jadis mon ami ; mais comprenez bien une chose, je ne puis intervenir sans
me compromettre ; j'ai été l'amant de la Montféré,
mais sans avouer jamais cette liaison. Je vais de loin
en loin chez elle. Tous les hommes les plus dignes
et les plus haut placés fréquentent de ces femmes,
mais ils ne l'avouent pas ; dans la rue, ils passent à
côté d'elles sans les connaître... Je ne veux donc
pas qu'on sache que je connais votre belle-mère.
Ceci rend mon intervention difficile. Du reste, que
puis-je faire?... aller vous reconduire, leur faire
honte de leur conduite. Ils m'écouteront, et avec
déférence même, je le crois ; puis, dans huit jours,
ils recommenceront.

— Mais, s'écria Blanche, je ne veux pas retourner
chez eux !

— Que voulez-vous faire, alors?

— Si je le savais, je ne viendrais pas vous demander conseil.

Le marquis, embarrassé, ennuyé, finit par dire :

— Tenez, pour le moment, vous êtes harassée de
fatigue, brisée d'émotion ; je vais vous faire conduire dans une chambre. Dormez quelques heures ;
moi, pendant ce temps, je réfléchirai à ce qu'il y a
à faire de plus convenable.

Blanche avait, en effet, fort besoin de repos ; elle
se jeta tout habillée sur le lit de la chambre dans
laquelle un domestique du marquis la conduisit, et
elle dormit quelques heures d'un sommeil de plomb ;
les secousses morales par trop fortes lassent si bien
le corps que le sommeil devient un besoin impé-
rieux.

Le marquis était très tourmenté, non du malheur de cette pauvre femme, mais de la crainte de se voir compromis, ou du moins de voir son nom mêlé à une sale affaire.

Après avoir mûrement réfléchi au moyen de se tirer de ce mauvais pas tout en rendant service à la fille de son vieil ami, il prit le parti d'écrire à son avocat de venir sans faute chez lui dès les dix heures. Voici quel était son projet : Le prier d'installer Blanche dans un hôtel garni ou dans une pension bourgeoise, et le charger d'arranger au mieux les affaires de cette malheureuse femme. Mais il comptait, croyant s'acquitter ainsi envers son ancien ami le colonel, offrir quelques billets de banque à sa fille pour qu'elle pût vivre et payer son avocat.

A dix heures sonnantes, Me Claude, ledit avocat, arrivait chez le marquis, qui fit appeler Blanche. La pauvre enfant dut encore raconter à cet étranger tous ces horribles détails. Quelle honte et quel supplice pour elle !

Me Claude écoutait en hochant la tête.

— Et que voulez-vous faire, madame? lui demanda-t-il lorsqu'elle eut fini.

— Ce que je veux ! mais faire briser cet odieux mariage ! Je ne puis pas, avouez-le, rester unie à ce misérable.

— Pour faire briser un mariage, suivant la loi française, il faut qu'il y ait eu erreur de personne. Avez-vous quelque raison de supposer que celui qui se fait appeler M. de Montféré ne soit pas M. de Montféré?

— Je suis, au contraire, sûre, monsieur, qu'il est bien Victor de Montféré.

— Alors, nous ne pouvons demander la nullité du mariage, je vous le répète, la loi n'admettant que le cas d'erreur sur la personne.

— Mais qu'appelez-vous erreur sur la personne ?

— Voici. Admettons que votre mari soit un Charles Vincent, et que, pour vous épouser, il ait pris le nom de Montféré, qu'il se soit mis aux lieu et place de celui-ci par fraude, alors la loi, reconnaissant que vous avez cru épouser M. de Montféré et non M. Charles Vincent, annule votre mariage.

— Mais c'est bien pire : j'ai cru épouser un homme honorable, et je suis liée à un misérable escroc !

— La loi ne reconnaît pas ce cas comme devant amener la nullité ; l'erreur ici est toute morale et non matérielle.

— Mais ce que vous me dites là est impossible, monsieur; la loi française est, dit-on, la plus juste, la plus belle du monde, et si ce que vous dites était exact, elle serait inique.

Me Claude reprit d'un air sec :

— Le marquis ne m'aurait pas appelé, madame, s'il n'avait pas eu confiance en mes lumières.

— Mais j'y ai pleine confiance moi aussi. Dites-moi, de grâce, ce que je dois faire ?

— Le cas est embarrassant. Nous pouvons demander une séparation ; seulement notre position est mauvaise, tandis que celle de notre adversaire est bonne.

Blanche, en entendant cela, ouvrit de grands yeux ; elle croyait rêver...

— Que voulez-vous dire ?... Je ne comprends pas.

— Je vais mieux m'expliquer. En vous enfuyant avec deux hommes qui, — et vous le reconnaissez

vous-même, — vous ont fait la cour et dont un a
voulu vous violenter, vous vous êtes mise dans votre
tort. Votre mari vous accusera d'avoir fui, la nuit,
du domicile conjugal, et il pourra plaider l'adultère
lui-même.

— Lui ! lui qui m'a vendue, qui a voulu me li-
vrer !

— Ceci, nous ne pourrons pas le prouver, tandis
qu'il prouvera votre fuite.

— Mais oui, je pourrais le prouver. Jafferson et
Pedro del Sarté m'ont promis aide et protection. Ils
témoigneront de ce fait odieux et criminel : mon
mari me livrant en pâture à celui qu'il venait de
voler !

— Leur témoignage ne sera d'aucun poids ; M. de
Montféré dira : « Ces hommes sont les amants de
ma femme ; ils m'accusent pour lui faire reconqué-
rir sa liberté. »

— Mais qui oserait croire une chose pareille ?

— Tout le monde ! Pourquoi ne la croirait-on
pas ? Vous m'avez dit qu'en plein salon, devant de
nombreuses personnes, ces hommes vous avaient
tenu des propos galants des plus inconvenants. Votre mari aura des témoins pour cela, et vous, vous
n'en avez pas pour le crime dont vous accusez votre
époux, puisque les seuls hommes présents sont devenus vos complices par votre fuite avec eux.

La pauvre Blanche se sentait devenir folle en
écoutant toutes ces choses qui, pourtant, étaient
justes, en prenant pour base le joli code qui régit la
France, la nation la plus civilisée du monde ! Mais,
en fait de code et de loi, elle ne connaissait que la
justice selon sa conscience, et celle-là lui disait que

tout ce que lui contait cet homme était monstrueux
et inique.

— Pourtant, si vous le voulez, ajouta Mᵉ Claude,
je suis prêt à me charger de votre demande en séparation, tout en n'espérant pas l'obtenir.

— Si je ne l'obtiens pas, qu'arrivera-t-il ?

— Que vous serez forcée de retourner avec votre
mari.

— Eh bien ! j'aime mieux ne pas plaider ; je vais
prier le marquis de me trouver une place d'institu-
trice.

— Ce n'est pas possible, madame ; votre mari,
déjà, doit s'être adressé à la police. Il va vous faire
rechercher, et des sergents de ville, un beau jour,
vous reconduiront au domicile conjugal. Ne savez-
vous donc pas que la femme n'est qu'une mineure
qui doit rester sous la tutelle de son mari ?

— Je ne sais rien de tout cela, monsieur, et jamais je ne me serais doutée qu'une honnête femme
comme moi n'eût pas le droit de fuir un misérable
comme lui. S'il en est ainsi, je vais passer à l'é-
tranger...

— Mais cela vous sera bien difficile, si, comme je
le pense, M. de Montféré a fait sa déclaration à la
police ; celle-ci doit vous rechercher, doit faire sur-
veiller les gares et les bateaux, répondit Mᵉ Claude.

— Pourvu, dit le marquis, qu'on n'ait pas l'idée
de venir la chercher ici ! Ce Victor serait capable
de faire du chantage et de me menacer d'un procès
en complicité d'adultère.

— A vous ! s'écria Blanche, passant de surprise
en surprise.

— Mais, riposta l'avocat, le mari serait en droit

de vous attaquer, puisque madame a passé une partie de la nuit chez vous.

Blanche se leva.

— Je serais désolée, marquis, de vous causer un ennui. Acceptez mes regrets d'être venue vous importuner. Que voulez-vous? je ne savais rien de tout ce que monsieur vient de me dire. Dans mon malheur affreux et immérité, j'ai pensé à vous, l'ami de mon père, à vous qui m'aviez dit, me trouvant la belle-fille de Mᵐᵉ de Montféré : « Voilà mon adresse, vous me trouverez si un jour vous étiez menacée de quelque danger... » Avouez-le, le danger était assez grand.

Elle saluait pour se retirer. Le marquis la retint; il eut honte de son égoïsme...

— Vous avez bien fait de venir; je ne veux pas que vous partiez ainsi. Rasseyez-vous... Voyons, maître Claude, cherchez, trouvez un moyen de sauver cette pauvre enfant !

— Je n'en vois qu'un : je vais ramener madame au domicile conjugal. Pour lui venir en aide, je dirai qu'elle est venue chez moi me consulter pour une séparation. Je sermonnerai le mari, je lui ferai comprendre qu'il doit mieux se conduire. Ceci, je le sais, ne servira à rien, il continuera; mais alors, madame, usez d'adresse, ayez des témoins; surtout de commettez plus la légèreté de partir avec de galants chevaliers... Et, du reste, s'il triche au jeu, il sera tôt ou tard pincé par la police; il ira en prison, en police correctionnelle. Ceci nous donnera le droit d'obtenir une séparation.

— Et jusque-là, je dois vivre avec cet escroc, être sa femme, m'exposer à avoir un enfant de lui?

— Oui, la loi vous force à rester avec votre époux et à remplir vos devoirs d'épouse tant qu'elle n'a pas jugé à propos de vous séparer de lui. Je comprends tout ce que cela a de triste pour vous, mais il faut savoir se soumettre à la loi.

— Fort bien. Et si mon mari, pris encore une fois sur le fait de tricher au jeu, arrange encore ses cartes dans ma chambre, et si on me croit sa complice ?

— Nous plaiderons votre innocence, et j'espère bien être assez heureux pour la démontrer.

— Admettons que cette espérance se réalise, mon mari condamné, que serai-je, moi ? la femme d'un escroc !

— Que voulez-vous, madame ? de ceci, la fatalité d'un mariage malheureux est seule la cause.

— Non, monsieur, ma conscience me dit que cette loi que vous m'expliquez est injuste et imprévoyante ; elle est même immorale, puisqu'elle me condamne à aller me dégrader dans un milieu malsain.

— Telle qu'elle est, il faut la subir, madame, et croyez bien que le code français est le plus parfait des codes d'Europe.

— Parfait !... parfait !... et il me laisse l'alternative du suicide ou de l'infamie !... Oh ! mon Dieu, que serait-ce donc s'il était imparfait !...

Les larmes étouffaient Blanche, les sanglots lui serraient la gorge.

— Calmez-vous, chère enfant, lui dit le marquis, et dites-nous ce que vous décidez. Voulez-vous que Mᵉ Claude vous accompagne chez votre mari ?

— Merci, j'y retournerai seule, répondit-elle.

16

— Voici ma carte, madame. Si vous avez besoin
de moi, venez ou écrivez-moi ; je suis à votre entière
disposition... Ah! j'oubliais... Si votre mari est colère, violent, poussez-le un peu ; tâchez qu'il vous
donne un soufflet, mais devant témoins surtout, car
en tête-à-tête cela ne vous servirait à rien.

— Et par devant témoins, à quoi cela pourra-t-il
me servir de recevoir ce soufflet? dit Blanche d'un
air étonné.

— Mais à obtenir de suite une séparation avec
provision et pension.

— Ah! ainsi, cette loi que vous trouvez parfaite
ne me sépare pas d'un homme qui me force à fréquenter des femmes tarées, qui me fait assister à
des orgies, qui me laisse insulter par des hommes à
sa face, mais elle me séparera de lui s'il est honnête homme et que, dans un moment de vivacité
que j'aurai peut-être provoqué, il me donne un
soufflet?

— Que voulez-vous? c'est ainsi, il faut se soumettre et ne pas discuter. Sur ce, je vous présente
mes respects, madame. Marquis, je suis votre serviteur.

Et Me Claude s'en alla, enchanté de la perfection
du code français.

— Alors, dit le marquis, vous allez retourner
seule chez votre mari ?

— Oui, répondit Blanche ; mais, avant de partir,
ne me permettrez-vous pas d'embrasser Laure ?

A cette demande, le front de ce grand seigneur se
rembrunit.

— Écoutez, mon enfant, ma fille doit ignorer
toute cette sale histoire... elle doit ignorer que j'ai

connu la Montféré. Comme belle-fille de cette femme
vous ne pouvez pas, — vous le comprenez, n'est-ce
pas? — fréquenter ma fille... Je demande même à
votre amitié, si un jour, au Bois ou au théâtre, vous
venez à la rencontrer, de n'avoir pas l'air de la connaître...

Ceci était clair... elle le comprit. La boue des autres l'avait si bien souillée que, pure et chaste
créature, elle n'avait plus même le droit de saluer
une honnête femme.

— Jamais, je vous le jure, Laure ne me rencon-
trera nulle part. Adieu, marquis; que Dieu garde
vos petites-filles, si un jour vous en avez, d'un mariage comme celui que la fatalité m'a fait faire !

Elle tendit la main à l'ancien ami de son père, et
elle quitta sa maison.

Elle avait un désespoir noir dans l'âme. Elle marcha à l'aventure ; un square se trouva devant elle,
elle y entra. Longtemps elle resta affaissée sur un
banc, et si accablée de douleur qu'elle n'avait plus
la force de penser.

Soudain, un sergent de ville, en passant devant
elle, la regarda. Elle tressaillit... Elle se souvint
que Me Claude lui avait assuré que la police devait
la rechercher. Elle se leva vivement, et apercevant
devant elle l'église Sainte-Clotilde, elle y entra
pour s'y réfugier.

Mais le sergent de ville ne l'avait regardée que
mû par un sentiment de compassion. Affaissée, abî-
mée dans son chagrin, elle ressemblait à la Douleur
personnifiée. Il s'était dit : Cette pauvre petite
femme doit avoir un rude chagrin.

Une fois dans l'église, elle pria.

— Mon Dieu, dit-elle, j'ai toujours vécu selon votre sainte loi. En épousant cet homme, j'ai suivi le conseil de mon père ; femme de ce misérable, j'ai voulu continuer à bien me conduire ; je n'ai fait aucun mal ; si j'ai péché contre la sainte modestie par mes costumes et par les paroles qui ont frappé mes oreilles, c'est contre ma volonté ; loin d'y prendre un plaisir coupable, j'en ai souffert dans ma sainte pudeur ; j'ai été demander conseil à un de vos ministres, cet homme a dû ne pas être inspiré par vous en me disant de rester soumise à l'être infâme qui est mon mari. Pourtant j'ai obéi ; je n'ai fui cette maison que devant un danger terrible pour mon honneur... La religion, telle que vos ministres l'interprètent, ne peut rien pour moi ; la loi française me voue à l'infamie. Mon âme se révolte, ma conscience proteste. Seigneur, dans ce monde, je me sens abandonnée, perdue au milieu de gens pervers, je retourne vers vous. Le suicide est un crime, disent vos prêtres, mais mon Dieu, mon divin Créateur, si là-haut je vous trouvais un Dieu vengeur et implacable, vous ne seriez donc pas le Dieu de miséricorde infinie ! Non ! non ! ajouta-t-elle, mon âme, ce souffle divin qui vient de vous, proteste. Vous nous avez envoyé dire par Jésus : « Rendez le bien pour le mal ; tendez l'autre joue au soufflet. » Ceci ne nous prouve-t-il pas que vous êtes clémence et miséricorde ? Mon Dieu, je vais retourner à vous ; accueillez-moi avec indulgence ; ici-bas je me sens trop faible pour lutter avec celui qu'on dit mon maître et qui a l'âme d'un démon, trop faible contre cette loi qui fait de la femme honnête la compagne à vie d'un infâme.

Seigneur, mon Dieu, soyez-moi miséricordieux !

Blanche se leva, fit le signe de la croix et sortit de l'église.

A présent elle était forte, elle était calme. Sa décision était prise : elle allait demander le salut à la mort, et elle avait foi en la bonté de notre Dieu.

Elle se rappela Jafferson et Pedro del Sarté. Le premier l'avait sauvée du déshonneur violent et brutal ; le second s'était laissé attendrir. Elle éprouvait pour eux un sentiment de gratitude. Ils parviendraient peut-être, pensa-t-elle, à me faire quitter la France... Mais le monde croirait que j'ai fui avec un amant, ma réputation serait ternie.

La conversation qu'elle avait eue avec Mᵉ Claude lui avait appris bien des choses, et lui en avait fait comprendre bien d'autres. Elle sentait qu'elle ne pouvait pas demander protection à ces deux hommes qui avaient été amoureux d'elle, et qui, sans doute, l'étaient encore. En suivant à l'étranger Jafferson ou Pedro, elle quitterait un époux, taré il est vrai, mais elle passerait pour la maîtresse de cet homme, et elle serait encore vouée au mépris. Et enfin aurait-elle la force de ne jamais aimer que purement et d'amitié seulement, cet homme qui était amoureux d'elle et qui se serait dévoué pour elle ?

Tout était honte et danger autour d'elle ; mieux valait qu'elle quittât cette terre, et retourner pure vers Dieu, et n'ayant commis d'autre faute que celle de se donner la mort, ne pouvant échapper autrement au mal.

Mais elle voulut écrire à Jafferson, lui dire merci et adieu. Il lui semblait que si elle ne faisait pas cela, il aurait le droit de la taxer d'ingratitude.

16.

Elle entra dans une papeterie, prit un prétexte et demanda qu'on voulût bien lui permettre d'écrire une lettre dans le magasin. La marchande était une femme bonne et agréable ; elle la fit entrer dans une pièce attenante à sa boutique. Elle lui donna tout ce qui lui était nécessaire pour faire sa correspondance et elle la laissa seule.

Voici ce qu'elle écrivit à Jafferson :

« Monsieur,

« J'ai vu un avocat. La loi française est singulière,
« pour me servir d'un mot modéré. Il paraît que cet
« escroc qui est, hélas ! mon époux, a même le
« droit de me faire rechercher par la police pour me
« forcer à retourner dans sa maison. La nuit der-
« nière, il m'a vendue, livrée à Pedro del Sarté. Sans
« vous, j'étais déshonorée ; l'avocat dit que nous ne
« pouvons prouver cela, que nos témoignages se-
« raient suspects... Enfin, mon ami, je ne vois de-
« vant moi que honte et ignominie. Je n'ai pas la
« force de vivre dans ce milieu malsain ; entre le
« suicide et l'infamie, je n'hésite pas : je choisis le
« suicide. Lorsque cette lettre vous arrivera, j'aurai
« trouvé la mort, le salut, dans la Seine... Merci de
« tout cœur d'avoir eu pitié de moi ; merci de m'a-
« voir cru lorsque je vous ai dit : Je suis honnête.

« Vous êtes bon, dévoué, je le sais ; rendez-moi
« un suprême et dernier service... Le portrait de mon
« père dans le salon de la Montféré, dans le salon
« de Victor, un vulgaire tricheur au jeu, un es-
« croc... Quelle profanation !... Oh ! je vous en con-
« jure, enlevez-leur ce portrait. Ne laissez pas l'image

« de ce brave et loyal militaire, de cet honnête
« homme, de mon cher père, chez ces gens-là.

« Comment pourrez-vous faire pour leur enlever
« ce portrait? Je l'ignore. Mais j'ai foi en vous et je
« suis sûre que vous écouterez ce vœu de la pauvre
« morte, et que vous trouverez un moyen pour le
« réaliser.

« Lorsque vous aurez ce portrait, envoyez-le en
« Amérique, offrez-le à votre fille. Mon père, du
« haut du ciel, veillera sur votre chère enfant,
« comme vous avez veillé sur la sienne.

« Adieu, monsieur Jafferson, merci encore et
« soyez heureux. Dites à Pedro del Sarté un affec-
« tueux bonjour. »

Elle signa.

« BLANCHE DE TOURDIS. »

Cette lettre cachetée, elle voulut l'envoyer par un
commissionnaire ; elle s'aperçut alors qu'elle n'avait
pas un sou en poche. Elle ôta une perle noire qu'elle
portait au doigt et elle dit à la marchande :

— Voulez-vous me rendre un service ; prêtez-moi
deux francs et gardez cette bague. En étourdie,
j'ai oublié mon porte-monnaie.

La papetière, une charmante femme, lui offrit
cinq francs de monnaie, mais refusa énergiquement
la bague.

— Il n'y a qu'à vous voir, madame, pour avoir
confiance en vous. Avez-vous besoin de cent francs?
les voilà.

Blanche insista. Elle finit par lui dire en souriant
et en lui mettant la bague au doigt :

— Gardez-la ; ceci me forcera à revenir faire chez

vous ma provision de papier. Et enfin faites-le pour
me faire plaisir.

La marchande dut céder. Elle appela un commissionnaire. Blanche lui donna la lettre et deux francs
pour sa course, et comme il demandait s'il fallait
attendre une réponse :

— Non, dit-elle, j'indique dans la lettre le lieu où
il doit me répondre.

Elle prit congé de la papetière.

Au moment de refermer la porte du magasin, elle
lui dit en souriant :

— Si demain je ne viens pas, c'est qu'une voiture
m'aura écrasée ou que je serai morte en route. Gardez sans scrupule cette bague en souvenir de moi,
elle vous portera bonheur.

— Oh ! j'espère bien qu'il ne vous arrivera rien
de fâcheux, répondit cette femme.

Mais déjà Blanche s'éloignait.

Aurait-elle un sinistre projet? Cette pensée traversa le cerveau de la papetière, mais elle ne s'y
arrêta pas. Elle avait plaisanté, voilà tout.

La jeune désespérée descendit vers la Seine, elle
se trouva bientôt sur le quai. Elle le suivit pour arriver à un endroit un peu désert. Elle avait si peur
qu'un maladroit la sauve! Elle marchait d'un pas
ferme; n'allait-elle pas vers le salut?

Là-haut elle retrouverait son père. Il doit m'ap-
prouver, pensait-elle, lui à qui j'ai entendu cent
fois dire : Mieux vaut cent fois la mort que le déshonneur.

Enfin elle se trouva au quai de Javel; son cœur
ne battait pas. L'eau jaunâtre de la rivière, loin de

lui inspirer un sentiment d'effroi, semblait l'attirer ;
elle la regardait d'un air joyeux.

Elle aperçut un pont. Par extraordinaire dans cet
instant il n'y avait ni piétons ni voiture. Elle marcha
vite ; arrivée au milieu, elle s'arrêta, contempla la
rivière. Le courant en cet endroit était rapide, il paraissait profond. Elle se signa, murmura : Mon
Dieu, recevez-moi là-haut avec bienveillance, j'ai
tant souffert ici-bas ! et montant sur le parapet, elle
y resta une seconde debout ; puis, la tête en avant,
elle se précipita dans le gouffre.

Un bruit sourd se fit entendre ; il fut accompagné de
quelques cris de terreur, poussés par des personnes
qui l'avaient aperçue et qui coururent sur la berge.

L'eau de la rivière fut un instant troublée. On vit
la jeune femme paraître à la surface, puis disparaître ; enfin l'eau reprit son calme habituel. Le
courant avait entraîné au loin ce qui n'était plu
que le corps ou la robe qui avait enveloppé l'âme
angélique de Blanche de Tourdis.

— Le suicide est une lâcheté, diront les uns.

— Le suicide est un crime, diront les autres.

Que vouliez-vous que fît cette femme ? La loi
française étant ce qu'elle est, favorable aux coquins,
indulgente et commode aux femmes perverses, mais
injuste pour les maris honnêtes et unis à des mau-
vaises femmes.

Cette loi étant imprévoyante, implacable même
pour les femmes d'honneur liées à des misérables ;
le divorce, cette loi saine, morale et juste, n'exis-
tant pas en France, Blanche de Tourdis devait choisir, comme elle l'a dit elle-même, entre le suicide
ou l'infamie.

Qui oserait la blâmer d'avoir préféré le suicide?

Si des esprits mal faits m'accusent de faire l'apologie du suicide, je répondrai : Non! je fais un procès au Code français.

Croit-on que ce Victor de Montféré est une exception ? Non ! les bas-fonds du Paris viveur fourmillent de Montférés. Quelques-uns ne sont pas arrivés à un degré aussi intense d'infamie, mais ils y marchent. Ils peuvent, eux aussi, tromper des honnêtes filles et devenir leurs époux.

Les aventuriers, les chevaliers d'industrie, les agents d'affaires véreux, les escrocs, les joueurs heureux, tous les tarés de ce gouffre qu'on nomme Paris ont, comme maris, les mêmes droits de par le Code que l'honnête homme. Et la mort seule brisant les liens du mariage, il est plus d'une femme qui se trouve, comme Blanche de Tourdis, placée dans cette dure extrémité de choisir entre le suicide et l'infamie. Honneur à celles qui choisissent le suicide, mieux vaut détruire son corps terrestre et destiné à la mort que de souiller son âme qui, elle, est immortelle !

Si Dieu éprouve le besoin de punir le suicide, je suis sûre que dans son équité il en rendra responsable qui de droit, c'est-à-dire ceux qui n'ont pas la sagesse et la justice de faire au plus vite une loi séparant le bien du mal, le bon grain de l'ivraie, comme dit l'Evangile.

FIN.

TABLE

LES ROSES SANGLANTES

SUICIDE OU INFAMIE !

FIN DE LA TABLE.

Imprimerie D. BARDIN, à Saint-Germain.

www.ingramcontent.com/pod-product-compliance
Lightning Source LLC
Chambersburg PA
CBHW071902020726
47502CB00003B/855